CE QUE LES ÉTOILES DOIVENT À LA NUIT

ANNE-GAËLLE HUON

CE QUE LES ÉTOILES DOIVENT À LA NUIT

roman

ALBIN MICHEL

À ma fille.

« La tendresse a des secondes
qui battent plus lentement que les autres. »

Romain Gary

Balthazar

Un soir de l'été 1951, ma vie a changé à cause d'un zèbre. Un zèbre au Pays basque ! Avouez que ce n'est pas courant. Pourtant sans ce zèbre, ma vie aurait pris un autre tournant. J'avais vingt ans. Et une revanche à prendre sur le monde.

Mon père passait sa vie le nez dans *Sud-Ouest*. Le matin après avoir trait les vaches. Le soir après les avoir ramenées à l'étable. Béret sur la tête, lèvres fines, doigts noircis, il lisait ce journal de bout en bout, des grands titres de la politique jusqu'aux mots croisés. *Sud-Ouest*, c'était comme la confiture de cerises et l'ossau. Sans lui, le monde de mon père ne tournait pas rond. Et rien d'autre ne l'intéressait. Pas même moi.

À l'époque, mon frère et moi fréquentions assidûment les cercles de jeux. Nous ne pensions qu'à ça. Les études, les filles, et même la Renault 4 du paternel n'étaient rien à côté de notre passion pour les cartes. Le poker incendiait nos nuits. Je pourrais dire que j'avais une technique de jeu infaillible mais en réalité, ma meilleure stratégie à l'époque consistait encore à tricher. Des tours de passe-passe que m'avait enseignés mon oncle, un passionné de magie qui possédait une boutique de farces et attrapes. Il venait passer ses étés au Pays basque où il était attendu comme le Messie, les poches pleines de gadgets. Il me montrait ses meilleurs tours et je m'entraînais avec acharnement. Avec des balles en mousse, des foulards mais surtout des cartes à jouer. À l'époque dont je parle, je n'étais pas encore un as, mais mes mains habiles nous valaient quelques jolis coups. Biarritz, c'était pas Vegas. On jouait de petites sommes, on empochait l'argent et on rentrait à l'aube dans la Renault 4 sans éveiller les soupçons du paternel. Notre père qui serait mort de honte de savoir qu'en plus de joueurs, nous étions des truands.

Et puis un jour, ce qui devait arriver arriva. L'un de ses amis nous a surpris au casino. Cigarette au bec, misant comme des cadors. Le lendemain matin au réveil, mon père nous attendait. Sur la table, son bol de café au lait et son honneur sali. J'étais mortifié.

– Je vous écoute, il a dit, mâchoires serrées.

Mon frère m'a poussé du coude. Pour conduire la Renault il était là, mais pour le reste, fallait pas compter sur lui. Alors j'ai fait ce que je savais faire de mieux, j'ai menti.

– Nous étions au casino parce que…

Près du bol de café, le journal.

– Parce que je dois écrire un article.

Il a levé un sourcil méfiant. Son regard sur moi, je n'étais pas habitué.

– Un article pour *Sud-Ouest*, j'ai continué.

Ses yeux qui s'écarquillent.

– D'ailleurs, si ça ne te dérange pas…

Je me suis levé, pressé de me réfugier dans ma chambre. Mon père m'a retenu.

– Un article sur quoi ? il a grogné.

Son visage près du mien. Son parfum de foin et de tabac. J'ai dégluti. Nouveau coup d'œil au journal. À la une, une photo de Biarritz. Ses falaises, son casino, ses villas surplombant l'océan.

– Sur… sur…

Il n'allait pas se contenter de si peu. Il me fallait un sujet brûlant. Un sujet que *Sud-Ouest* serait vraiment prêt à publier.

– Sur les soirées de la marquise, j'ai menti avec aplomb.

Silence. Mon père qui me fixe. Je ne respirais plus. Me maudissant intérieurement pour les cinq mots que je venais de lâcher. La marquise ? Et pourquoi pas le pape tant que j'y étais ! Dans quoi je m'étais embarqué ? S'enliser dans une histoire pareille, y avait pas idée ! Personne n'avait jamais écrit d'article à ce sujet. Personne n'en écrirait jamais.

Mon père a glissé une main dans la poche de son gilet. En a tiré sa tabatière. D'un geste habitué, et sans me quitter des yeux, il a fiché une cigarette entre ses lèvres.

– Les soirées de la marquise…, il a répété en grattant une allumette.

Posée sur les hauteurs de Biarritz, la villa de la marquise surplombait l'océan. Confidentielle. Intrigante. Un palais plus qu'une villa, en vérité. Ses fêtes étaient connues jusqu'à Paris. Autour planait le plus grand des mystères. On disait qu'elles étaient organisées par une femme plus belle que la nuit. Certains prétendaient qu'il fallait s'y présenter masqué. D'autres juraient y avoir vu des animaux sauvages en liberté. Les soirs d'été, les feux d'artifice se réverbéraient dans tout le golfe de Gascogne. Les grilles de la villa étaient infranchissables à moins d'être ministre, intellectuel, vedette, couturier, tsar ou artiste. Moi, je n'étais personne. Qu'est-ce qu'il m'avait pris d'inventer ça ?

Mon père a tiré longuement sur son mégot. Un silence épais. Mon cœur qui bat à m'en déchirer la poitrine.

– Parce que maintenant t'es journaliste ?

J'avais quitté l'école cinq ans plus tôt, jurant à mes parents que j'en savais suffisamment pour gagner ma vie. Depuis, j'avais été tour à tour colleur d'affiches, cireur de chaussures et vendeur de beignets. Pourquoi pas journaliste finalement. J'ai brodé avec conviction une histoire de vocation et de destin. L'angoisse me donnait des ailes. Il m'a écouté sans ciller.

– J'ai hâte de lire ça, il a fini par lâcher.

Dans son regard, quelque chose comme de la fierté. Ou était-ce du sarcasme ? Encore aujourd'hui, j'ai du mal à le dire. Ce jour-là, j'ai choisi d'y croire. Et je me suis fait la promesse de ne pas le décevoir. Je me donnais une semaine pour écrire un papier. Un article sulfureux, ébouriffant, inédit. De cette marquise, j'allais tout révéler. Ses soirées comme le nom de ses invités n'auraient bientôt plus de secret pour personne. Je n'avais pas le début d'une idée sur la façon de m'y prendre. Mais pour impressionner mon père, j'étais prêt à tout. À tout, sauf à la rencontrer elle.

1

Qu'est-ce qu'il m'a pris de venir ici ?

J'ai réservé cette chambre sur un coup de tête. Une maison d'hôtes perdue au Pays basque. « Oui je prendrai un petit déjeuner, non je ne connais pas la région. » Cette conversation comme un éclair de normalité après deux mois de larmes et de cauchemars. Aussi improbable que cette drôle de lettre qui a tout déclenché. Une longue missive que j'ai lue assommée par les anxiolytiques. J'ai encore du mal à y croire.

En temps normal je n'y aurais pas prêté attention. Des lettres de fans complètement siphonnés, j'en reçois tous les jours. Déclarations d'amour, demandes en mariage, recettes de cuisine… Nana les dépose sur la console en prenant soin d'enlever les plus insultantes. Une femme qui donne son avis en cuisine, ça en hérisse plus d'un. J'ai fini par me blinder. Enfin c'est ce que je croyais.

Cette lettre était posée au-dessus des autres avec une boîte à chaussures contenant une paire d'espadrilles brodées à mon nom. L'auteure, une vieille dame, prétendait avoir connu ma mère. Ma mère qui clamait à qui voulait l'entendre que « la seule famille qui vaut c'est celle que l'on se choisit pour soi-même ». Ma mère qui n'avait pas de passé et pas d'avenir. Est-ce par désespoir ou bien à cause de toute la tendresse que j'ai perçue entre les lignes que j'ai tout plaqué pour venir ? Je n'en sais rien.

La porte de la salle de bains s'ouvre sur un nuage de vapeur, de laque et de parfum. Robe à froufrous. Farandole de colliers. Le visage de Nana s'éclaire de son drôle de sourire de travers. Son regard calme, les rides au coin de ses yeux. Mon cœur se serre. Pourquoi m'a-t-elle suivie dans ce trou ? Elle n'a pas posé de question. Comme toujours. Que j'aligne plus de trois mots et formule une envie, c'était déjà beaucoup. Quitter Paris me ferait du bien, me répétais-je pour me rassurer. Fallait se faire oublier quelque temps après le drame et le scandale qui a suivi.

Tout est allé si vite.

J'ai ouvert *Romy* il y a six ans. Une quinzaine de couverts sur la butte Montmartre. Je me suis lancée malgré les cris d'orfraie poussés par mes confrères. Trop jeune – *Et trop femme !* me disais-je en les écoutant parler –, je n'y pensais pas ! J'ai tenu bon. Me consacrant tout entière au restaurant, sacrifiant mes nuits, mes économies, ma santé. Mes amours aussi. *Romy*, c'est toute ma vie.

Dans le milieu, une rumeur persistante laissait à penser que j'avais mes chances au *Michelin* cette année. Certains parlaient même d'une simple formalité. Ce qui aurait fait de moi l'une des plus jeunes chefs à accrocher une étoile sur son tablier. C'est sans doute pour ça que la production de *Toque Chef* m'a approchée. Et que je suis devenue jurée de l'émission préférée des Français.

Jusqu'au drame, il y a deux mois. L'intoxication alimentaire. L'étoile qui s'éteint. Et la plainte de ma commise pour harcèlement et violences. Pas mal pour une même soirée, faut avouer.

S'est ensuivie une longue descente aux enfers. La fermeture du restaurant. Les journalistes avides de détails scabreux. Les témoignages de la brigade où l'on me présente comme un monstre instable. La rupture brutale de mon contrat à la télé. Et la banque qui me lâche, bien sûr. Depuis, je ne suis plus qu'un champ de ruines. Je n'ai plus rien. Je ne suis plus rien.

Coup d'œil à l'enveloppe. « Rosa de Fago, route de Chéraute ». Tu parles d'une adresse ! Est-ce vraiment une bonne idée de la rencontrer ? Rien ne m'y oblige. Je peux encore rentrer à Paris et laisser cette histoire de côté. Non. Nous sommes venues de trop loin. C'est moi qui ai entraîné Nana jusque dans cet hôtel hors d'âge. Et puis cette Rosa m'intrigue. L'idée qu'elle ait connu ma mère me bouleverse. Depuis sa mort, je m'accroche au moindre signe. Pas une semaine sans que j'aperçoive Romy au détour d'une ruelle. Pas un jour sans que j'entende son rire.

Comme si elle pouvait lire dans mes pensées, Nana se lève et me tend ma veste. J'hésite. Et la suis. Après tout, je n'ai plus rien à perdre.

2

La porte s'ouvre sur une toute petite dame aux cheveux blancs et courts. Un visage marqué d'où émane une détermination inattendue. Et deux grands yeux sombres qui font baisser les miens. À ses pieds, une paire d'espadrilles. Autour de ses chevilles fines serpentent des rubans de satin rouge, en écho à la broche étonnante qu'elle porte sur son corsage, lui-même assorti à une jupe-culotte du plus grand chic. Coco Chanel au pays des brebis. À près de quatre-vingt-dix ans, Rosa de Fago a un style incroyable.

En m'apercevant, elle se fige.

– Mon Dieu…, souffle-t-elle.

Une larme roule sur sa joue. Elle prend mes mains dans les siennes. Des mains sèches, déformées par l'arthrose. Des mains qui ont traversé un siècle, et fait tout ce chemin pour en arriver là. À cette étreinte.

Je suis censée dire quelque chose, mais quoi ? Impossible de mettre des mots sur ce qui m'agite à l'intérieur. Une émotion archaïque, venue de loin.

– Bonjour, Liz.

Sa voix est chaude et réconfortante. Son bonjour me fait l'effet d'une île après des semaines de dérive.

– Merci d'être venue, murmure-t-elle sans lâcher mes mains.

Ses yeux humides caressent les miens, sa sincérité me désarme. Je remarque son cristallin légèrement opaque. Signe de l'âge. Du temps qui passe. Une nostalgie anonyme me monte du fond de l'âme. Une réminiscence ? Je ne veux pas y croire.

– Je suis si heureuse de te voir. Tout ça doit te sembler bien étrange, je…

Elle ne parvient pas à finir sa phrase. L'émotion la submerge. Elle s'excuse, tire un mouchoir de sa poche.

Nana et moi finissons par la suivre. Une cour pavée mène à une bâtisse plus imposante, à l'abri des regards. Au milieu, une statue de femme aux cuisses rondes, une cruche à la main, à moitié nue. Tout cela ne m'évoque rien.

Soudain, de la musique, des rires. Rosa ouvre la porte sur un décor défraîchi mais chaleureux. Aux murs, des dizaines de photos en noir et blanc. Sur l'une d'elles, quatre femmes en tenue de fête entourent un géant d'ébène au sourire de nacre. Parmi elles, Rosa, la quarantaine lumineuse, son air mutin, ses yeux pétillants. Et ma mère ? Est-elle sur les photos ? Je n'ose pas m'arrêter pour regarder.

Dans le salon, des femmes discutent autour d'une table basse. Dans l'air, quelques notes de jazz. Une atmosphère douce. Des bougies posées ici et là. Elles se taisent en nous apercevant.

– Je vous présente Liz, dit Rosa.

Sa voix tremble. Elle essuie sa joue et ajoute dans un sourire ému :

– Et voici…

– Nana, je réponds.

Un couple de sexagénaires qui se ressemblent comme deux gouttes d'eau – des jumelles ? – ajuste ses lunettes d'un mouvement synchrone. Dupont et Dupond façon *Arsenic et vieilles dentelles*. Ça pourrait me faire sourire, mais je suis tétanisée. L'idée de devoir faire la conversation à une vieille dame me met mal à l'aise. Alors un groupe…

Va-t'en. Vite.

– Seigneur Jésus ! se signe l'une des jumelles. Mais vous êtes…

Elle n'a pas le temps de terminer qu'une bête minuscule bondit sur son épaule. Un singe ? Je sursaute, elle pousse un cri.

– Bon sang, Swing ! s'exclame-t-elle, la main sur le cœur.

La bestiole me dévisage en grignotant une fraise.

Rosa m'invite à m'asseoir et je me laisse tomber sur une bergère. Sous mes pieds, un grand tapis marocain coloré qui me rappelle étrangement celui de notre appartement parisien. Je revois Romy, rayonnante, déroulant le kilim qui occuperait tout le salon. « Qui peut vouloir jeter un truc pareil ? » s'était-elle étonnée dans un sourire à faire se damner les anges.

Cette maison n'a rien à voir avec l'idée que je me fais de celle d'une vieille dame. Dans l'air flotte une nostalgie joyeuse. Ce salon a été en son temps le décor de fêtes aussi grandioses que mémorables. En attestent les quelques vestiges posés ici et là. Un piano à queue. Un lustre à pampilles. Une malle d'où s'échappe un boa à plumes. Un vieux gramophone surmonté d'une vasque remplie de bouchons de champagne. Accrochés aux branches d'un grand philodendron, des colliers de perles multicolores. Et près d'une large table en bois brut entourée de chaises baroques, un cacatoès empaillé qui semble attendre d'être servi.

Je suis surprise. Quelques instants, pas plus. Et je souris intérieurement. Il me semble voir ma mère au milieu de ce salon. Ses mains sur le piano. Le boa autour de son cou. Comment l'imaginer grandir ailleurs que dans un tel décor ? Et là, sous le regard de ce drôle de piaf, j'ai l'impression étrange d'être enfin rentrée chez moi.

Balthazar

Depuis la plage, je tentais d'apercevoir la villa. Une façade rose trouée de grands battants, un paradis Art déco qui ne se laissait admirer que depuis la mer. Comment faire pour m'y introduire ? Depuis l'entretien avec mon père, cette question m'obsédait.

Quelques jours plus tard, la rumeur a circulé qu'une fête se préparait. Des camions se pressaient sur la route en colimaçon qui montait chez la marquise. J'ai sondé tous mes contacts, des cafés aux cercles de jeux, promis la lune et même de l'argent que je n'avais pas à quiconque arriverait à me faire entrer. En vain.

Qu'à cela ne tienne. J'ai troqué mon béret contre un costume trois pièces du dernier cri. Tout du moins c'est ce dont m'avait convaincu le loueur. La vérité, c'est que je ressemblais à un gangster au rabais. Un complet blanc à rayures. La veste trop courte aux poignets. Le pantalon trop large qui me tombait sur les hanches. Après coup, elle me dirait que c'est ce qui lui avait plu. Qu'elle aimait les antihéros. Les excentriques. Les losers. Elle ajouterait : « Surtout quand ils prennent bien la lumière. » Elle parlait comme ça, ce n'était pas toujours clair mais j'acquiesçais quand même.

Le soir venu, je suis monté à pied, ma veste sur le bras, mon chapeau sur la tête. L'air était lourd, la route, pentue et sinueuse. Mes chaussures me sciaient les pieds. De temps à autre, une automobile me dépassait. Vitres sombres, carrosseries rutilantes, ça filait à toute berzingue au milieu des insectes, de la poussière et des embruns. Je priais que l'une d'entre elles s'arrête et me propose de monter. Je me disais : *Je fais signe à la prochaine*, mais la suivante passait sans que j'ose lever la main et je continuais de monter. Le poids du carnet à spirale dans ma poche me redonnait du courage. De ma plus belle plume, j'avais écrit mon nom sur la première page. J'avais voulu y ajouter mes premières impressions de journaliste, mais rien n'était venu.

Au détour d'un virage, enfin, de la musique. Et la cime des grands arbres, éclairés d'une lumière dorée. La villa de la marquise.

J'avais une bonne main, suffisait de la jouer fine. J'ai enfilé ma veste, lissé les bords de mon chapeau, me suis posté au pied du portail immense et ai allumé une cigarette pour me donner une contenance. Un instant plus tard, la guérite s'est ouverte sur une silhouette courte et trapue, casquette, nez épaté, visage balafré. Pas commode.

– Je peux vous aider ? a lâché l'homme, un cure-dent entre les lèvres.

J'ai pris un air détaché, de ceux que devaient afficher les reporters de *Sud-Ouest* quand on les interrogeait.

– J'attends un ami.

Elle éclaterait de rire à chaque fois que je lui raconterais cette histoire, mon imitation de Marcel était de loin son passage préféré.

Le Marcel en question, dont je n'apprendrais le nom que bien plus tard et qui ne manifesterait jamais beaucoup de chaleur à mon égard, m'a dévisagé des pieds à la tête.

– S'appelle comment ton ami ?

Je n'ai pas eu le temps de répondre. Une automobile s'est présentée, un long museau jaune annoncé par un ronflement de moteur merveilleux. À l'avant, un chauffeur en livrée, bien plus élégant que moi, ça m'a fait grimacer. Et à l'arrière, trois femmes sublimes noyées dans un délire de plumes, de strass et de capelines. Surexcitées, elles poussaient des cris de joie en buvant du champagne. L'une d'elles a levé sa bouteille vers moi.

– À la tienne, mon mignon ! C'est quoi ton petit nom ?

J'ai rougi, m'en suis voulu, heureusement il faisait déjà sombre. Le chauffeur a tendu un bristol à Marcel, lequel a acquiescé d'un signe du menton. Le portail s'est ouvert.

Un éblouissement.

Au bout d'une allée bordée d'orangers, la villa brillait de mille feux. Au cœur d'un parc d'arbres centenaires, deux escaliers monumentaux menaient à une terrasse sur laquelle s'ouvraient de larges fenêtres illuminées. La façade rose se reflétait sur un plan d'eau entouré de palmiers, de fleurs et de jets d'eau. La musique s'est faite plus forte, on entendait des rires, des cris, une trompette. J'ai cru apercevoir un animal courir sur la pelouse mais déjà le portail se refermait.

– Je suis avec elles ! j'ai crié à l'intention de Marcel en me précipitant derrière la voiture.

Le gardien à casquette s'est interposé, mâchoire en avant.

– Fous-moi le camp.

Je n'étais pas du genre courageux. Malin, mais pas très brave. J'ai bredouillé un « Bien sûr, monsieur, bonne soirée » et j'ai passé mon chemin.

J'étais époustouflé. Le peu que j'avais aperçu du palais de la marquise avait décuplé mon envie d'en savoir plus. Il n'était plus seulement question de l'article. Ces trois déesses à plumes m'avaient envoûté.

J'ai marché un long moment le long de l'enceinte, en quête d'un trou, d'une faille, d'un buisson qui pourrait m'ouvrir un passage. En vain. Le parc était immense et débouchait sur la côte rocheuse escarpée. En bas, l'océan comme un tissu froissé, éclairé par la lune pleine.

Au loin, un orage a éclaté. C'était maintenant ou jamais. J'allais passer par les rochers. J'ai noué ma veste autour de mes hanches, j'avais besoin de mes deux mains, mes chaussures n'offrant qu'une prise glissante sur les algues. J'ai sauté de pierre en pierre, me rattrapant comme je pouvais et m'efforçant d'ignorer le vide en contrebas qui m'appelait. Une glissade pouvait m'être fatale, les falaises ne me laisseraient aucune chance.

Tout à coup, j'ai dérapé, déséquilibré par le vent. Mon dos s'est cambré, ma jambe est partie dans le vide. J'étais à deux doigts de la chute, n'eût été cette roche à laquelle je me suis rattrapé in extremis. Mon cœur battait à tout rompre. Sur ma cuisse, du sang. J'ai étouffé un juron. J'allais en être de ma poche pour ce costume minable que je ne remettrais jamais. Mais le choc passé, je me suis réjoui. Mon aventure prenait des allures d'épopée. Dans ma tête, je préparais quelques tournures bien senties, visualisant déjà mon récit captivant à la une du journal.

J'ai fini par rejoindre une grille qui donnait sur un coin sombre. Le ressac des vagues en contrebas se mêlait au chant des grillons et au bruissement délicat d'une fontaine. Ça sentait bon. Des parfums raffinés, de ces fleurs qu'on imagine s'épanouir à la nuit tombée dans les vergers d'un sultan, des arômes de conte de fées.

Soudain, une goutte de pluie. Puis une autre. Suivies par une rafale de vent qui a manqué de me renverser à nouveau. J'ai jeté ma veste par-dessus les herses, escaladé la grille. Un éclair. L'orage s'est abattu sur moi avec une violence inattendue. Un kiosque m'est apparu entre les trombes d'eau. Le temps de courir me mettre à l'abri, j'étais trempé. Mon pauvre costume ruisselait, mon chapeau n'était plus qu'un truc informe et spongieux. Je ressemblais à un clown, une parodie de reporter avec son carnet détrempé. Mais mince alors, j'y étais !

3

– Alors comme ça, vous connaissiez ma mère ?

Les femmes sont parties, la maison est calme. Rosa acquiesce et me tend une tasse de thé fumant.

– Ta mère et ta grand-mère aussi. Colette était comme ma sœur. Je regrette qu'elle ne soit plus là pour te voir. Elle serait si fière de toi.

Colette ? Ce nom ne me dit rien. Le regard de Rosa se voile. Je l'écoute, attentive, silencieuse. Derrière la fenêtre, la nuit noire et les silhouettes étranges des grands arbres.

Rosa a grandi dans cette maison. Entourée des Demoiselles[1], des femmes hautes en couleur, libres et engagées, qui aimaient les hommes presque autant que le champagne. Elle a jadis été à la tête d'un atelier d'espadrilles reconnu dans le monde très exclusif de la mode parisienne. Y employait des femmes qu'elle aidait à trouver leur chemin. Depuis, l'atelier est passé dans d'autres mains. Est restée cette tradition d'accueil pour celles qui cherchent un refuge, de la chaleur, un foyer. Pour quelques jours ou quelques années.

1. Voir du même auteur *Les Demoiselles*, Albin Michel, 2020.

– Des éclopées, sourit Rosa. Des femmes que la vie n'a pas épargnées.

Elles sont quelques-unes à s'être installées dans le village, comme les jumelles dont j'aperçois la maison de l'autre côté de la route. Une petite communauté de femmes solidaires qui se réunissent de temps à autre pour dîner. Parfois, pour l'anniversaire de l'une d'elles, elles s'habillent un peu. En souvenir des belles années. Rosa a vieilli bien sûr, mais son cœur n'a pas pris une ride.

Elle interrompt son récit, soucieuse de ne pas me lasser. Près de nous, Nana dort, allongée sur une méridienne. Pelotonnée dans un vieux châle comme une enfant.

– Parmi ces femmes, reprend Rosa, il y avait ta mère.

Elle saisit un cadre posé sur un guéridon et me le tend. Sur la photo, une adolescente au regard tourmenté pose devant un piano.

– Tu lui ressembles tant, ajoute-t-elle.

Je détourne les yeux.

– Elle avait à peine vingt ans quand elle est partie, continue Rosa. Elle voulait devenir chanteuse. Elle nous a demandé de prendre soin de toi.

Stupeur.

– Elle m'a laissée ici ?

Rosa hoche la tête. Je ne peux pas y croire. Je n'étais qu'un bébé ! Comment a-t-elle pu m'abandonner ? Mon ventre se noue.

– Tu avais quatre ans quand elle est revenue te chercher. Et nous ne t'avons plus jamais revue.

Un silence. L'émotion dans la voix de Rosa laisse deviner le déchirement qui a été le sien le jour où nos chemins se sont séparés.

Dans ses dernières années, Romy craignait pour notre sécurité. Affirmait qu'on la suivait, que quelqu'un nous voulait du mal. D'où lui venaient ces idées ? Je n'en sais rien. Mais elle ne m'a jamais parlé du Pays basque, de Rosa, et encore moins de l'identité de mon père ou de ma grand-mère. « Notre famille ? s'exclamait-elle avec dédain à chaque fois que j'osais mettre le sujet sur la table. Qui a besoin d'une famille ? Toi et moi, c'est déjà presque trop. »

– Nous avons remué ciel et terre pour vous retrouver. Sans succès. C'est comme si Romy et toi vous étiez volatilisées. Jusqu'à ce qu'il y a deux ans je tombe sur ton portrait dans ce magazine. Alors je t'ai écrit sans trop y croire.

Elle sourit. Son visage s'illumine d'une joie sincère. La bienveillance qui émane de ses grands yeux m'invite à me confier à mon tour. Je lui raconte mon enfance à Paris auprès de Romy. Elle et moi face au monde. Les éclats de rire et les jours sombres.

Rosa hoche la tête, navrée. Ma mère était malade, elle le sait.

– Elle m'a quittée un matin d'automne. J'avais dix-huit ans et je venais d'intégrer une école de cuisine. J'ai l'impression que c'était hier.

Les larmes me montent aux yeux. Vingt ans que ma mère s'est donné la mort. Et rien n'a cicatrisé.

– Je suis là maintenant…, murmure Rosa.

Nos confidences nous mènent jusqu'à l'aube. Au loin, un coq se met à chanter.

Je la serre longuement dans mes bras avant de la quitter. Quand Nana et moi nous remettons en route vers notre hôtel, le soleil est déjà levé. La campagne est brillante de rosée. Nous marchons un long moment en silence. Le récit de Rosa m'a bouleversée. Je viens de faire la lumière sur un pan de mon passé mais je ne parviens pas à m'en réjouir. C'est beaucoup, c'est abstrait. Et surtout j'arrive trop tard. Rosa m'offre des ancêtres, mais ils sont tous morts. Ma mère la première. Un arbre généalogique, ça ? Une vieille souche, oui ! Des branches sèches, cassantes, qui ne fleuriront plus. Je suis déracinée.

4

Nana et moi marchons depuis un bon quart d'heure en quête d'un restaurant. Moi en blouson de cuir, elle faisant tinter ses breloques. Les paysans se tordent le cou au volant de leur tracteur pour nous suivre des yeux. Autour de nous, ça sent le foin coupé et le fumier. La présence de Nana me réconforte. Sans elle, je n'aurais pas le courage de continuer.

Elle est entrée dans ma vie le jour de mes sept ans. Romy venait de passer la porte dans un grand éclat de rire – lumineuse, éblouissante, parfumée –, annonçant à la cantonade qu'on avait quelque chose à fêter. Dans son sillage, quelques inconnus enjoués.

J'ai levé des yeux brillants vers ma mère. Elle a haussé les épaules. Ce n'était pas de mon anniversaire qu'il était question – « Une tradition de petit-bourgeois coincé ! » s'agaçait-elle devant mes larmes. Non, Romy avait mieux à célébrer. Une nouvelle tenue, la pleine lune, les premières fraises. Elle invitait tous ceux qu'elle trouvait sur son passage, s'enquérait de leur plat préféré – « Ma fille cuisine comme personne, vous verrez ! » – et tout ce petit monde débarquait dans l'appartement, un deux-pièces étroit qu'elle louait avec le peu d'argent que lui versait le cabaret. Elle glissait toutes sortes de bracelets à ses poignets, prêtait ses robes et ses boas à qui voulait et sabrait le champagne. Les fêtes se succédaient, les invités s'entassaient comme les mégots dans le cendrier. Le boucher, le facteur, quelques amants éconduits, deux ou trois étudiants croisés au hasard dans le quartier, Romy aimait tout le monde et tout le monde l'aimait.

Nana devait avoir trente ans le jour où Romy l'a rencontrée. Le troisième lampadaire de la rue Gabrielle était son QG. Petite, la peau mate, les cheveux courts, encombrée de tous ses cabas colorés, elle est peu à peu devenue une habituée, le seul visage connu dans ce défilé permanent de nouvelles têtes. Elle ne venait jamais les mains vides. Me tendait une fleur, une plume d'oiseau, un dessin. Vêtue de sa robe à froufrous, un peu de rouge sur ses lèvres, elle s'asseyait sur un tabouret et, sans un mot, me regardait cuisiner.

Elle a mis du temps à accepter le canapé que Romy lui proposait. Puis d'année en année, Nana est devenue une figure familière. Elle m'attendait à la sortie de l'école, m'offrait un pain au chocolat acheté avec quelques pièces dont on lui avait fait l'obole. Elle restait avec moi, parfois jusque tard dans la nuit quand ma mère était au cabaret. Disparaissait quand Romy était dans ses jours sombres. Pour mieux nous retrouver une fois la tempête passée.

Nana n'a jamais prononcé un mot. Romy pourtant semblait tout connaître d'elle. Ma mère a toujours été douée pour mettre les gens à l'aise. Peut-être parce qu'elle ne jugeait personne. Pour elle, la vie ressemblait aux montagnes russes. Chacun pouvait à tout moment voir son monde s'écrouler.

Le jour où elle est morte, c'est Nana qui m'a prise dans ses bras tandis que les pompiers emportaient son corps. Nana encore qui m'a consolée pendant mes nuits de larmes et de cauchemars. Nana toujours qui m'a veillée après le drame il y a deux mois. Nana, mon ange gardien. Ma seule famille.

Et voilà qu'elle et moi nous retrouvons ici. Dans ce trou perdu du Pays basque dont je ne parviens pas à mémoriser le nom.

Je suis en deuil. Je voudrais disparaître. Qu'on m'oublie. La cuisine et moi, c'est terminé. À d'autres la course aux étoiles, la magie des papilles, la créativité infinie. Je rends mon tablier. Reste plus qu'à trouver ce que je vais faire de ma vie.

Au détour de la route apparaît un restaurant. Le seul à cinq kilomètres à la ronde. Posée au bord d'une vallée, une maison austère à deux étages, volets croisés. Quelques tables à l'ombre d'un grand chêne, chaises retournées. Sur la façade, « Chez Germaine » s'étale en lettres peintes à moitié effacées.

Je passe une tête à travers un rideau à franges. La maison est sombre mais fraîche.

– Y a quelqu'un ?

Pas de réponse. Nana a déjà pris place en terrasse et détaille une ardoise sur laquelle est écrit : « Suis pas là. »

Ça commence bien. Au dos de l'ardoise, le menu tient en quatre lignes :

AXOA
HAMBURGER
ESCARGOTS
GÂTEAU BASQUE

Soudain apparaît une silhouette mince et longue. Une asperge dissimulée derrière un cageot de légumes, qui sursaute, faisant rouler quelques tomates au sol avant de bousculer une table auprès de laquelle il s'excuse platement. Vingt-cinq ans, pas plus. Déboussolé sous sa tignasse rousse, les joues roses et le souffle court. On a envie de l'asseoir sur une chaise et de lui dire de respirer un grand coup.

– Bonjour, articule notre émotif anonyme.

– Bonjour, je réponds.

Il me fixe un moment en penchant la tête, un sourcil relevé. Ses yeux glissent sur ma main abîmée. Mon visage semble lui revenir.

– Est-ce qu'on peut déjeuner ?

Ma question le prend de court.

– Bien sûr…, il bégaie, qu'est-ce que vous voulez ?

Il a un accent prononcé et je dois faire un effort pour le comprendre. Depuis la maison, une voix grave le fait sursauter à nouveau :

– Basilio ? C'est toi ?

Le rouquin se raidit avant de se précipiter à l'intérieur.

– Nom de Dieu ! grogne la voix. Qui c'est encore ? Dis-leur qu'on sert pas !

Des pas lourds dans un escalier, un murmure étouffé, et une paluche comme un battoir qui manque d'arracher le rideau à mouches en l'ouvrant.

– Comment ça, une vedette ? il bougonne, le bras en visière pour se protéger du soleil d'été. T'en foutrais moi des ved…

Sa phrase meurt d'un coup. Devant nous, un ours mal léché. De grands yeux clairs, la quarantaine, trapu, la marque des draps sur la joue. Il nous jette un coup d'œil, se redresse en passant ses doigts dans ses cheveux. Tout chez lui dégage une solitude mélancolique. Touchant. Oui, je crois que sur le coup, je l'ai trouvé touchant. Ça n'allait pas durer.

Il hésite avant de soupirer en se grattant la barbe, puis disparaît à l'intérieur en bougonnant. Un fracas de casseroles. Une volée de jurons. Basilio réapparaît, son carnet à la main, qui tremble.

– Le chef me fait dire qu'il n'y a plus d'escargots…

– Et plus de hamburgers ! crie l'autre depuis la maison.

L'asperge rouquine grimace un sourire, tente de faire bonne figure.

– Va pour deux axoas…, je conclus, sans appétit et sans entrain.

Je ne m'attends pas à grand-chose. Le serveur maladroit, la table poisseuse, le barbu qui émerge de sa nuit, tout ça n'augure rien qui vaille.

Basilio reçoit ma commande comme un lutin en charge

d'une lettre au Père Noël. S'empresse de la reporter sur son bloc-notes d'une écriture d'écolier. Ce garçon est serveur comme moi je suis dresseuse de poules. C'est la première fois que je remets les pieds dans un restaurant depuis la soirée du drame. Le désert alentour comme un écho à ma déchéance. Je déglutis. Caresse la boîte de comprimés dans ma poche. En glisse un sous ma langue.

Tablier autour des hanches, Basilio dépose deux assiettes fumantes sur la table. Il lui faut encore trois ou quatre allers-retours pour nous ramener du pain, de l'eau et des couverts. Puis il nous souhaite un bon appétit avec autant de déférence que s'il recevait la reine d'Angleterre. Il hésite à nous laisser seules.

Allez, du balai !

Le pire, quand on est célèbre, ce ne sont pas les critiques, ce sont les fans. Les vrais. Ceux qui vous détaillent comme une bête curieuse, incapables de vous lâcher des yeux. Non, le pire en fait ce sont les fans après un scandale. Et de ce côté-là, il faut dire que je ne me suis pas ratée.

Je trempe mes lèvres dans un petit rouge bien charpenté, pas mal au demeurant, tandis que Nana s'attaque avec appétit à son assiette. *Axoa de veau.* « Ça se prononce *achoa.* » C'est Romy qui m'a appris ça. Elle se vantait de parler une douzaine de langues, encore aujourd'hui je suis tentée d'y croire. Dans ses jours lumineux, elle était capable de tout entreprendre, l'apprentissage de la calligraphie cyrillique comme l'ascension de l'Éverest. Et puis les plumes, l'encre et les chaussures de randonnée finissaient sur le trottoir. L'ombre engloutissait tout.

Un des convives de Romy m'a un jour offert un livre de cuisine sur les spécialités régionales. Je devais avoir dix ans. On a passé les trois mois suivants à tester toutes les recettes. Un vrai tour de France, de la Savoie aux Antilles en passant par l'Alsace. Les invités applaudissaient mes créations et l'alcool coulait à flots tandis que Romy les régalait de ses anecdotes fabuleuses. C'est comme ça que j'ai découvert ce plat simple à base de tomates, d'oignons, de poivrons et de piment d'Espelette. Basique, sans surprise.

Je goûte, par curiosité plus que par envie. Les saveurs fruitées et poivrées du piment prennent lentement leur envol, bercées par quelques notes plus vertes, arrondies par les herbes, le laurier, le persil, le thym. Une randonnée dans les alpages qui commence avec la tendreté du veau juste cuit et s'épanouit dans l'arrière du palais.

Une merveille.

J'ouvre de grands yeux étonnés, le genre d'expression qu'il m'a fallu feindre mille fois pour l'émission télé. Face à moi, Nana essuie son assiette à grand renfort de pain de campagne. Carton plein.

Je jette un coup d'œil vers la maison avec l'envie de passer une tête en cuisine juste pour vérifier que la main délicate qui a préparé ce plat appartient bien au colosse grognard aperçu plus tôt. Je n'ose pas.

Le rouquin réapparaît, ravi de voir nos assiettes immaculées. Il pose devant nous deux parts de gâteau basque et se poste à quelques mètres de la table. Je finis par lever la tête vers lui, résignée. Ni une ni deux, il me tend un cahier sur lequel il a écrit à la hâte : « Livre d'or ».

– J'ai vu toutes vos émissions, il bafouille, rouge vif.

Machinalement, je saisis le stylo. Et là, tout se bloque. Le trou noir. Évanouis la délicatesse du piment, la légèreté de l'été, le sourire de Nana. Je suis de nouveau chez *Romy* le soir du drame. L'intoxication. Les pompiers. La peur.

Je n'ai plus rien. Je ne suis plus rien.

Je détourne la tête pour dissimuler mes larmes.

Balthazar

Une apparition. Elle fumait, accoudée à une balustrade sous le kiosque ouvragé, le visage à moitié dissimulé par une voilette piquée de strass et surmontée d'oiseaux multicolores. Une drôle de coiffe qui lui donnait un port de reine. Son corps longiligne, moulé dans une robe pourpre, brillait sous la lune en écho à sa chevelure rousse flamboyante qui dévalait son dos nu. Sur les marches, une longue traîne de plumes rouges, trempée par la pluie. Un volcan en éruption.

Dissimulé dans l'ombre, je me suis figé. M'avait-elle vu ? Elle soufflait la fumée de sa cigarette avec nonchalance tout en observant l'océan agité. Sa tenue extravagante contrastait avec son expression placide.

– En Californie, la rosée est abondante certains soirs, elle a lancé sans quitter l'horizon des yeux.

Sa voix grave m'a fait sursauter.

– Pardon ? j'ai bredouillé.

Mal à l'aise, je me suis tourné pour cacher ma veste déchirée. Fallait-il entamer la conversation ? Ou poursuivre mon chemin vers la villa ? Mon cœur d'aspirant journaliste balançait. Mieux valait me mettre en quête de la marquise. J'avais un article à écrire mais mes yeux restaient fixés sur la rousse incendiaire. J'étais hypnotisé. Cette fille scintillait dans la pénombre. Un soleil dans ma nuit.

J'ai détaillé son cou fin, sa peau de lait. L'émeraude énorme qui tombait sur sa poitrine. Je me suis raclé la gorge. Je cherchais quoi lui répondre pour susciter son intérêt quand près d'elle quelque chose a bougé. Un éclair blanc dans l'herbe. *Bon sang ! Un zèbre !* Soudain, un coup de tonnerre assourdissant, suivi d'un éclair. Effrayée, la bête s'est cabrée et a poussé un cri de tous les diables avant de détaler.

– Il ne faut pas qu'il s'enfuie ! a-t-elle crié.

Ni une ni deux, je me suis lancé à sa poursuite. Moi, mon costume trempé et mes chaussures vernies sous la pluie torrentielle. *Foutue bestiole !* Les trombes d'eau me permettaient à peine de distinguer l'animal rayé qui courait en tous sens. J'ai accéléré, le cœur battant, dérapant sur l'herbe, de l'eau plein les chaussettes. Heureusement j'avais de l'expérience avec les bêtes, les brebis et les vaches n'avaient aucun secret pour moi. Hors d'haleine, j'ai saisi l'animal à l'encolure et grimpé sur son dos. Je n'étais plus qu'une loque, une masse spongieuse de boue et de feuilles perchée sur une mule. Un gangster perdu dans la savane en pleine nuit. Le patron de *Sud-Ouest* n'allait jamais me croire.

À coups de talon, m'aidant du ruban de satin qui lui

servait de licol, j'ai fini par le ramener vers le kiosque où mon inconnue à plumes nous observait, goguenarde.

– Ça aurait été plus drôle avec une autruche…, a-t-elle lâché.

Où j'étais tombé ? Cette fille était-elle folle ?

– Vous vous appelez comment ? j'ai osé.

Autour, la pluie s'est arrêtée.

– Romy. Et vous ?

Je me suis présenté en ôtant mon chapeau. Elle m'a scruté de la tête aux pieds. J'ai senti le vent tourner. Alors j'ai bluffé.

– Vous venez souvent ici ? j'ai demandé. Je ne vous ai jamais vue.

Dans ses yeux, une drôle de lueur.

– Non, c'est la première fois, elle a répondu.

J'ai acquiescé tout en me demandant si toutes les fêtes du grand monde impliquaient un zèbre et une déesse volcanique. Et puis elle a ajouté en ramassant sa traîne :

– Vous me faites visiter ?

5

Nana et moi faisons de longues marches silencieuses dans la campagne. J'en profite pour reprendre mon souffle. Entre le drame et ces révélations sur mon passé, j'ai de quoi penser. Je peux désormais mettre un visage sur mes aïeux. Pour le reste, Rosa n'en sait pas davantage. Et cela m'est étrangement égal.

La région m'apparaît dans toute sa splendeur en ce début d'été. Les rivières, les forêts, les champs de maïs, le mouvement lent des tracteurs, le foin qu'on roule. Et les Pyrénées au loin. Sereines. Ce paysage m'apaise.

Le dernier jour, je propose à Rosa de l'inviter à déjeuner. Pour la remercier, lui dire adieu ou à bientôt, je ne sais pas trop. Elle sourit, enthousiaste.

– On peut aller chez *Germaine*, c'est pas loin et le chef est charmant.

Est-ce qu'on parle du même ? La vérité c'est qu'à part ce restaurant, dans le coin, il n'y a rien.

Le décor n'a pas changé. L'ardoise avec son menu famélique. Les chaises retournées. Le silence. Je m'attends à voir émerger le chef avec sa tête hirsute, mal rasé, râleur. Raté. En apercevant Rosa, son visage s'illumine.

– Rosa de Fago ! s'exclame-t-il en ouvrant large ses bras.

Ma petite vieille disparaît dans les plis de son grand tablier, ravie.

– Peyo, je te présente Liz et Nana.

Le chef se renfrogne, comme s'il se rendait compte de notre présence. Se contente d'un signe de tête.

– Nous nous sommes déjà rencontrés.

Je m'attends à ce que Rosa fasse les présentations – « Elle est cheffe, elle aussi ! Vous allez avoir des choses à vous dire ! » – mais c'est encore mal la connaître.

– Nous sommes venues déjeuner.

Elle porte pour l'occasion une tunique en soie d'une modernité folle et un canotier à cerises qui lui donne un air mutin. À côté d'elle et de Nana en jogging fuchsia, je ressemble à un croque-mort.

L'asperge rouquine nous installe. L'ours ne se donne pas la peine de nous demander ce que nous souhaitons et revient avec trois assiettes parfumées. Des escargots poêlés accompagnés de tomates, de boudin et de chorizo en brunoise. Le tout décoré de fines fleurs blanches que je ne sais pas nommer. L'assiette est savamment improvisée, comme une symphonie tonitruante qui s'épanouit dans des coups d'archet d'une délicatesse inattendue. En bouche, des accords élégants, l'acidité, la fraîcheur, la douceur, tout concourt à un équilibre, à une harmonie, à une justesse qui ne cessent de me surprendre. Je suis bluffée. Qu'est-ce que ce génie de la cuisine fait dans ce trou paumé ?

Trois hommes s'installent. L'un d'eux me fixe longuement, sourcils froncés, avant de se détourner. Aussi bourrus que le chef, les convives se contentent de lui faire un signe du menton, l'autre acquiesce avant de leur servir des assiettes identiques aux nôtres. Qu'ils nettoient sans un mot. Le plus vieux s'essuie la bouche, disparaît à l'intérieur quelques instants. À son retour, une part de gâteau basque l'attend. De toute évidence le chef est plus créatif côté salé.

Cet endroit m'intrigue. Quelque chose ne tourne pas rond, c'est évident. Mes yeux croisent ceux de Rosa. Qui m'observe. Elle a l'élégance de ceux qui savent écouter et se taire lorsqu'il n'est nul besoin de parler. Et de fait, la présence silencieuse de Nana et de cette vieille dame suffit à me rassurer. Pour la première fois depuis longtemps, je suis bien. Même les chuchotements lugubres que j'avais dans la tête se sont tus.

Un coup de klaxon me fait sursauter. Un coupé d'un vert profond, sportif et racé, volant à droite, se gare dans un crissement de frein. Un Anglais ? Sur la plage arrière, une pancarte à l'effigie du Parti communiste français et une collection de peluches dont le bon goût n'égale que les deux dés à jouer en velours pendus au rétroviseur.

Les trois rustauds lèvent à peine la tête, se contentant comme avec nous d'un signe de tête en direction du chauffeur. Le bolide ronflant s'ouvre sur un complet beige du plus grand chic, un sexagénaire plein de panache qui salue la terrasse en portant une main gantée à son fedora. À sa main, une canne au pommeau doré. Un dandy chic qui porte bien son âge.

– Et alors, Peyo ! il crie tout en enlevant ses gants. Tu viens pas m'embrasser ?

L'ours sort d'un pas traînant des cuisines et se laisse enlacer. Le dandy à chapeau en profite pour lui claquer une bise sonore sur la joue.

– J'ai une faim de loup !

Il prend le temps d'admirer la vue, soupire d'aise, puis se tourne vers nous. Son visage s'éclaire. Je remarque ses yeux dorés dont les rides n'ont pas terni l'éclat.

– Bonjour, Rosa ! s'exclame-t-il.

Je crois la voir rougir. Il fait un clin d'œil à Nana.

Baisemain, présentations polies :

– Monsieur Etchegoyen. Pour vous servir.

Il tire une chaise, s'assoit face à nous. Noue une serviette autour de son cou. Je l'écoute parler, admire sa prestance. Un drôle de personnage. Tout en lui contraste avec son environnement. Il dégage une certaine douceur. Son humour décalé, son intelligence fine et son sens de l'à-propos me le rendent sympathique. Je me laisse porter par leurs échanges, succombant à une douce torpeur d'après-repas, quand tout à coup il se penche vers moi.

– Je vais avoir besoin de vous.

Balthazar

Elle m'a pris par le bras. La chaleur de son corps m'a fait frissonner.

– Ce parc est immense, elle s'est extasiée.

J'ai dégluti.

– Il est encore plus beau sous le soleil, j'ai répondu en lissant mes cheveux pour redonner un peu de tenue à ma tignasse hirsute.

Je venais de mettre le doigt dans un engrenage dangereux, mais le bluff c'était mon truc, me suis-je dit pour me rassurer.

Face à nous, la villa scintillait de mille feux. Nous avons gravi les marches en marbre qui menaient jusqu'à la terrasse. Une immense baie vitrée laissait s'envoler de longs voilages blancs. Des fantômes nous saluaient.

– Il paraît que cette maison est hantée, a-t-elle soufflé comme si elle pouvait lire dans mes pensées. La rumeur dit que la marquise a plus de cent ans, et que le jour elle vit recluse dans le noir et une baignoire de lait.

Qu'est-ce que c'était que cette histoire ? J'ai souri en prenant un air mystérieux, comme si j'en savais long.

Un serveur s'est approché, nous a tendu à chacun une coupe de champagne, que j'ai saisie avec ce qui m'a semblé être le plus grand naturel. Dans la salle à manger, un orchestre jouait un air de boogie-woogie, porté par l'enthousiasme des danseurs qui tressautaient en rythme, comme s'ils essayaient d'éteindre un incendie avec leurs semelles. Les robes volaient, les bras s'étiraient et les corps se retrouvaient pour mieux se séparer. Une joie de vivre fabuleuse se dégageait de cet ensemble aussi élégant que survolté. J'ai regretté de ne pas savoir danser.

– On monte ? elle a proposé d'un air mutin, une bouteille de champagne à la main.

J'ai hésité. C'était une chose de s'introduire dans la maison, c'en était une autre de visiter sans permission les appartements particuliers de la marquise. Je craignais de me trouver nez à nez avec le sbire à casquette qui m'avait refusé l'entrée. Mais déjà la robe à franges lamée s'échappait dans les escaliers. Au-dessus de nous, un lustre immense. Sous nos pieds, un épais tapis grenat qui étouffait nos pas et absorbait l'eau qui suintait de mes mocassins trempés.

Joueuse, la belle est partie en courant à travers une enfilade de chambres, de salons et de cabinets richement décorés. Partout, des tableaux immenses, des tentures, du velours, des coussins brodés. Un concours de fantaisie, de folie, de poésie. Tout était rose, d'un rose pâle très chic, avec des touches de bleu-gris, de vert tendre et de jaune de Naples. C'étaient toutes les couleurs du ciel que nous traversions échevelés, comme deux enfants que nous étions encore. Soudain, j'ai pilé, tétanisé.

– Vous êtes ?

Une dame d'un âge avancé et d'une élégance rare, vêtue d'une longue robe noire brodée de perles fines, me fixait. La jolie rousse m'a rejoint, essoufflée. La dame a haussé un sourcil tandis que je me liquéfiais. Un brouhaha nous a fait tourner la tête. Romy a profité de la diversion pour saisir ma main et m'entraîner vers l'escalier. La sensation de sa peau chaude sur la mienne m'a électrisé.

– Venez ! a-t-elle soufflé.

Cette fille m'épuisait mais pour elle, j'aurais pu escalader des montagnes. Décrocher la lune, les étoiles, et lui en faire des colliers.

En bas, un groupe d'acrobates effectuait des figures périlleuses sous les encouragements des invités. La pyramide humaine s'élevait jusqu'au plafond peint, une coupole bleu ciel piquée de nuages digne des plus beaux palais vénitiens. Sur la terrasse, un cracheur de feu, des contorsionnistes, des jongleurs se mêlaient à l'assemblée. Les invités s'interpellaient en riant, visiblement alcoolisés. Un homme a planté son regard dans le mien. Grand et mince, cheveux châtains mi-longs, vêtu d'une tunique blanche, des verres épais à monture d'écaille sur le nez. Il a porté à sa bouche un long fume-cigarette et m'a souri. Romy a surpris notre échange.

– Vous connaissez Yves ? m'a-t-elle demandé.

Puis, sans attendre ma réponse :

– Je rêve de le rencontrer !

Elle m'a tiré par la manche en direction de cet homme et j'ai rougi. Tout ça me dépassait. Ça allait trop vite, j'avais le tournis, j'en prenais plein les yeux, le cœur, un tourbillon de couleurs, de sensations, de frissons. Et le champagne me montait à la tête. Je flottais dans une ouate pétillante, colorée. Un kaléidoscope.

– Attendez…, j'ai lâché.

Mon esprit fonctionnait au ralenti. L'image du zèbre se superposait à celle de ma boîte de magie, le vert de l'émeraude autour du cou de Romy au jade de ses yeux clairs. J'ai cherché quelque chose à répondre, une pirouette, un dernier effet de manche pour me tirer de cette aventure. En vain. J'étais sonné. Soudain, une explosion. Des cris de joie. Au-dessus de nous, une immense gerbe dorée a éclaté avant de redescendre doucement sur l'océan. Suivie de dizaines d'autres, une cavalcade fabuleuse qui résonnait dans ma poitrine, boum, boum, boum ! Un festival étoilé, un éblouissement que rien n'égalait sauf la rousse qui rayonnait à mes côtés. Elle a senti mon regard posé sur elle. M'a souri. Et là, sous la coupole pailletée du ciel, elle m'a embrassé.

6

Mon expression éberluée ne le fait pas ciller. Entre deux bouchées, il explique. Patiemment. Comme si la situation n'avait rien d'étonnant.

Ce restaurant lui appartient. Et M. Etchegoyen s'est mis en tête de faire de *Chez Germaine* un restaurant d'étape. Le Pays basque, c'est sa patrie. Son patrimoine, sa fierté. À son âge, il veut laisser une trace. Ici il n'y a pas foule, même l'été. Pourtant la région est une merveille – des églises, des grottes, des… il agite la main d'un geste flou –, une table gastronomique ferait venir les touristes, ça bénéficierait aux villages alentour. Donnerait un peu de cachet au restaurant, en ferait une adresse qu'on s'échangerait entre connaisseurs. Il n'est pas question d'étoile à ce stade, juste d'une reconnaissance régionale qui implique de rafraîchir les lieux, la carte et d'élargir la clientèle.

– Puisque vous avez du temps, ajoute-t-il en plantant ses yeux dans les miens, autant en profiter.

Du temps ? Je n'ai pas prévu de rester.

– Dites-moi ce dont vous avez besoin, conclut-il. Tout est possible.

Il tire de sa poche une liasse de billets qu'il pose sous mon assiette. À l'ancienne. Pour lui, l'affaire est entendue.

Je souris, puis éclate de rire. Je me vois sur cette terrasse déserte, entourée d'une Nana à strass, d'une vieille dame à canotier, d'un dandy en complet beige et d'un rideau à mouches. Je suis tout au fond d'un terrier qui mène à un lapin blanc, à un chapelier fou et à une reine de cœur à la tête d'un jeu de cartes. Liz au pays des Merveilles.

– C'est très gentil, mais…

J'ai une pensée pour Romy, cette histoire lui aurait plu.

– Prenez le temps d'y réfléchir, me coupe-t-il avant de tirer de son veston une montre à gousset.

Il remet son chapeau et s'éclipse.

7

Je ris nerveusement en racontant cette rencontre à mon avocat au téléphone. Le dandy, le restaurant, sa proposition. Bienvenue chez les fous ! Maître Moineau est rassuré, j'ai une bonne voix, mon voyage au Pays basque m'a fait du bien. C'est l'essentiel, conclut-il.

Maître Moineau est un vieux bonhomme dégarni, timide et maladroit. On est loin du magistrat plein d'assurance qu'on voit à la télé. La télé justement, c'est ce qui nous a rapprochés. Quand la production de *Toque Chef* m'a contactée, les deux cents pages du contrat m'ont prise de court. J'ai ouvert le Bottin au hasard et son nom d'oiseau m'a plu. Maître Moineau aime la bonne chère au moins autant que les tribunaux. Chez *Romy*, il venait me voir après le service, on s'attablait en cuisine, je lui préparais une queue de homard en salade de tomates, pinces en gelée, coudes en ravioles, mon plat signature, son plat préféré. Entre deux coups de fourchette, il me tenait au courant des affaires. Puis, le vin aidant, il s'enflammait en parlant d'étoile, d'un deuxième restaurant, et même d'une marque de plats cuisinés. Maître Moineau gère tout ce qui dans ma vie ne se règle pas aux fourneaux. Et il a toujours eu de grands projets pour moi.

Le combiné coincé entre l'épaule et la joue, je balaye la chambre du regard en m'assurant que je n'ai rien oublié. Trois jours que je suis ici. Je reprends le train demain matin et je me sens d'attaque pour retrouver la Ville lumière. Je vais prouver que *Romy* est irréprochable auprès des autorités sanitaires et surtout du grand public. Défendre ma cause et me remettre en selle. Quant aux inspecteurs du *Michelin*, je me donne six mois pour les réinviter. Avec beaucoup de travail, j'ai peut-être une chance d'y arriver.

– Et vous, à Paris ? je finis par demander en fourrant ma trousse de toilette dans mon sac.

– Eh bien…

Maître Moineau hésite. Lui qui n'hésite jamais. Je me redresse.

– Maître ?

– Je suis content que vous ayez repris du poil de la bête. Nous allons en avoir besoin.

Dans sa voix, de l'inquiétude. Ma gorge se serre.

– Qu'est-ce qu'il se passe ?

– Ça va aller, il tente de me rassurer. Tout ça prend du temps, mais ça va se tasser. Vous savez comment sont les journaux, ils adorent le scandale, surtout en été, ça fait vendre leurs papiers.

– Et Soizic ?

Soizic, râleuse, nonchalante, aussi douée en cuisine que moi en tricot. Un cauchemar. Une commise qui m'a été recommandée par un ami. Un chef étoilé qui a confondu travail et plaisir. Depuis son arrivée, Soizic n'a pas arrêté. Retards, insultes, erreurs de cuisine. Jusqu'à l'intoxication. Je ne peux pas le prouver, mais je le sais. Ce soir-là, son insolence nous a menés au bûcher. Et c'est elle qui m'attaque !

– On est sur le coup, mais elle bénéficie d'une bonne défense. Le juge veut entendre la brigade…

– La brigade ? je m'exclame. Tant mieux ! Ils vont pouvoir témoigner, dire qu'elle est dingue !

Pourquoi ne l'ai-je pas dégagée avant ? Foutue émission télé qui me prenait tout mon temps !

Un silence.

– Maître ?

– Deux commis se sont rangés de son côté, lâche-t-il d'une voix sourde. *Le Figaro* prépare une enquête sur le harcèlement au féminin. Ils les ont encouragés à témoigner.

– Vous plaisantez ?

Un trou noir. Qui m'aspire.

– On parlera de tout ça demain quand vous…

– Non, j'ai besoin de savoir.

Je fais de mon mieux pour me maîtriser. Mon cerveau tourne à plein régime. À chaque seconde de silence, je manque un peu plus d'air. Que peut-il y avoir de pire que tout ce qui m'est arrivé jusque-là ?

– Votre maître d'hôtel…

– Camille ?

– Elle a donné une interview. Et ça ne joue pas en notre faveur.

Quinze ans que je la connais. *Ferrandi*, le *Ritz*, *Les Cocottes*, on a tout traversé ensemble. Les bons moments comme les mauvais. Camille c'est mon bras droit. Mon alliée. Depuis le début, l'histoire de *Romy* s'écrit avec elle.

Je tremble.

– Comment ça…, je bégaye, qu'est-ce qu'elle a…

– Elle a retourné sa veste. À propos de vous et de Soizic. Elle a confirmé que ce soir-là vous aviez…

– C'est impossible !

Il soupire.

– Malheureusement la partie adverse a su se montrer, disons, convaincante.

Un couteau dans mon dos, là, juste entre les omoplates. Une douleur terrible. Je ne peux plus respirer.

– Elizabeth ? Elizabeth, vous m'entendez ?

Le téléphone m'échappe des mains. Recroquevillée sur moi-même, je suffoque.

8

Trois jours dans le brouillard, hagarde. Assommée par les médicaments. Veillée par Nana. Le médecin a exigé du repos. Hors de question que je voyage dans cet état. Et cette terreur qui revient en boomerang, celle d'être atteinte, comme ma mère, de folie. De subir ses journées d'orage qui me faisaient si peur enfant.

Je finis par me lever. Cernée, échevelée, le teint gris. Dans le miroir, je crois voir Romy dans ses mauvais jours. Je frissonne. Nana pose son tricot et me sourit.

Il est vingt et une heures passées quand j'arrive chez *Germaine*. Douchée, coiffée, il ne reste plus rien du fantôme de la veille. En apparence. Le soleil est couché, le ciel encore clair.

Assis dans un coin sombre de la terrasse, l'ogre hirsute, tablier taché et pieds sur une chaise, fume en observant les montagnes. Posée en surplomb d'une vallée, la maison domine les pâturages qui roulent doucement jusqu'à une rivière bordée par des saules. L'écho de l'onde porté par le vent donne un tour mélancolique au tableau.

– C'est fermé, grogne-t-il sans se retourner.

– Je suis pas là pour dîner.

Je pourrais ajouter quelque chose sur sa cuisine, un compliment mérité ou juste un mot poli, mais rien ne vient.

Il hausse une épaule, sans détourner le regard du paysage doré. Je tire une enveloppe de la poche de ma veste.

– C'est pour le patron. J'ai besoin de lui parler.

Peyo souffle des ronds dans l'air. Dans la lumière rasante, ses yeux paraissent encore plus clairs, presque transparents.

– Qu'est-ce que tu lui veux au patron ?

Qui lui a permis de me tutoyer ? Je serre les dents. Il saisit un verre abandonné au pied de sa chaise. Liquide ambré.

Soudain, une sonnerie stridente. Reconnaissable entre mille. Je me fige. Un frisson me parcourt l'échine, de la tête jusqu'au bas du dos. Le chef doit sentir mon trouble car enfin il se tourne vers moi. Il me scrute avec une curiosité amusée avant de déplier sa carcasse et de disparaître derrière le rideau à franges. Pourquoi est-ce que je le suis ? L'instinct ? Une forme de masochisme ?

Nous longeons un couloir sombre éclairé par une ampoule nue. Aux murs, des toiles d'araignée et de vieilles croûtes représentant la vie des champs. Il pousse une porte battante, laissant s'échapper un fumet délicieux. Et là, stupeur. Au lieu du graillon et des casseroles sales que je m'attendais à trouver, une pièce immense, lumineuse, immaculée. Et un équipement haut de gamme. Fourneau Enodis sur mesure. Poêles Mauviel. Deux fours dix niveaux à chaleur mixte. Plafond filtrant autonettoyant. Et un coin pâtisserie dernier cri qui de toute évidence n'a jamais servi. Le genre de trucs dont j'aurais rêvé chez *Romy*. J'ai affaire à un pro.

Torchon à la main, l'ogre éteint la sonnerie du four, sort une plaque où dorent quelques légumes. Sur le passe, une assiette patiente. Il saisit une fourchette, détache doucement une fleur de courgette du papier sulfurisé. L'allonge près d'un morceau de viande brillant. D'une main délicate, il coupe un brin de coriandre, un quart de figue, et dépose une noisette de ce qui semble être de la mousseline de potiron. De le voir travailler ainsi, son visage me paraît familier, comme un effet de déjà-vu qui aussitôt s'évanouit. Puis il attrape un ramequin et du bout d'une cuillère fait tomber sur la viande trois gouttes d'une sauce parfumée. Sauge ? Fond de porc ? Mon estomac gargouille. Il ne relève pas. Se contente d'essuyer le bord de l'assiette à l'aide d'une éponge minuscule, avant de l'emporter dehors de son pas d'ours et de se mettre à manger.

Un rustre.

– Alors comme ça, t'es une vedette ? il demande la bouche pleine sans lever les yeux.

L'ironie de sa question est manifeste. Sa manière de mâcher, de me questionner, tout m'agace. Ma réponse semble moins l'intéresser que la cuisson de sa viande qu'il évalue du bout de sa fourchette, sourcils froncés. Je perçois chez lui une suffisance qui me fait serrer les dents. Sens poindre en moi une colère que je m'attache à canaliser. Monsieur et son tablier sale n'ont besoin de personne.

Et certainement pas d'une pépée qui joue les célébrités à la télé.

Pauvre type.

– Restez là-bas, m'a conseillé maître Moineau la veille au téléphone. Acceptez l'offre.

J'ai ri, d'un rire nerveux, hystérique. Romy dans ses jours sombres.

– C'est une blague ?

De cheffe presque étoilée, je devenais… rien. Je n'étais plus rien, même pour lui.

– Elizabeth, écoutez-moi. À Paris, ils vous attendent avec des couteaux entre les dents, ils…

– Y a rien ici pour moi ! j'ai hurlé. Que voulez-vous que je foute dans ce troquet minable ?

Sa réponse m'a prise de court :

– Montrez-leur de quoi vous êtes capable.

J'ai raccroché, tremblante. Avalé mes cachets comme des Smarties. Puis au réveil d'une nuit sans rêves, je me suis rendue à l'évidence : Je n'ai pas le choix. Il est trop tôt pour que je rentre à Paris. Le procès n'aura pas lieu avant trois mois. Ici, je suis en sécurité, loin des paparazzis qui tiennent le siège de mon immeuble en quête d'une photo volée. Le projet du vieux dandy est bancal, mais je n'ai rien de mieux. Et puis j'ai besoin d'argent. Les comptes sont vides. Le Moineau me coûte une fortune. Le restaurant est fermé, mais il faut continuer à payer la brigade. Le crédit. Pas le choix. Je vais me remettre en selle. Et faire ce que je sais faire de mieux : travailler. Travailler nuit et jour pour montrer ce que je vaux. Je n'ai besoin de personne.

Me sont revenus les mots de l'inspecteur du *Michelin* ce soir-là chez *Romy* : « Cheffe Clairemont, votre cuisine est éblouissante ! » C'est à moi qu'ils étaient adressés. À moi et à moi seule. Et les accusations de Soizic, les manchettes des journaux, et les regards en biais des gens n'y changeaient rien. Oui, j'allais leur montrer. Le vieux avait de l'argent. La rage qui hurlait dans mon ventre ferait le reste.

La nuit s'annonce dans un dégradé rose. Quelques grillons, la rivière. Le silence. Je détaille la maison. Il va falloir tout reprendre, de la déco à la cuisine, tout, de A à Z. Repeindre la façade. Changer le mobilier. Établir un menu. Trouver des fournisseurs. Faire de la publicité. Virer ce foutu rideau à mouches. Et embaucher.

Qui je vais trouver dans ce trou pour m'aider ?

L'ours repousse son assiette, se lève, revient avec une part de gâteau basque qu'il mange, les yeux perdus vers la vallée. Pas un regard pour moi.

Je ne sais pas qui je vais recruter. Mais je sais déjà de qui je vais me débarrasser.

Balthazar

Je me suis éclipsé à l'aube, soucieux de repartir entier. Avant de quitter la chambre, je l'ai observée longuement. Comment prendre congé ? Jouer les courants d'air ? Attendre qu'elle se réveille ? Le risque était trop grand d'être mis à la porte. J'avais perdu mon assurance de la veille et n'envisageais pas de lui mentir encore en prétendant être un habitué des petits déjeuners de la marquise. Tout cela n'avait été qu'un rêve, une parenthèse. J'aurais eu des regrets si je n'avais pas été lucide : cette fille et moi n'étions pas du même monde.

Sur le canapé du salon, des invités dormaient. J'ai avisé un grand bouquet sur une console, suis retourné à la chambre d'un pas feutré. D'un geste théâtral, j'ai déposé sur l'oreiller une fleur d'hortensia et soufflé un baiser. Cette boule rose délicate près de ma belle endormie, ça avait du panache ! Elle me dirait plus tard qu'elle n'aimait pas les fleurs coupées. Elle trouvait ça tragique. Ça lui rappelait la mort, les tombes qu'on décore et l'eau croupie. Elle n'a jamais été facile à cerner.

Je n'ai pas osé sortir par le portail, préférant rejoindre

les rochers. À ce stade mon costume ne craignait plus rien. L'océan était calme, le ciel pur. J'ai marché un long moment dans la fraîcheur de l'aube. Dans ma tête s'écrivait mon article, entre deux souvenirs charnels.

Quand enfin j'ai rejoint mon village, c'était l'heure du déjeuner. Je me suis réfugié dans ma chambre. Aucune envie que mon père me voie dans mon costume troué. Même si au point où j'en étais, son niveau d'estime pour moi devait frôler le plancher. Jo était occupé à battre des cartes et à en retirer les as sans se faire remarquer. Du moins, il essayait.

– C'est la marquise qui t'a mis dans cet état ? a-t-il lancé, moqueur.

J'ai balayé sa remarque d'un revers de la main. Pas envie de parler. De toute manière, il ne m'aurait pas cru. La veille, me voyant préparer mon expédition, Jo avait levé les yeux au ciel. J'allais vraiment m'improviser journaliste pour impressionner notre père ? Et pourquoi pas monter un spectacle de claquettes ! Pour lui, il suffisait de faire le dos rond. Éviter les salles de jeux pendant un temps et se tenir à carreau. Notre père finirait bien par s'en remettre. En ça, il se trompait.

J'ai poussé un soupir. Rassemblé ce qu'il me restait d'énergie. Je devais m'empresser de coucher toutes mes impressions sur le papier. Écrire l'article d'une traite et sauter dans le prochain train pour Bordeaux. En me dépêchant, je serais dans les locaux de la rédaction avant le bouclage. J'ai jeté mon chapeau sur mon lit, résistant à l'envie d'en faire autant moi-même tellement j'étais fourbu, et j'ai plongé la main dans ma poche en quête de mon carnet.

Il avait disparu.

9

– Je veux avoir carte blanche.

Il y a quelques minutes, la Pontiac s'est annoncée dans un crissement de frein. Le vieux dandy soigne ses entrées. Rosa a mis son salon à notre disposition. Nous a servi deux coupes avant de disparaître dans la cuisine. À présent, le dandy m'observe sous un chapeau en velours piqué d'une plume bleue. Il joue avec un briquet tempête en or dont il fait claquer le couvercle. Nerveux ?

– Sur les dépenses. Et le recrutement, j'ajoute.

Maintenant que j'ai pris la décision de rester, je suis déterminée à en tirer le maximum. Il dit oui à tout. Sans rien négocier. Pas même le montant délirant que j'exige en compensation du temps passé ici. Le contrat est clair : j'ai trois mois pour faire de cette cambuse une table digne de ce nom. Le patron a fixé la date de l'inauguration à l'occasion de laquelle il organisera un dîner. Il a l'intention de convier tout ce que la région compte de personnalités influentes pour faire connaître le nouveau restaurant. Les invitations seront lancées dès demain.

Trois mois c'est court. Je n'ai pas le droit à l'erreur. Du

succès du restaurant dépend ma réputation. Même s'il n'en reste pas grand-chose, je dois être irréprochable. Conseil de Moineau. Ça se tente, mais seulement si je suis seule maîtresse à bord.

Le vieil homme se redresse.

– Vous ferez ce que vous jugerez le plus opportun, dit-il. En revanche…

Son accent basque très prononcé a un côté rustique qui contraste avec l'élégance de son gilet en velours et le carré de soie qui colore sa poitrine.

– Peyo doit rester.

Il a lâché ça d'une voix polie mais ferme.

Un silence flotte autour de la table. On n'entend plus que le plop discret des bulles de champagne remontant à l'air libre.

Peyo ? Plutôt mourir !

– Demandez-lui de redresser le restaurant, alors !

Etchegoyen ne répond pas. Dans son regard, quelque chose d'inflexible. Que cherche-t-il ? Qui irait mettre autant d'argent dans ce restaurant de campagne et prendrait le risque de tout perdre avec un chef aussi désinvolte que paresseux ? J'en viens à douter. Est-il dérangé ?

Le silence persiste. Je sens poindre la crise d'angoisse. Familière. Irrépressible. L'avocat m'a convaincue que j'ai là une opportunité de me refaire, et pas seulement financièrement. En attirant l'attention des journalistes sur ce projet, on peut raconter une nouvelle histoire. Effacer le passé. Le retour au terroir, l'histoire de ma mère. Je suis tentée d'y croire. Mais avec Peyo en cuisine, je cours au désastre.

Le vieux dandy attend.

Je suis nulle en négo. Ce job, c'est celui de Moineau. Pourquoi n'est-il pas là aujourd'hui, bon sang !

Ce matin, je n'ai pas résisté. À la maison de la presse, j'ai feuilleté tous les canards du moment. De l'hebdo intello au plus petit journal people, tous me mentionnaient. J'y étais dépeinte comme une Gorgone. Les témoignages foisonnaient, anciens camarades d'école, plans d'un soir et candidats de *Toque Chef*, tous avaient à dire sur ma vie, ma personnalité. « Liz Clairemont, étoile déchue », « Scandale en cuisine : toutes nos révélations ! », « Quand la star des chefs nous laisse un goût amer »…

En sortant, j'ai vomi mon petit déjeuner. Qu'est-ce que j'ai fait pour mériter ça ? je me disais. À quel moment tout a basculé ? Pourquoi n'ai-je rien vu venir ? Suis-je vraiment celle qu'ils dépeignent ? J'ai manqué de discernement. D'humilité ?

Quand j'ai relevé la tête, Romy fumait devant la vitrine, goguenarde dans sa robe rose pâle et sa large capeline. Comme sur la photo posée sur ma table de chevet. Souvenir de nos dernières vacances, quelque part en Méditerranée. Les gens s'arrêtaient pour l'admirer. Elle ne remarquait rien, happée par la contemplation de la mer à ses pieds. Comme si elle allait l'aspirer.

Elle a écrasé son mégot sur les journaux à scandale et a éclaté d'un rire sonore. *On va pas se laisser emmerder, non ? Viens, allons danser !* L'entendre m'a fait du bien.

La pendule du salon sonne trois coups. Je sursaute. Le vieux dandy m'observe toujours. À quoi pense-t-il ? A-t-il déjà perdu quelqu'un qu'il aimait au point de vouloir mourir à son tour ?

Je ferme les yeux. Prends une grande inspiration pour chasser le souvenir de ces manchettes sordides. Si ce restau de campagne est ma seule chance de m'extraire de ce chaos, alors je dois essayer.

– Je vais m'assurer que Peyo ait notre projet à cœur. Vous n'allez pas le regretter.

Balthazar

Ma mère a poussé un cri en ouvrant la porte. Devant elle, un homme plus grand qu'une cathédrale. Une peau d'ébène, costume bleu d'une élégance rare. Elle a aussitôt refermé la porte, puis pris une grande inspiration, et a rouvert après s'être composé un visage de circonstance. Elle a essayé de dire quelque chose, mais aucun son n'est sorti.

Elle me reparlerait de cette rencontre jusqu'à la fin de sa vie. Le géant noir l'avait poliment saluée avant de lui tendre un coffre doré serti de pierres, et de prendre congé. Son regard doux l'avait hypnotisée. « C'est comme s'il lisait dans mes pensées », ne cessait-elle de répéter.

Devant notre vieille maison basque qui n'avait même pas l'électricité, l'automobile rutilante a redémarré dans un bruit sensationnel avant de disparaître dans un nuage de poussière.

Ma mère a hurlé nos prénoms.

– Tiens, c'est pour toi, elle a bafouillé, tremblante, avant de se laisser tomber sur une chaise.

J'ai scruté la boîte. Qui pouvait bien m'envoyer une

chose pareille ? Je n'ai pas réfléchi longtemps et sous le regard stupéfait de mon frère et de ma mère, je me suis empressé de rejoindre la chambre et de fermer le loquet.

Le coffre ouvragé était fermé avec une clef minuscule. À l'intérieur, dans une besace de velours, mon carnet.

J'ai souri. Humé la boîte, comme un chien en quête de son maître. Sur la première page, d'une écriture tout en courbes qui me rappelait follement les siennes, elle avait écrit :

Le zèbre s'est à nouveau échappé, je vous attends pour le dîner.
Romy

PS : Cette fois-ci, passez par le portail !

10

Nana et moi posons nos valises dans la maison aux volets bleus. Rosa nous accueille avec chaleur, nous montre nos chambres. Deux petites pièces mitoyennes mansardées, confortables, avec une vue imprenable sur le grand parc.

– Bienvenue chez toi, se contente-t-elle de dire en redonnant forme à un oreiller.

Puis, avec une émotion qu'elle tente de cacher :

– C'était ta chambre quand… avant que tu partes.

Sur son épaule, le capucin ne manque pas une miette de notre échange. Il saute sur le bureau, effleurant de sa longue queue fine un pot à confiture vide rempli de crayons de couleur. Dessous, un livre d'images appartenant au siècle passé.

– Swing adore les nouvelles têtes, s'amuse Rosa.

Deux kilos à peine, une petite chose à fourrure noir et blanc qui lui fait sur la tête comme une cagoule. Deux billes sombres, un museau rose. Et un nœud papillon ajusté qui lui donne un air de premier de la classe. Swing penche la tête en me dévisageant. Ça me met mal à l'aise.

Hier, j'ai parlé à Nana. Lui ai confié mes doutes, mes

peurs. J'allais rester, mais son billet de train pour Paris l'attendait. J'étais à fleur de peau, ma voix comme ma vie ne tenait plus qu'à un fil. Les nouvelles n'étaient pas bonnes. Maître Moineau m'avait fait douter. Nana m'a écoutée, immobile. Ses yeux comme deux lacs calmes. Puis elle a pris le billet de train, et l'a mis délicatement dans la corbeille. « Nana, je t'en prie, t'en fais pas pour moi… » Elle a posé sa main sur la mienne. Le lendemain à la première heure, nous sonnions chez Rosa.

– Je te laisse te reposer, dit la vieille dame avant de récupérer le capucin sur son épaule.

Arrivée devant la porte, elle se retourne.

– Liz…

Elle hésite.

– Je suis contente que tu sois là, souffle-t-elle en baissant les yeux.

Sa pudeur me touche au moins autant que ses mots. Je m'attache à elle bien plus que je ne l'avais prévu.

– Merci, réponds-je, incapable d'en dire davantage.

L'espace d'un instant elle me semble soucieuse. Finalement elle me fait un clin d'œil et quitte la chambre.

À y repenser, je me demande si ce n'est pas pour elle que je suis restée. Chaque jour passé à ses côtés renforce le lien souterrain qui nous lie. Un vestige d'émotion, quelque chose de profond et d'intouché. Qui me surprend. Je n'ai aucun souvenir d'elle et pourtant… Les enfants gardent-ils en eux une trace de ceux qu'ils ont aimés puis oubliés ?

Je pose mon sac sur le lit. Au mur, près du bureau, un calendrier. Dessus, la photo d'un berger entouré de ses brebis, béret noir sur la tête, visage buriné. Je contemple l'image et, sans savoir pourquoi, je me sens apaisée. Je fais défiler les pages mois après mois. Et j'entoure la date du dîner d'ouverture.

Douze semaines. Pour se remettre debout. Et réécrire l'histoire. Je suis déterminée.

11

Sept heures du matin. Je me gare devant le restaurant. Le dandy m'a donné un double des clefs. La campagne est silencieuse. Je retrousse mes manches, ouvre les volets, un crayon entre les dents. Dans l'air, la poussière qui s'ébroue, les araignées qui se carapatent, dérangées en plein sommeil. Je détaille le salon, intouché depuis deux siècles. Une cheminée en fonte, deux chaises en paille. Dans un panier, du bois coupé. Plus loin, une vieille machine à coudre et même un rouet. La pièce est grande, haute de plafond et bien éclairée. Une salle à manger pour l'hiver.

Je griffonne dans mon carnet : « Femme de ménage. Emmaüs. Mobilier. » Mon cerveau tourne à plein régime. Je vais avoir besoin d'aide. Et rapidement.

Je renonce à faire un tour en cuisine. Pas la priorité. D'abord, il me faut secouer le bon à rien qui dort à l'étage et l'informer que les règles de la maison ont changé.

Je grimpe un vieil escalier en bois, manquant de trébucher sur le capharnaüm qui encombre les marches. *Changer ampoule*, je note mentalement. Chacun de mes pas provoque un bruit de tous les diables. Pourtant, quand je toque à la porte de ce qui semble être la seule chambre de la maisonnée, pas de réponse.

– Peyo ?

Silence. Que va-t-il se dire en me voyant débarquer dans sa chambre poings sur les hanches et mâchoire serrée ? Je savoure d'avance mon entrée.

J'ouvre les rideaux d'un geste sec. Un grognement. Sur un lit simple et visiblement trop étroit pour sa carcasse, il gît tout habillé.

– Mais qu'est-ce que..., il marmonne en tentant de concilier les informations qui l'assaillent.

Je plisse le nez. Détaille sa chambre. Petite. Spartiate. Un lit, une commode. Son tablier en boule sur une chaise. Un jean déformé. Une paire d'espadrilles usées. Des livres et des notes abandonnés un peu partout. Dessus, ce qui ressemble à des citations. Je ramasse une feuille au hasard. « La vie est pavée d'occasions perdues. » En écho à cet enthousiasme formidable, posée en équilibre sur un livre corné, une bouteille. Vide. Et dans un coin, un cadre fendu. À l'intérieur, une feuille jaunie avec...

– Fous-moi le camp !

Je sursaute.

– Je vous attends dans cinq minutes dans la...

– Fous-moi le camp !

Je me suis juré de garder mon sang-froid.

– Il faut qu'on parle ! je hurle.

Raté.

– De quoi ? tonne-t-il. Je m'occupe de la cuisine. Pour le reste, le balai se range sous l'escalier.

S'ensuivent une volée d'injures. Rien de très surprenant. Ni d'élégant, avouons-le. Il finit par me pousser dehors sans ménagement.

Je suis ulcérée. Il veut la jouer comme ça ? Très bien. Rira bien qui rira le dernier. Je n'ai pas su gérer Soizic. Résultat : un procès pour harcèlement, une brigade qui plie sous la pression des journalistes, des articles racoleurs. Elle est belle la justice ! Tendre la main pour se la faire mordre, merci bien ! Tout ça, c'est terminé. Il est temps de se débarrasser des poids morts. De s'en protéger.

Respire.

Assise dans les escaliers, Romy sourit, une tasse de chocolat chaud entre les mains et une moustache de lait sous le nez. *Pas commode, le garçon !* lâche-t-elle en faisant la moue. Elle enfourche un vélo imaginaire et se met à pédaler dans le vide en chantant un air de Boby Lapointe.

Au pays daga d'Aragon
Il y avait tugud' une fill'
Qui aimait les glac's au citron
Et vanille…

Elle l'imite sans faillir, les épaules qui sursautent en rythme, la langue qui roule, le visage impassible. C'est un code entre nous. Quand je suis énervée, elle convoque le vieux Boby en faisant le pitre. Malgré moi je souris.

Je branche la vieille radio du salon. Des chants basques s'élèvent dans la maisonnée. On se croirait en pleine montagne, un vacarme effrayant, manquent plus que les brebis et leurs cloches. Qui peut supporter ça ? Je monte le volume et je m'éclipse avant d'avoir mal à la tête. Encore quelques réveils comme celui-là et je parie que le vieux rustre à l'étage fera ses valises. Le plus tôt sera le mieux.

Pourtant, sur la route qui me ramène chez Rosa, une image m'obsède. Ce cadre fendu dans la chambre, est-il possible que… Je chasse l'idée de mon esprit. Tout ça me renvoie au drame qui est le mien. En moi, une tempête s'est levée. Après le désespoir et le chagrin, une colère sourde s'est installée. Juste là, entre mes côtes. Incontrôlable.

Balthazar

– Qui ça, vous dites ? a grogné le gardien à casquette.

– Mlle Romy.

Il a arqué un sourcil suspicieux. Je lui ai tendu le bristol. Me maudissant pour cette main qui tremblait. Étais-je aussi impressionnable ? *Du nerf, bon sang !*

Il m'a regardé des pieds à la tête avant d'ouvrir le portail. Derrière, un paon faisait la roue au pied d'un immense bougainvillier. Je me suis essuyé le front. Au volant, mon frère s'est mis à siffler en voyant la silhouette de la villa se dessiner au bout de l'allée.

– Eh ben mon vieux ! Ils se mouchent pas avec le dos de la cuillère !

J'ai levé les yeux au ciel, regrettant déjà qu'il m'ait accompagné. Jo n'était pas du genre discret et j'avais une image à préserver. Et puis surtout, il avait du succès. Auprès des femmes, s'entend. Et moi pas envie de partager. Mais j'habitais à deux heures de marche de la côte, et avais préféré utiliser ce temps pour laver, essorer et faire sécher mon costume sur le vieil étendoir de ma mère. C'était encore ce que j'avais de plus adapté pour le dîner. Les salles de jeux n'exigeaient aucune tenue de soirée et mon vieux complet du dimanche me faisait le plus triste effet.

– Je crois que c'est mieux si tu me laisses ici, j'ai lâché.

On avait un accord : Jo se faisait passer pour mon chauffeur et en échange je devais tout lui raconter. Au début il avait hésité.

« Si tu le fais pas pour moi, j'avais insisté, fais-le pour papa. » Il avait soupiré, pas vraiment dupe. Et puis il était allé chercher un seau d'eau et une éponge pour donner un coup de brillant à notre vieille guimbarde. « T'es un vrai frère ! » je m'étais exclamé en lui envoyant un coup de poing sur l'épaule.

Et le voilà qui garait la Renault 4 sur les graviers blancs de la marquise. L'automobile m'a soudain semblé bien petite. D'un geste cérémonieux il a ouvert ma portière, une main dans le dos. Pour l'occasion, il avait déniché une casquette, une veste à boutons, et lustré sa moustache. Seules ses espadrilles usées faisaient de l'ombre au tableau.

– Allez file, frérot. Et révèle pas ton jeu trop vite, il a soufflé tandis que je descendais de la voiture dans une pose pas très naturelle.

J'ai pris une grande inspiration.

En haut des marches m'attendait un majordome aussi immense que placide. J'ai reconnu celui qui avait bouleversé la vie de ma mère. Sa peau sombre faisait ressortir ses yeux, un regard magnétique dont vous n'arriviez à vous détacher que lorsqu'il souriait. Il émanait de lui une force tranquille qui vous donnait envie de lui confier vos plus grands secrets.

Lupin.

Il m'a salué d'un signe de tête. M'a invité à le suivre. De la villa montait une voix cristalline. Un long ruban de notes mélancoliques qui rebondissaient en écho sur le marbre des colonnes. Elle m'est apparue de dos, vêtue d'un long kimono de satin. J'ai mis un instant à la reconnaître avec ses cheveux courts et bruns. Romy affectionnait les perruques au moins autant que les films hollywoodiens. Sans un bruit et avec une grâce surprenante pour sa taille, le géant sombre s'est assis au piano et a entamé un air de swing. En un instant, quelque chose dans l'air a changé. La voix de Romy s'est faite plus souriante, plus entraînante. De son clavier noir et blanc, Lupin la consolait.

Au fond du salon, lovée sur une bergère, un porte-cigarette à la main, elle me fixait. M'a salué d'un signe de tête. J'ai dégluti. Mal à l'aise. C'était la femme en noir que nous avions croisée la veille dans les appartements privés. J'ai réalisé soudain que la villa était bien calme. Où étaient les autres invités ? Étais-je arrivé le premier ?

Le piano s'est tu. Ma chanteuse brune a sauté au cou de son musicien en l'embrassant sur la joue. S'est retournée, m'a décoché un sourire. J'ai rougi.

– Je vous présente Balthazar.

Elle était encore plus belle que la veille. Je tâchais d'ignorer ses formes sous le long déshabillé rose pâle qui s'entrouvrait à chacun de ses mouvements. Elle était époustouflante.

La dame en noir s'est levée dans un froufrou de soie et m'a tendu la main.

– Soyez le bienvenu.

Plus tard, bien plus tard dans la nuit, tandis que je ferais courir mes doigts sur la peau si douce de ma belle, j'en apprendrais davantage sur Véra, la fameuse marquise de la Vigne. Une femme courageuse, généreuse, qui allait immédiatement susciter mon affection. Je n'aurais pourtant pas l'occasion de la côtoyer souvent. Comme tous les jeunes amoureux, Romy et moi n'avions besoin de personne. Et tant à nous dire. D'elle, je voulais tout savoir. Son histoire, ses rêves d'enfant, ses craintes, ses audaces. Mais elle était glissante, insaisissable, avec ses fantaisies, ses jeux de mots, ses étranges coquetteries. Je m'interroge encore aujourd'hui : l'ai-je jamais vraiment connue ? Cette fille vivait auréolée de mystère, de secrets. Habillée des histoires qu'elle se racontait pour se consoler. Elle habitait un pays où les gens s'aiment en noir et blanc et chantent à en perdre haleine. Le cinéma était son sanctuaire. Sa bouée. Pour l'atteindre, j'ai construit un pont jusqu'à son imaginaire, un lieu enchanté où elle trouvait refuge quand le monde devenait trop gris.

La villa disposait d'une salle de cinéma. Quelques fauteuils grenat en velours. Un écran, un projecteur et même une machine à pop-corn rouge et blanc montée sur roues qu'on aurait dit échappée d'un cirque. Romy avait des contacts en Californie et recevait les bobines avant que les films ne paraissent en salle, souvent dans leur langue d'origine. Cela ne semblait pas la gêner. Ensemble, nous avons regardé des dizaines, des centaines de films. Pour moi, elle traduisait l'anglais. Expliquait, décodait les symboles, décortiquait les plans, saluait le jeu des acteurs, m'initiait aux coulisses de la mise en scène. La lumière du rétroprojecteur illuminait son visage. Chassait la mélancolie qui parfois s'y installait. Ma vedette, c'était elle.

C'est ainsi qu'elle m'a fait découvrir le film qui marquerait ma vie : *Singin' In the Rain*. Ça la faisait rire quand je prononçais le titre dans mon anglais bricolé. Quelqu'un lui avait fait envoyer les rushs qu'elle regardait en boucle au point que je craignais que la bobine ne prenne feu. Quand un an plus tard le film sortirait enfin au cinéma de Biarritz, je me rendrais seul à la première séance. Mon pauvre costume trempé, non par une averse californienne, mais par mes larmes.

Son imaginaire débordait tout. Mais loin de m'en inquiéter encore, je m'en réjouissais. Fasciné. Nous adorions les jeux de rôle. Chaque soir sous sa perruque, elle entrait dans la peau d'une de ses héroïnes. Rita Hayworth, cheveux crantés, fume-cigarette en ivoire. Lana Turner, sensuelle et sulfureuse, nue sous son manteau de fourrure. Marlene Dietrich, cheveux peroxydés, robe de satin, sourcils dessinés. Je devenais à mon tour Humphrey Bogart quand Ingrid Bergman me chantait, nostalgique, qu'un baiser n'était qu'un baiser. Ces soirs-là, au moment de la quitter, c'était moi sur le tarmac de Casablanca. Nous jouions comme des gamins et puis je réalisais qu'elle ne jouait plus du tout. Happée par nos affabulations, voilà qu'elle retenait ses larmes, de vraies larmes s'entend, et que je me retrouvais à la consoler. La réalité lui échappait, elle perdait pied. Je mettais tout cela sur le compte du cinéma, de l'illusion qu'il créait, de la force des émotions qu'il suscitait chez elle. Je n'avais pas encore compris.

Je revenais le lendemain, elle m'accueillait, euphorique. Lupin l'avait réconfortée avec un air de jazz, de rock'n'roll ou de charleston dont il avait le secret. Nous partions en promenade, elle au volant, plus libre que le vent. Nous nous régalions des paysages de la côte en parlant cinéma encore. De débats en ébats enflammés, tout se terminait toujours par un baiser. Entre les films noirs et nos nuits blanches, le temps passait trop vite.

Le compte à rebours avait déjà commencé, mais je n'ai rien vu arriver.

12

À mon retour, Rosa m'attend avec une bouteille de champagne. Premier jour au restaurant, il faut fêter ça. Pour la remercier de son accueil, je propose de m'occuper du dîner. Rosa s'illumine. De toute évidence, elle n'a pas perdu son goût pour la fête. Elle me demande si elle peut inviter les filles.

– Les filles ?

Elle fait référence au groupe hétéroclite que j'ai croisé le jour de mon arrivée. J'accepte par politesse. Je n'ai jamais été douée pour la conversation.

Rosa m'explique où acheter de quoi préparer le repas. En chemin, je fais la liste de tout ce que je vais devoir faire les prochaines semaines. À commencer par l'élaboration d'une carte savoureuse mais simple pour que le futur chef que je mettrai en cuisine puisse s'y tenir sans trop de difficulté.

La supérette indiquée par Rosa se trouve à l'entrée du village. Quelques guêpes tournent au-dessus d'un casier à fruits qui ne sont pas de première fraîcheur. À l'intérieur, les rayons aseptisés, le ronronnement des néons. Les couleurs vives des emballages qui me piquent les yeux. Cet endroit me file le bourdon. Quand est-ce que j'ai mis les pieds dans un supermarché pour la dernière fois ? Vingt ans que je prends mes repas dans les cuisines. Privilège de ceux qui travaillent à régaler les autres.

Quelle idée j'ai eue ! Sentant mes forces m'abandonner, j'attrape un caddie, y lance un paquet de pâtes. Des tomates, du céleri, des carottes, quelques oignons. Et des steaks hachés sous vide qui me font plisser le nez. En tête de gondole, des gâteaux basques.

Reste plus qu'à arroser tout ça d'une bonne bouteille. Dix minutes plus tard, je tourne encore à la recherche du rayon spiritueux en jurant à qui mieux mieux. *C'est pourtant pas si grand !* Ce caddie, ces néons, cette musique qui me vrille les oreilles, c'est trop. Dans un dernier accès de courage, je pose mes courses sur le tapis roulant. Gorge serrée.

– Et bonjour ! lance la caissière.

Je grommelle un bonjour en retour. Le petit bout de femme sourit, révélant des dents du bonheur qui déséquilibrent son visage et lui donnent un charme fou. Je baisse les yeux, éblouie par cette fille qui me ramène dans la lumière après l'obscurité.

À ses côtés, deux couettes blondes plantées de chaque côté d'un crâne de moineau. Un nez minuscule. Deux petites mains qu'elle tient plaquées sur ses yeux. Haute comme trois pommes, la version miniature du rayon de soleil qui m'a saluée quelques instants plus tôt.

– Elsa ? murmure la gamine sans me regarder.

La caissière secoue la tête et glisse quelques mots à son oreille. La petite enlève ses mains. Elle a l'air déçue en me voyant. S'empresse de détailler le contenu du tapis roulant. Je jurerais qu'elle prend des notes.

– Comment tu t'appelles ? ose l'enfant d'une voix timide.

– Liz. Et toi ?

– Nine.

Un peu gênée, sa mère m'explique les règles du jeu. Elle lui chuchote le contenu du caddie et Nine doit deviner de quel client il s'agit. Une boîte de sardines, un bouquet de fleurs, le journal du jour : ça c'est Michelle, la boulangère. Chocolat aux amandes, au sel de Guérande, aux noisettes, au piment : Maya, la coiffeuse. Une astuce comme une autre pour faire patienter la gamine quand sa mère n'a personne pour la garder.

Quel âge a cette petite ? Je n'en ai pas le début d'une idée, plus douée pour estimer le poids d'une caille que l'âge d'un enfant. Ses veines bleues sous sa peau translucide donnent à son visage un air de poupée de porcelaine. On s'attendrait à la voir se briser au premier coup de vent.

Je détaille le visage de sa mère. Le piercing sur son sourcil. Sa coupe de cheveux étonnante – long dessus, rasé sur le côté. Et puis le tatouage sur son avant-bras. Une hirondelle qui monte vers le ciel. Libre et déterminée.

Un signe ? Romy voyait des hirondelles partout. Elle disait que c'étaient les esprits qui parlaient, qu'il fallait écouter. Que quelqu'un, quelque part, pensait à nous et nous voulait du bien.

La petite entreprend d'aider sa mère en lui tendant une tomate. Qui roule au sol.

– Désolée. Est-ce que vous voulez en prendre une autre ? me propose la caissière.

Dans ses yeux, quelque chose comme de la solitude.

– Gwen, je peux vous parler ?

Je me retourne. Une femme s'approche. Grande et large, le front luisant. Sur sa blouse, un badge annonce : « Responsable magasin. Je suis là pour vous aider. » Sur le visage de ma caissière, le soleil s'éteint. Croisant mon regard, la mère Thénardier grimace un sourire, puis lève les sourcils d'un air à la fois exaspéré et entendu.

– Bien sûr, madame, répond la jeune femme. Laissez-moi terminer avec cette cliente et je suis à vous.

– Non, maintenant, Gwen.

Gwen s'immobilise.

– Je vous écoute.

La gamine baisse la tête. Tire à elle un petit sac à dos brodé à son nom. Je ne suis pas la seule à sentir venir l'orage.

– Qu'est-ce qui vous gêne cette fois ? demande Gwen d'une voix polie que contredisent ses poings serrés. Si c'est la tomate, je vais la payer.

– Votre fille…, commence l'autre.

– J'ai été claire dès le début. D'ailleurs si…

Elle s'interrompt au milieu de sa phrase, comme si elle réalisait soudain qu'on l'attendait quelque part. Elle se lève. Lisse sa robe. Puis elle glisse la main de sa fille dans la sienne et disparaît du magasin en nous souhaitant une bonne journée.

13

– Vous avez oublié ça.

Gwen lève la tête. Au bout de mon bras, une peluche élimée. Un dragon qui s'appelle Diego et ne craint personne, comme je l'apprendrai bientôt.

– Merci, répond-elle avec un sourire triste.

Assise au bord de la rivière, elle couve sa fille d'un regard inquiet tandis que la gamine pêche des poissons imaginaires avec une branche. Je m'assois près d'elle. Enlève mes baskets et roule le bas de mon jean. L'eau est glacée. Quelques feuilles filent devant nous, portées par le courant.

– Vous êtes pas d'ici vous non plus, elle constate en jetant un œil à ma veste en cuir.

– On peut se tutoyer.

Gwen et sa fille arrivent de Bretagne. D'un coin isolé qui lui rappelle un peu Mauléon. La mer en moins, les montagnes en plus.

– Quelle vieille peau celle-là ! Qu'est-ce que je suis censée faire de ma fille pendant l'été ?

Elle hausse les épaules. Me demande d'où je viens. Je

botte en touche. Qu'est-ce qui les amène dans ce coin perdu ? Sans doute qu'elle n'a pas grand monde à qui parler car il ne lui faut pas longtemps pour se confier.

– On est venues pour Nine, répond-elle en écrasant son mégot sur une pierre. Elle est… elle est malade.

Ces derniers mots lui coûtent. Je jette un œil à la petite. Ses bras frêles, ses jambes fines. Et cette peau si pâle.

– Malformation cardiaque. « Tétralogie de Fallot », ça s'appelle.

Plus loin, la petite se met à chantonner. Gwen tire une cigarette de son paquet.

– Fallot…, répété-je. On dirait une insulte de cour de récré.

Je me mords la langue. Elle me regarde, surprise, puis se met à rire. Me confirme que le responsable de toute cette histoire doit être un sacré fallot. Mais de responsable il n'y en a pas. Juste une mauvaise fée qui s'est posée sur le berceau de Nine. Minuscule petite fille dont le cœur et les artères sont aussi fragiles qu'une vieille pendule.

Le regard tourné vers la rivière, Gwen me raconte. Le diagnostic. L'enfant si petite, et cet amour si grand. L'espérance de vie qui ne dépasse pas cinq ans. Ça l'a assommée au début. Et puis il lui a suffi de regarder sa fille pour monter sur le ring. Gwen a du courage pour trois. Ça tombe bien, le père, lui, a baissé les bras.

Elle tire nerveusement sur sa cigarette en parlant. Je lui donne quoi, même pas vingt-cinq ans. Une jeune femme qui en devenant mère a grandi d'un coup. En elle quelque chose de naïf. Un clair-obscur émouvant.

– Coup de bol, le pédiatre qui s'est occupé d'elle à sa naissance est un des rares spécialistes de la maladie en France.

Docteur Méli. Quand il est parti à la retraite, Gwen a cru que son monde s'effondrait. Sans doute que le médecin a été aussi sensible que moi à l'histoire de ces deux-là car il a proposé de continuer à s'occuper de la petite depuis le Pays basque où il habite désormais. Pleine de gratitude, Gwen a accepté. Depuis trois ans, le vieil homme prend de leurs nouvelles tous les mois. Garde un œil sur les comptes rendus, appelle les médecins, arrange les rendez-vous. Gwen le soupçonne même de financer lui-même certains protocoles expérimentaux.

– Y a encore des gens bien dans ce monde, tu sais, elle ajoute.

Nos regards glissent sur la petite. Assise en tailleur, ses couettes ondulant doucement dans le vent, elle observe une libellule posée sur un roseau. Immobile. Puis d'un geste lent, très lent, elle approche son doigt et fait grimper l'insecte sur sa main.

Elle lui parle. Et je suis prête à jurer que la libellule lui répond.

– Nine adore les insectes, m'explique Gwen. Son cœur bat différemment du nôtre, c'est peut-être pour ça qu'elle arrive à les approcher de si près.

Un silence. La rivière qui court sous nos pieds. Près des

roches, les araignées d'eau qui flottent, agitées de soubresauts réguliers.

Il y a trois mois, l'état de Nine s'est dégradé. Les examens n'étaient pas bons : l'artère pulmonaire avait démissionné.

– Alors on est parties. Direction le Pays basque. Y a rien qui nous retenait là-bas, en Bretagne. En tout cas rien qui soit plus important que Nine.

Dans les yeux de Gwen, un voile sombre.

– Et ta famille ? demandé-je.

Elle hausse les épaules.

– Quelle famille ? Nine et moi on n'a besoin de personne.

Son visage se fait soudain plus dur. Sa mâchoire aussi serrée que ses poings. Elle a simplement dit au docteur Méli qu'une amie les accueillait. Ce qui est faux, bien sûr. Elle ne veut pas être une charge pour le vieil homme. Du moins, pas davantage. Ainsi, elles ont posé leurs valises dans un hôtel bon marché et se rendent plusieurs fois par semaine au centre hospitalier de Pau qui par chance possède un service de cardio-pédiatrie. Le docteur remue ciel et terre pour sauver la petite.

Elle en a pour combien de temps ? Je n'ose pas poser la question.

En les regardant toutes les deux, seules au bord de cette rivière, je me rappelle qu'il y a d'autres vies que celle que j'ai vécue. *Romy*, les cuisines, Soizic, tout ça me paraît soudain très lointain.

Il faut que je rentre, le repas m'attend. Je pense à

Rosa. À la toute petite que j'étais et qu'elle a recueillie. À cette minuscule Nine qui me bouleverse. À Gwen qui me touche. À ma vie qui ne ressemble plus à rien.

Je me relève et leur souris.

– Vous aimez les pâtes ?

Balthazar

Elle était chez la marquise comme chez elle. Mais de son lien avec Véra, elle ne me disait rien. Je n'apprendrais la vérité que plus tard. Trop tard sans doute. Elle était secrète et ses affabulations permanentes, si elles lui donnaient un charme fou, ne m'aidaient pas à y voir clair. Elle disait qu'elle n'aimait pas parler du passé. Que nous avions l'avenir devant nous et tant à partager ! Qu'est-ce que je dirais d'une séance de cinéma ? Le dernier film de Chaplin ?

C'était un soir de juillet. Il faisait si chaud que nous nous sommes installés dehors. Lupin a tendu un drap blanc entre deux cerisiers. Disposé des couvertures et des coussins au sol. Puis un grand projecteur a illuminé le parc. Les pitreries loufoques et engagées du clown américain se superposaient au murmure de l'océan. Un décor de conte de fées. Romy portait ce soir-là une robe légère en coton qui dévoilait ses bras nus et sa taille si fine que mes mains pouvaient en faire le tour. Le col haut fermé par un petit nœud lui conférait un air sage. Une perruque blonde d'où s'échappaient quelques boucles folles donnait un tour très doux à ce tableau. Seules les cigarettes fines entre ses doigts aux ongles peints attestaient, s'il était nécessaire, que ma dulcinée n'avait rien d'une première communiante. Elle est restée étrangement silencieuse pendant le film. Charlot était drôle, je pouffais à chaque mimique. Pourtant, quand je l'ai embrassée au moment du générique, ses joues étaient humides. J'ai mis ça sur le compte de sa grande sensibilité. J'étais si jeune et si naïf. Je n'avais pas compris qu'elle marchait au bord du vide. Prête à sombrer dans ses abîmes.

Pourquoi ai-je un souvenir si précis de cette nuit-là ? Peut-être parce qu'elle aura été la dernière avant le déclin de notre histoire. Je n'ai rien vu venir. Je n'étais pas attentif aux signes, trop soucieux de lui plaire, de me montrer à la hauteur de son intelligence, de sa culture. De son statut aussi.

Elle était mon île, mon refuge. Je ne l'avais pas encore quittée que je comptais les secondes avant de la revoir. Nos séparations m'arrachaient le cœur. Mon frère s'est mis à me surnommer Quinquin, du nom de l'idiot du village à qui soi-disant je ressemblais depuis que je fréquentais Romy. Je ne m'en offusquais pas. Loin d'elle, je m'éteignais. J'attendais ses messages avec une impatience fébrile, presque toxique. Loin d'elle, je dépérissais. Mais pour la retrouver, la règle était claire : il me fallait être invité. Car parfois Romy n'était tout simplement « pas visible ». Elle le disait comme ça, sans coquetterie. Romy était irrésistible, belle à en crever, mais elle avait ses jours sombres. Pourtant, et malgré toutes ses mises en garde, un soir où je désespérais d'avoir de ses nouvelles, je me suis rendu à la villa. Défiant cette voix dans ma tête qui me suppliait de me tenir sage, la vieille Renault du paternel et moi avons gravi la colline. Là, le portail massif. Les palmiers. La silhouette d'ivoire. Les fleurs d'oranger. Tout était plongé dans l'obscurité. Pas une seule lueur. Aucun Marcel dans la guérite. Pas un zèbre en vue. Portail clos. La villa était déserte.

Panique. Avais-je tout rêvé ? Romy n'habitait sans doute pas là en permanence. Mais où était-elle partie ? Allait-elle revenir ? À cette angoisse diffuse s'en ajoutait une autre : Romy ne m'avait pas tout dit. À bien y réfléchir, elle ne m'avait finalement pas dit grand-chose. Je me suis senti stupide, plus stupide que tous les Quinquin de tous les villages du Pays basque et du Béarn. Le temps de retourner dans ma campagne, ma honte s'était faite hargne. Elle pouvait courir pour que je revienne !

14

– Swing, dis bonjour, ordonne la vieille dame.

Le singe pousse des cris en bondissant d'un rideau à l'autre, une trompette en plastique à la main. Nine ouvre de grands yeux. Rosa s'approche d'elle et le capucin saute sur son épaule, intrigué à son tour.

– Il dit qu'il ne connaît pas ton nom.

– Nine, murmure-t-elle.

Cette toute petite voix. Cette toute petite fille. Rosa est sous le charme.

Gwen se présente, la remercie de les accueillir pour le dîner. Elle semble sur ses gardes. Sur son visage, aucune trace de coups comme chez d'autres avant elle dans ce salon. Pourtant elle est bien amochée.

– Mesdames, ce soir nous avons une célébrité à notre table ! s'exclame l'une des jumelles.

Ça bruisse dans la maison, une vraie ruche. Je disparais en cuisine. Aussitôt les langues se délient, j'entends les filles rire et trépigner d'impatience.

Nous sommes une dizaine. De femmes, évidemment. Rosa est la doyenne, la plus jeune vient d'avoir vingt ans.

Chacune son histoire, ses blessures, ses espoirs. Morgane, Georgette, Maya, Salima. Les jumelles, Augustine et Léonie. Certaines sont là depuis toujours, d'autres sont arrivées cette année. Certaines se confient, d'autres restent discrètes sur la raison de leur venue. Rosa ne tient pas de compte, ne pose pas de question et ne demande rien en échange de son aide. Elles se réunissent parfois pour fêter un anniversaire, une arrivée ou une bonne nouvelle. Aux dires de Rosa, les soirées ne sont pas aussi déjantées qu'elles ont pu l'être, mais de ce que je peux en juger l'ambiance est formidable. Solidaires, enthousiastes, les filles semblent heureuses de se retrouver. La tradition veut que leurs dîners incluent costumes, boas, chapeaux, robes à plumes, et bien sûr champagne. On en revient toujours au champagne. Comme un hommage au temps révolu des Demoiselles. Même si depuis la maison et les fêtes ont perdu de leur splendeur, leur esprit est toujours là.

J'émerge des cuisines, un tablier autour des hanches.

– À table !

Le silence se fait. J'esquisse un sourire poli en déposant un plat fumant sur la table. Les convives sont pendues à mes lèvres. Intimidée, je bafouille dans un italien bricolé :

– *Linguine bolognese…*

Une clameur. Bravo, bravissimo ! Des assiettes que l'on tend. Des bouches maquillées qui salivent. Le plat est on ne peut plus simple, je n'ai pas eu la force de faire mieux. On est loin des assiettes raffinées qu'on voit passer à la télévision. Mais si les jumelles sont déçues, elles n'en laissent rien paraître. Augustine noue une serviette autour de son cou et entreprend de couper ses pâtes. Léonie lève les yeux au ciel.

Autour de la table, les filles sont en beauté. Pourtant l'ambiance est étrange. Je sens comme une gêne. Quelques murmures, le bruit des couverts qui résonnent dans les assiettes. Je mange en silence, préoccupée par ma première matinée houleuse au restaurant. Les jumelles me scrutent par-dessus leurs verres, je sens qu'elles meurent d'envie de me poser des questions. Elles s'encouragent mutuellement en roulant de gros yeux, l'une s'efforçant d'embobiner ses linguine dans sa cuillère, l'autre aspirant à grand bruit les lombrics qui persistent à lui échapper.

Soudain, Augustine n'y tient plus :

– Avec Léonie on a parié que le présentateur portait une perruque !

– Augustine ! s'indigne sa sœur.

On y est. Impossible d'y échapper. Tous les regards se tournent vers moi. Les filles retiennent leur souffle. J'acquiesce :

– Une perruque. Et des talonnettes.

– Je te l'avais bien dit ! exulte Augustine.

– Un si bel homme… Je ne peux pas y croire, se lamente Léonie.

Les deux sœurs sont lancées. Impossible de les arrêter. Elles n'ont manqué aucun épisode de *Toque Chef* depuis la création de l'émission. De tous les jurés, je suis leur favorite. Elles adorent mon humour pince-sans-rire, mon flegme, mon sourire. La liste des qualités qu'elles me prêtent n'en finit plus. J'ai à ma table les deux membres les plus exaltés de mon fan club.

– Ma sœur et moi avons toujours rêvé d'ouvrir un restaurant, me dit Augustine. Moi en cuisine et elle au service, on aurait fait une sacrée équipe, pas vrai, Léonie ?

Léonie acquiesce.

– Notre mère disait qu'on était trop bêtes pour ça, ajoute-t-elle.

Un silence.

– Et le gagnant de la dernière saison, est-ce qu'il est aussi désagréable en vrai ? demande Léonie.

Les jumelles viennent d'ouvrir la boîte de Pandore. Les questions se mettent à fuser. Chacune y va de sa curiosité, même les plus timides se lancent. Comment peut-on s'inscrire ? Et les plats dégustés par le jury, sont-ils réchauffés ? Je ne sais plus où donner de la tête, je n'ai pas le temps de répondre que déjà une autre question m'assaille. Quant à Nana, coiffée d'un drôle de chapeau à grelots, elle mange sans s'inquiéter du vacarme ambiant et en profite pour se resservir généreusement.

– Allons, les filles, les sermonne Rosa, laissez-la dîner !

Je m'excuse d'un sourire contrit. Face à moi, Nine, la bouche tartinée de rouge, ne dit pas un mot, fascinée par cette agitation. De toute sa petite vie, elle n'a sans doute pas côtoyé de femmes aussi bruyantes ni aussi passionnées. Je lui fais un clin d'œil qu'elle tente d'imiter en plissant le nez et en fermant les deux yeux.

– On joue à quoi ce soir ? demande Léonie à la cantonade.

Je les laisse débattre et m'échappe à la cuisine, les bras chargés d'assiettes sales que je dépose dans l'évier. Rosa me suit et se saisit d'un torchon.

– Merci pour le dîner…, me glisse-t-elle dans un sourire doux.

Je hausse une épaule.

– C'est vraiment pas grand-chose.

Elle secoue la tête. M'enveloppe de sa bienveillance. À ses côtés, je me sens bien, comme si je portais un sac très lourd dont elle me déchargeait le temps d'une pause.

– Tu le connais bien M. Etchegoyen ?

Tout en essuyant un verre, elle me répond :

– Oui et non. Je crois que tu n'étais même pas née quand je l'ai rencontré. Il m'arrive de le croiser de temps à autre quand il passe à Mauléon.

Je l'écoute tout en frottant le plat maculé de sauce tomate. La sensation de l'eau chaude sur mes mains me fait du bien.

– Il a grandi dans la région, poursuit Rosa. La rumeur dit qu'il habite sur la côte et qu'il possède quelques affaires, pas toujours très honnêtes à ce qu'il paraît…

Une bulle de savon s'échappe du flacon de liquide vaisselle et vient se poser sur ses cheveux.

– Et Peyo ? je demande.

Swing apparaît dans la cuisine et grimpe le long de la robe de sa maîtresse. Je remarque les franges cousues à l'ourlet et les broderies dorées. Rosa, héroïne des Années folles.

– Peyo, je le connais depuis qu'il est gamin. Il a grandi

dans le village voisin. Je te parle de ça, il y a un paquet d'années... Sa grand-mère était couturière à l'atelier. Enfant, il se cachait dans ses jupes lorsqu'elle travaillait.

Nana dépose dans l'évier les assiettes à dessert. Des porcelaines décorées de fleurs colorées.

– Sacré petit bonhomme ! s'exclame Rosa, soudain nostalgique. J'ai l'impression que c'était hier. Des oreilles décollées, de grands yeux clairs. Timide. Inquiet. Rien à voir avec le géant qu'on connaît aujourd'hui. Il était là lors de la grande commande pour M. Dior. Quand je déguste sa cuisine, je retrouve ce goût pour la couture que sa grand-mère lui a transmis. L'assemblage délicat des formes et des couleurs. Des saveurs et des textures. Ces deux-là s'adoraient.

Depuis le salon nous parvient un éclat de rire. Rosa s'interrompt, le torchon à la main. Elle fixe un point au loin derrière la fenêtre.

– La vieille Paule répétait à qui voulait l'entendre que son Peyo était un bon garçon, travailleur et plein d'avenir. La mère du petit était condamnée, une maladie des reins. Pauvre femme ! Alors Paule s'en occupait. À l'atelier, il venait toujours avec un livre et faisait la lecture aux couseuses. Des histoires de dragons, de chevaliers, des fables, des récits d'aventures. Je crois encore le voir, assis sur sa chaise, penché sur son livre, ses genoux abîmés, ses pieds qui ne touchaient pas encore le sol. Sept ans à peine, perdu au milieu des rouleaux de tissu, de la corde et des rubans. Et puis, adolescent, il a découvert Romain Gary.

« Avec l'amour maternel, la vie vous fait à l'aube une promesse qu'elle ne tient jamais. »

J'ai une pensée pour Romy. « Je serai toujours là », m'avait-elle promis. Je lui en veux de m'avoir menti.

Rosa poursuit son récit. Me projetant avec elle dans son passé d'espadrilles, de plumes et de couture.

– Tout l'atelier retenait son souffle tandis que Peyo faisait la lecture aux couseuses. Simone se mouchait, Angèle s'essuyait les yeux en accusant ses allergies au pollen. La vieille Paule quant à elle ne savait pas lire. Grâce à son petit-fils, elle découvrait la littérature.

Elle soupire, plongée dans ses souvenirs.

– Quand il est monté à Paris, elle pleurait, reprend-elle d'une voix triste. Non pas de chagrin, mais de fierté. Malheureusement, elle n'était plus là quand Peyo est revenu, couronné de lauriers mais le cœur en morceaux.

Un silence. Elle secoue la tête.

– « C'est toujours dans les yeux que les gens sont les plus tristes », disait Romain Gary. Peyo, c'est un cœur généreux. Sincère, entier. Mais dans son regard, quelque chose s'est éteint.

Je ferme le robinet et m'adosse à l'évier, pensive. À quel drame Rosa peut bien faire allusion ? J'ai du mal à croire que l'homme dont elle parle avec autant de tendresse soit l'ogre imbuvable que j'ai rencontré. Je n'ose pas l'interroger.

– Fichu destin ! fait-elle en soupirant de nouveau. On a beau tenir le volant, parfois ça dérape. La vie s'écrit, certains se perdent en route et maudissent les étoiles. Peyo est de ceux-là. Et personne ne peut lui en vouloir.

Le salon est étrangement silencieux. Je tends le bras vers Swing. Il me dévisage avant d'approcher doucement son museau minuscule. Je tressaille quand il pose sa patte griffue sur ma main. Il hésite puis grimpe sur mon épaule.

– Je suis certaine que vous pourriez vous entendre, Peyo et toi, conclut Rosa. Après tout, vous partagez la même passion...

Je tends à Swing un morceau de banane qu'il saisit avec gourmandise.

– Sa spécialité à lui, c'est les escargots. Sa femme les adorait. Il cuisine en attendant qu'elle revienne.

Je me fige. *Sa femme ?* Ma curiosité est piquée. Je meurs d'envie d'en savoir davantage. Comme si elle pouvait lire dans mes pensées, Rosa secoue la tête en repliant soigneusement son torchon humide.

– Certains chagrins sont encombrants. On les domestique en silence. En parler, c'est prendre le risque de les réveiller. Je prie pour que les fantômes de Peyo le laissent en paix. Je crains pourtant qu'un jour ils ne l'engloutissent.

15

Je m'attendais à ce que soit difficile, mais pas à ce point. Déjà deux semaines se sont écoulées et rien ne progresse. À part mon aversion pour Peyo. J'ai tout essayé pour le faire partir. Mais plus je m'efforce de le mettre dehors, plus il s'accroche. Pourquoi ? Aucune idée. Il a mis un verrou à la porte de sa chambre. Et comme s'il était établi que le chef ne pouvait être tiré du lit avant quatorze heures, les rares clients qui viennent déjeuner se présentent tard et mangent sans ciller ce qu'il leur impose.

Au téléphone, maître Moineau m'encourage :

– Accrochez-vous, Elizabeth ! Il finira par se laisser convaincre, j'en suis certain.

J'aimerais le croire.

Je bous intérieurement. Tente de garder mon calme en me concentrant sur la décoration du restaurant. En accord avec le patron, j'ai décidé de transformer *Chez Germaine* en une table de qualité dans un décor contemporain. Moderne mais pas avant-gardiste. Sobre mais élégant. Un restaurant gastronomique destiné à une nouvelle clientèle, moins locale et plus exigeante. L'automne sera bientôt là.

La priorité est d'aménager cette grande pièce qui, en dehors de quelques tables poussiéreuses abandonnées dans un coin, n'a de salle à manger que le nom. C'est là que se tiendra le dîner d'ouverture voulu par M. Etchegoyen.

En matière de restauration, la décoration est aussi importante que l'assiette. L'atmosphère qui se dégage d'un établissement contribue à une expérience qui va bien au-delà d'une promesse gastronomique. J'ai fait des recherches : les meilleurs restaurants de la région se trouvent sur la côte, et les plus connus ont des allures de cantines californiennes. Ici, il nous faut de la tenue. De l'intemporel, du sobre. J'opte pour une douzaine de tables rondes, pieds laqués, fauteuils en noyer modernes réalisés par un designer en vogue. Pour le reste, nappes et serviettes blanches en coton égyptien. Soliflores en verre de Murano. Vaisselle raffinée. Chic et sobre. Côté menu, je m'inspire de la carte que j'ai élaborée pour mon restaurant à Paris. Simplifie certains plats, en élimine d'autres.

Je profite de la cuisine quand Peyo n'est pas là. Nous ne nous croisons quasiment jamais et il persiste à m'ignorer. Sans agressivité, bien sûr, il est trop malin pour mener une attaque frontale. Pour lui je n'existe pas. C'est aussi simple que ça.

Dans ses bons jours, il émerge à dix heures et sans un mot disparaît sur sa moto ou dans son potager, d'où il revient couvert de terre, les bras chargés de légumes. À force de l'observer, j'ai conclu qu'il cuisine la nuit et uniquement pour lui. Les clients doivent se contenter de trois plats du jour qui se succèdent invariablement sans que cela semble gêner personne. Lundi, escargots. Mardi, hamburger. Mercredi, axoa. Et rebelote à partir du jeudi. Sa créativité en cuisine ne sert que lui-même. Quant au reste de ses journées, il les passe à fumer, à boire et à dormir.

Pour calmer les bouffées de colère qui m'assaillent chaque fois que je le croise, je me concentre sur le contrat que j'ai passé avec le patron. Compte les jours jusqu'au grand dîner tout en ficelant les homards deux par deux pour que la queue reste droite pendant la cuisson. Je progresse mais je suis encore loin du compte. Il nous faut des clients. Et surtout, il nous faut de l'aide. Des pros en salle et aux fourneaux.

J'ai déposé des annonces dans toutes les écoles de cuisine et d'hôtellerie des grandes villes alentour. Fait passer le mot aux quelques contacts parisiens qui ne m'ont pas encore rayée de leur répertoire – me rendant compte par la même occasion qu'ils ne sont pas nombreux. En vain. Pas une seule candidature. À croire que le restaurant est maudit et que toute la région s'est donné le mot pour nous éviter.

Mais je ne lâche rien. Obstinée. Infatigable. Seule. Je m'active à rafraîchir la salle, repeignant les murs, cirant les boiseries, frottant les tomettes au savon noir. Trouvant dans ces tâches un apaisement inattendu.

Les entrepreneurs que je contacte sont tous débordés. Je soupçonne que mon statut d'étrangère y est pour quelque chose. Les Basques sont méfiants. À force d'insister, je parviens à faire venir un peintre. L'intérieur de la maison s'en trouve métamorphosé. J'accroche des rideaux, de longues tentures en velours grenat qui réchauffent la pièce. Dispose quelques lampes dans les coins, change les suspensions, et fixe quelques tableaux aux murs. Des peintures abstraites qui donnent du cachet à l'ensemble.

Le matin où un camion se présente chargé du nouveau mobilier, Peyo ne daigne pas descendre m'aider. Qu'à cela ne tienne, je me débrouille. Serrant les dents quand le découragement pointe.

Ce jour-là, quand l'ours sort enfin de sa tanière, la salle à manger est méconnaissable. Assise dans un fauteuil, je patiente. Comment va-t-il réagir ? Je savoure par avance mon effet. Tends l'oreille. Le rituel de son réveil m'est désormais familier. Ses pas lourds dans l'escalier. Ses espadrilles usées traînant sur le plancher. Sa grande silhouette dans le couloir. Qui marque un arrêt.

Silence.

Je ne résiste pas :

– Alors ? Ça te plaît ?

Pas de réaction. Il parcourt la pièce des yeux sans ciller. Et rejoint les cuisines pour se faire un café.

En temps normal, j'aurais laissé couler. Mais ce jour-là, est-ce mon envie d'en découdre ou d'asseoir ma victoire, je le suis.

– Va falloir assurer aux fourneaux ! je lance. Exit les hamburgers et les escargots, on passe à la vitesse supérieure.

Je lui tends quelques feuilles soigneusement reliées. Tout est détaillé, des ingrédients jusqu'aux recettes. J'ai aussi dessiné les assiettes telles que je veux qu'elles soient dressées. Clair. Efficace. Carré.

Il hausse un sourcil, concentré sur le percolateur qu'il remplit de café moulu.

– Tiens ! j'insiste en agitant mes feuillets.

La machine démarre dans un bruit de tous les diables. Immobile au milieu des effluves de café, Peyo m'ignore.

Accoudée à la table, Romy, vêtue d'une robe de chambre de satin bordée de plumes, fume, goguenarde. Aussi captivée que devant les télénovelas dont elle se régalait le dimanche après-midi, volets fermés.

D'un geste lent, Peyo saisit son mazagran et plonge ses lèvres dans le liquide fumant. Puis il relève la tête.

– J'en ai pas besoin.

Romy pouffe.

– Comment ça, t'en as pas besoin ? articulé-je en tentant de garder mon calme. L'ouverture est dans huit semaines, ça sera pas de trop pour nous préparer.

Il tend une main molle et parcourt la carte avant de la reposer sur la table.

– Ce n'est pas le genre de cuisine que je souhaite dans mon restaurant.

– *Ton* restaurant ?

Dans ma poitrine, la rage monte. Irrépressible. Je me lève. Plante mes yeux dans les siens.

– Alors, écoute-moi bien. C'est une chose de m'ignorer. De me laisser le ménage, les travaux, tout ce qui fait tourner une maison et que t'as pas le courage de gérer. T'es vexé, t'es frustré, l'ego du mâle blessé, tout ça je connais, j'ai l'habitude, j'encaisse. Mais pour la cuisine, t'as intérêt à assurer. Les règles ont changé, que ça te plaise ou non. Donc t'es gentil, tu enfiles ton tablier et on se met au boulot.

Il me regarde. Et éclate de rire. Un rire puissant, venu du fond de sa poitrine. Un rire moqueur, supérieur. Le rire de celui qui n'en a rien à cirer.

– Et qui tu vas inviter dans ton restaurant, pour étrenner tes petites nappes blanches bien repassées, hein ? Des Parisiens ? Des journalistes ? Ah non, pardon, j'oubliais, les journalistes ne s'intéressent pas à ta cuisine, mais à tes coups de gueule, pas vrai ? Est-ce que j'ai le droit de témoigner ? « Ouh ! Quand Elizabeth Clairemont s'énerve, ça tape dur ! »

Romy s'immobilise. Sa cigarette à l'arrêt. Seules les plumes fines autour de ses poignets s'agitent doucement dans l'air, perdues dans les volutes de fumée.

– Espèce de...

– De quoi ? Et toi, de quelle espèce tu es, hein ? Avec tes grands airs, tes petites recettes bien agrafées, et tes légumes sous vide ? T'as pas compris que tu faisais fuir tout le monde ?

Je crois m'étouffer.

– Moi ? Moi je fais fuir tout le monde ? Mais c'est l'hôpital qui se fout de la charité ! Venant d'un ermite qui ne parle qu'à sa bouteille en espérant que sa femme va revenir, ça me...

– Qu'est-ce que t'en sais ? il braille, le visage soudain déformé par la fureur. Tu ne sais rien de moi ! Rien de cette région, de ses habitants, de ses coutumes. Tu viens pour prendre. T'as rien à donner. Même tes recettes, là ! De la cuisine, ça ? À d'autres ! À part m'emmerder du matin au soir avec tes fiches, tes budgets, tes plannings, qu'est-ce que tu fais, hein ? Moi j'ai rien à prouver. De ce que j'ai entendu dire, toi oui. Alors fous-moi la paix !

Et il quitte la cuisine sans me laisser le temps de répondre.

Furieuse, je me tourne pour chercher l'approbation de Romy. Elle a disparu. J'empoigne une casserole sur le comptoir. La lance de toutes mes forces à travers la cuisine. Sur le mur, une traînée rouge. Sanguine.

Balthazar

Évidemment, je suis revenu. Mieux, j'ai accouru.

En recevant son mot, quelques lignes à peine me disant que je lui manquais, que nous allions fêter nos retrouvailles – et par « fêter » elle entendait champagne, invités de marque, zèbres galopant et autres acrobates, la marquise ne manquant jamais d'idées ni d'amis à convier, à tel point que chaque soirée semblait surpasser la précédente –, en recevant son mot donc, j'ai tenté de l'ignorer. Elle n'en a jamais rien su. Mes résolutions se sont évanouies à la vue du R. rond et suave qu'elle avait griffonné nonchalamment au bas du bristol.

Le Quinquin benêt et béat que j'étais a quand même réussi à se composer une figure agacée quand nous nous sommes retrouvés seuls. Elle a éclaté de rire.

– Qu'est-ce qu'il t'arrive ? T'as avalé ton chapeau ?

J'ai défendu ma cause : je méritais mieux que ce silence qu'elle m'imposait, pour qui me prenait-elle ? N'étais-je qu'un jouet entre ses mains ? Et où était-elle ces derniers jours d'ailleurs ?

Elle s'est figée. Ainsi j'étais venu à la villa sans sa

permission ? Son regard a changé. Une lueur de peur. Étais-je si impressionnant ? Moi, mes jambes maigres, mon chapeau mou et mes bretelles ? Romy n'aimait pas que le public ait accès aux coulisses. Ça compromettait la magie. Après cette première dispute, son humeur s'est voilée. J'avais brisé quelque chose. Ou peut-être que notre histoire était vouée à sombrer, me dirais-je plusieurs années plus tard, seul dans une ruelle de Montmartre à la nuit tombée.

Ce soir-là bien sûr nous nous sommes réconciliés. Et le décor enchanteur de cette nuit d'été, l'orchestre qui jouait, le champagne, les rires qui montaient par la fenêtre et s'immisçaient sous nos draps, tout cela a eu raison de notre différend. Nous avons dansé jusque tard dans la nuit, puis nous avons attendu que l'aube se lève, lovés dans les grands fauteuils en velours pourpre. Sur l'écran, la grande Elizabeth Taylor. Romy la vénérait et avait parié avant tout le monde sur la star qu'elle deviendrait. À l'époque, l'actrice jouait les fiancées dans *Le Père de la mariée*, une production de la Metro-Goldwyn-Mayer. Nous raffolions de leurs comédies musicales. Elle surtout. Je me lovais dans ses choix. Elle savait tant de choses, son goût était si affirmé. Elle avait souvent le dernier mot. À ses côtés, le jeune garçon plein d'aplomb que j'étais était aussi transparent qu'un baiser.

Le film l'a déçue. Ce rôle d'ingénue amoureuse l'exaspérait. Pourquoi fallait-il que les femmes aient toujours des rôles si convenus ? Elizabeth Taylor méritait mieux. Quant à se marier, Romy a déclaré que pour elle il n'en serait jamais question.

J'ai acquiescé tout en déplorant de voir s'envoler mes rêves de mariage et l'image de Romy me donnant le bras sur le parvis de l'église de Mauléon. Quand j'apprendrais des années plus tard qu'elle s'était fiancée, j'en serais affecté. Quelque chose en moi n'avait donc pas su la convaincre. De quoi ? De m'aimer ? De me laisser l'aider ? Je n'aurais pas trop d'une vie pour devenir celui qu'elle aurait pu épouser.

16

– Je peux entrer ?

Une silhouette frêle se glisse dans ma chambre. Marinière, jupe-culotte noire, sautoir en perles et lèvres carmin. Rosa. Sa coupe courte couplée à ses traits fins lui donne un petit air d'Audrey Hepburn dans *Vacances romaines*. Comment fait-elle pour être toujours si élégante ? Un chic décontracté, sans effort, une féminité hors des sentiers battus. Un style qui n'appartient qu'à elle.

– « L'élégance est la seule beauté qui ne se fane jamais », lui dis-je en citant l'actrice dont Romy vénérait la beauté gracile.

Rosa rougit. La jeune Espagnole qu'elle est ne s'est jamais trouvée jolie. Une pudeur délicieuse qui lui fait baisser les yeux chaque fois qu'on la complimente. Rosa est non seulement belle, mais aussi vive et spirituelle. Elle a gardé une intuition et un sens des affaires qui lui valent d'être encore consultée par les nouveaux propriétaires de l'atelier d'espadrilles qu'elle a fondé. Humblement, elle donne son avis. Qu'ils écoutent. Toujours. Les conseils de Rosa de Fago sont parole d'évangile.

La vieille dame jette un œil à mon bureau encombré de notes, de feuilles et de classeurs. Le tout déborde sur mon lit. Un vrai capharnaüm.

– Est-ce qu'on t'attend pour le dîner ? me demande-t-elle.

Je secoue la tête.

– Demain peut-être. Là j'ai du travail.

Rosa hésite. Puis lance :

– Liz, je ne vais pas te faire la morale…

Elle sourit, un peu gênée. Assis sur ses genoux, Swing me fixe, comme attentif à notre conversation. Le singe est coiffé ce jour-là d'un petit chapeau rouge qui lui donne un air de star du cirque. Comment a-t-il atterri ici ?

– Même si l'époque a changé, continue Rosa, je crois que toi et moi on est faites du même bois. Du genre à se jeter corps et âme dans le travail. Quitte à s'oublier.

Je ne dis rien. Je la respecte trop pour ça. Mais l'heure tourne et il me reste tant à faire.

– Ne compte pas sur moi pour te dire qu'il faut lever le pied, poursuit Rosa. Je crois à la vertu du travail. Rien de grand ne s'accomplit sans effort, et les paresseux n'ont jamais eu ma sympathie. « La chance aide parfois, le travail toujours. » Je ne sais pas qui a dit ça mais c'était quelqu'un de bien, elle ajoute d'un air espiègle.

Elle s'assoit sur mon lit. Swing en profite pour voler mon stylo et se met à griffonner sur mon classeur. Je tente de le chasser, mais trop tard, il prend la fuite avec mes papiers. Rosa l'ignore, concentrée sur son discours :

– Tu as beaucoup de courage de t'être lancée dans cette

aventure, Liz. Le seul conseil que je me permettrai de te donner, et tu en feras bien ce qu'il te plaît, c'est d'accepter de te faire aider. Dans ma vie, je n'aurais rien accompli sans effort. Mais je n'aurais rien accompli seule non plus.

Je hoche la tête. Poliment. *Où est donc parti ce singe ?*

Voyant que j'ai l'esprit ailleurs, elle me fait un clin d'œil et quitte la pièce en me souhaitant une bonne nuit. Je suis gênée, je n'avais pas l'intention d'être grossière.

– Est-ce que…

– Il est parti par là, me coupe-t-elle en faisant un geste vague en direction des chambres.

– Rosa ?

Elle se retourne. Sa silhouette frêle dans ce long couloir. Ses grands yeux sombres. Elle sourit.

– Excuse-moi, dis-je.

Je m'approche d'elle et la prends dans mes bras. Délicatement. Pour ne pas l'abîmer. Et nous restons là, sans bouger. Ses cheveux fins sur ma joue. La chaleur entre nous. Le silence comme une caresse.

Elle prend ma main dans la sienne et murmure :

– L'important, c'est que cela fasse du sens. Le sens, ma Liz, c'est ce chemin-là qui mène au bonheur.

Je cherche quelque chose à ajouter, rien ne vient, et elle disparaît dans l'escalier.

17

Je reste immobile. Encore empreinte de sa présence. Je me sens réchauffée de l'intérieur. Rafistolée.

En bas, la pendule sonne. Je me redresse. Où est allé se fourrer ce singe ? D'un pas lent, je remonte le couloir. Me parviennent des rires par une porte entrouverte.

– Attention…, dit Gwen d'une grosse voix.

Je m'approche. Allongée sur son lit, Nine, aussi pâle que sa chemise de nuit, a un sourire jusqu'aux oreilles.

– Je suis la fée des guilis ! tonne sa mère en lui chatouillant le ventre, le cou, les pieds.

La petite part d'un éclat de rire en tentant d'échapper à l'assaut des chatouilles. Cette mélodie ! Il y a dans le rire des enfants quelque chose qui appelle la tendresse comme l'humilité. Un rappel de cet infiniment grand qui nous dépasse. Et qui nous fait croire que quoi qu'il arrive, tout ira bien.

– Salut ! je lance.

À la voir ainsi, on pourrait penser que Gwen est la sœur de Nine. Seul son regard qui parfois se voile atteste de la responsabilité qui est la sienne. La mère et la fille se sont installées chez Rosa une semaine plus tôt. Mes prises de bec avec Peyo et mes nuits d'ouvrage ne m'ont pas permis de les voir beaucoup depuis.

– Comment ça va ? je demande, soudain coupable de ne pas avoir pris de leurs nouvelles.

Deux pieds minuscules dépassent de la chemise de nuit de Nine. Ma gorge se serre.

– Regarde comme on est bien installées ! se réjouit Gwen en me désignant la chambre étroite mais chaleureuse. On est bien ici, pas vrai, mon puceron ?

Nine acquiesce dans un sourire ravi. Ses yeux brillants comme deux lucioles malgré les cernes sombres qui les soulignent. Je détaille la chambre. Les lits gigognes. L'armoire entrouverte où pendent trois petites robes. Et sur l'oreiller, le dragon qui ne craint personne.

– Et toi ? Comment tu vas ? me demande Gwen, sincèrement concernée.

Elle plonge ses yeux dans les miens. Combien sont-ils ceux qui posent cette question en prêtant vraiment attention à la réponse ? J'élude, gênée. Parler de moi m'a toujours mise mal à l'aise. Peur d'encombrer, de déranger, je ne sais pas.

– Et la santé de Nine ? je l'interroge aussitôt.

– On a vu le docteur Méli ce matin, répond Gwen tout en démêlant doucement les cheveux de la petite. Ça va aller.

Ce disant, et sans que l'enfant puisse la voir, elle me lance un regard inquiet et secoue lentement la tête.

Je déglutis. Dans ma gorge, une roche. Épaisse. Je n'ai pas de mots. Impuissante face au tableau de ces deux-là si vulnérables. Je repense à ce que m'a dit Gwen le premier jour : « Une mauvaise fée s'est penchée sur son berceau. »

Nine aussi éphémère qu'un papillon. Envie de maudire l'univers tout entier. Dans quel monde condamne-t-on les petites filles ?

Dans ma nuque, un frisson. *Et toi, Liz, qui es-tu dans ce grand tout ?* Je me vois, au milieu de cette chambre, de cette campagne. Seule. M'acharnant sur le menu d'un restaurant comme une mouche sur une vitre. Pour qui ? Pour quoi ? L'impression de marcher à côté de moi-même. Cette course me semble soudain bien vaine. Déplacée. Si friable dès que je la touche du doigt. Il y a autre chose, juste là. Quelque chose qui peut prendre le visage inquiet d'une mère. Ou résonner comme le rire d'un enfant qui bientôt s'éteindra.

Soudain, surgissant de nulle part, Swing bondit sur le lit. Dans sa main, aucune trace de mes papiers. Il s'approche de Nine qui se glisse sous les draps. Penche la tête, attend qu'elle s'installe. Puis, avec une délicatesse que je ne lui connaissais pas, se blottit dans son cou. Nine pousse un soupir. Apaisée.

– Bonne nuit, murmure la petite fille déjà aux portes du sommeil.

– Bonne nuit, je souffle, le cœur serré.

Dans la lumière douce de la veilleuse, les yeux clairs de Gwen. Un bleu teinté d'inquiétude, de tendresse, de chagrin. Et d'espoir. Une lueur fragile dans cette obscurité, qui lui permet de tenir debout.

Dans le silence feutré de la chambre, attentive à la respiration calme de la petite, je me promets de faire tout ce qui est en mon pouvoir pour les aider. Je ne sais pas comment, mais je vais trouver.

Balthazar

– Je suis enceinte.

Elle a lancé ça sans préambule un après-midi que nous paressions au lit. La journée s'étirait mollement. Je somnolais dans la chaleur des draps. J'ai ouvert un œil. Elle me fixait, guettant ma réaction.

Sur le moment j'ai cru avoir mal entendu.

Elle s'est redressée, révélant ses deux seins menus.

– Je suis enceinte ! elle a répété, radieuse.

Je me suis frotté les yeux, incrédule. Elle s'est reculée. Sourcils froncés.

– Ça ne te fait pas plaisir ?

J'avais vingt ans. Tout cela était bien trop abstrait. Tout ce que je voulais, c'était son bonheur à elle. Alors j'ai répondu :

– Mais si ! Évidemment que ça me fait plaisir !

Et je l'ai embrassée.

Si j'avais su ce qu'il allait se passer ensuite, aurais-je répondu la même chose ? Oui. Malgré tout. Malgré elle.

Les heures suivantes n'ont été qu'un monologue euphorique. Romy était intarissable. Impatiente de tenir le bébé dans ses bras, de l'embrasser, de le câliner, de le gâter, de lui faire découvrir le monde, et surtout le cinéma. Et ses mains minuscules ! Et ses petits pieds adorables ! Lové autour d'elle, je l'écoutais. Et si c'était un garçon ? Je me voyais déjà lui offrir une cape de magicien, lui enseigner mes meilleurs tours. À quatre ans, il saurait déjà duper son monde !

– Je l'imagine brune avec des yeux d'améthyste, rêvait-elle, allongée sous le ciel de lit immense.

Des moulures raffinées encadraient un plafond bleu où une main habile avait peint des oiseaux. Au-dessus de nos têtes s'envolaient perroquets chatoyants, aras bleus, rouges, jaunes, perruches au bec puissant. Une main sur son ventre, je souriais. Elle s'est redressée soudain, comme piquée par une guêpe.

– Personne ne doit savoir.

– Ne doit savoir quoi ? j'ai demandé, perplexe.

– Pour nous. Pour le bébé. Pour tout...

Je me suis fait la remarque que la marquise, Lupin et même Marcel devaient bien se douter de quelque chose. Certes pas au sujet du bébé – le ventre de Romy était encore plat comme l'horizon – mais à propos de nous. Ça faisait bientôt deux mois que je venais presque tous les jours tendre mon bristol à la guérite. À qui faisait-elle référence ? À sa mère, qu'elle évoquait parfois à demi-mot en parlant de son enfance ?

– Quand est-ce que tu me présentes ta famille ? j'ai demandé, tout à coup soucieux de la tournure que prendrait cette affaire.

Romy avait dit qu'elle ne voulait pas se marier, mais

c'était avant cette annonce. Sans doute que ce bébé changeait la donne, non ?

Elle s'est levée. S'est rhabillée. Sans un regard pour moi.

– Romy ?

– Ce que tu peux être conventionnel ! Que vient faire ma famille là-dedans ? Est-ce que je te parle de ta famille, moi ?

– Non, mais tu pourrais. D'ailleurs je…

– T'as besoin de leur approbation ? Je ne suis pas assez bien pour toi ?

Ses yeux verts soudain si sombres. L'orage approchait. J'avais appris qu'il fallait l'éviter, le désamorcer dès que possible au risque de le voir se transformer en typhon.

Je l'ai rejointe. L'ai serrée dans mes bras. Derrière la fenêtre, le grand parc où s'affairaient des jardiniers. On accrochait des lanternes dans les arbres. Une fête se préparait.

– J'ai tellement hâte ! Si tu savais ! a-t-elle lancé, de nouveau euphorique.

Son enthousiasme était communicatif. Après tout, nous avions encore quelques mois devant nous avant l'arrivée du bébé. Nous aurions le temps, moi de lever le voile sur les zones d'ombre de ma belle, elle de les domestiquer.

Les semaines suivantes, Romy s'est attelée à la constitution d'un trousseau. Cousant et tricotant sans relâche brassières, chaussons et grenouillères. Brodant des draps, des bavoirs, des langes. Délaissant la chanson et les après-midi passés au piano avec Lupin. Même le cinéma ne suscitait plus autant son enthousiasme. Toutes ses pensées, tout son temps étaient accaparés par la venue de cet enfant. Son humeur était au beau fixe, je ne l'avais jamais vue aussi rayonnante. J'ai décidé de laisser de côté le sujet du mariage. Mais une question quand même me taraudait. Des dizaines même. Où allions-nous vivre ? Avec quel argent ?

Ces interrogations me tenaient éveillé la nuit. Mal à l'aise, je n'osais pas en parler à mon frère, ni à ma mère. Sans doute pressentais-je qu'ils me mettraient face à l'incongruité de ma situation. Je ne savais rien de cette fille. Je la connaissais depuis quoi, deux mois ? Deux mois ! Nous étions trop jeunes pour accueillir un enfant. Quand comptions-nous nous marier ? Qu'allions-nous devenir ?

Je me rassurais tandis que la Renault 4 et moi remontions l'allée bordée d'arbres centenaires. Apaisé par le gargouillis des fontaines, le moelleux des pelouses entretenues, le faste des dîners et le sourire bienveillant de la marquise. Qui que soit cette femme pour Romy, elle n'allait pas nous laisser tomber. C'était sans doute la raison pour laquelle la future maman ne s'inquiétait de rien. Le monde n'était chargé d'aucune menace quand on avait un majordome, un chauffeur et une protectrice si fortunée.

Je noyais mes angoisses dans le gin et la fumée des tables de jeux clandestines. Mon frère, ravi de me retrouver, m'accompagnait partout. Nous avions ressorti nos complets à manches larges. Nos doigts zélés et nos tours de passe-passe. J'allais gagner de l'argent. Mettre de côté. Me tenir prêt pour la naissance du bébé. C'était ça devenir père, me disais-je. Être responsable. Et riche.

Alors chaque soir, dans les salons enfumés, Jo et moi misions, pariions, enchérissions. Dopés par l'adrénaline, ragaillardis par l'alcool. Un duo de voyous, de tricheurs à la petite semaine qui comptait se constituer une fortune à coups de clins d'œil et de grattements de nez.

Quand l'automne est arrivé, mes études n'étaient plus qu'un souvenir encombrant. Mes parents ne se doutaient de rien. Après tout, je disparaissais chaque jour pour ne rentrer que le soir. Mon frère et moi aidions notre mère pour les dépenses du quotidien. Mon père, lui, ne m'adressait pas la parole. Je l'apercevais parfois derrière la fenêtre en rentrant au petit matin. Une silhouette sombre et floue. Une pauvre petite silhouette de vieillard déshonoré qui me fendait le cœur. La honte ne m'avait pas quitté. Sur mon bureau, le carnet à spirale attendait. Rempli des notes que j'y consignais parfois, coupable, avant de me rendre à l'évidence : je ne pouvais pas écrire d'article sur la marquise sans trahir celle que j'aimais.

Chaque après-midi je me rendais à la villa. Heureux comme je ne l'avais jamais été. Tout n'était qu'enchantement. L'été indien caressant les champs dorés. La splendeur de la campagne souletine. Les Pyrénées majestueuses. Le vert sombre des forêts auquel succédait le bleu profond de l'océan. J'apportais de petites choses, un hochet en bois, un béret miniature, une couverture en laine. Romy m'accueillait avec plus de baisers et de caresses qu'elle ne m'en avait jamais donné. Nous étions beaux. Nous étions jeunes. Nous étions amoureux.

Et puis un jour, Romy s'est remise à chanter.

18

Le recrutement du personnel est au point mort malgré les dizaines d'annonces que j'ai déposées ici et là. Il est devenu évident que quelque chose cloche. Est-ce que mon nom fait fuir les candidats ? Je commence à le croire.

Pourtant la carte nécessite du monde en cuisine. Sans viser d'étoile, il nous faut une brigade solide. J'ai simplifié les recettes mais elles restent complexes. Une quinzaine de gestes pour mon plat signature. Vingt pour l'œuf de poule cuit nacré et sa mousseline de topinambours.

Quarante couverts, ça veut dire trois personnes au service, une à la plonge, deux commis, deux chefs, dont un pâtissier. Soit huit employés au total. Au moins. Avec Peyo sur le banc de touche, on est loin du compte. Il devient urgent de trouver du renfort. Renfort qu'il faudra ensuite former. L'équipe doit être fin prête pour le dîner d'inauguration. Ça nous laisse peu de temps. Il me faut aussi tester rapidement la carte et mettre Peyo en situation. Et pour ça, il me faut des clients.

Hier, sur la route menant à Chéraute, j'ai croisé un car de tourisme. J'ai hésité. Où j'en étais rendue ? Et puis dans un mouvement brutal du volant, j'ai fait demi-tour. Quand le car a fini par s'arrêter face à un diaporama à couper le souffle, libérant par la même occasion une nuée de vieilles dames en imperméable, j'en ai profité pour alpaguer la guide. Une cinquantenaire blasée qui semblait avoir passé plus de la moitié de sa vie à parler dans un micro sans craindre les virages. Après un arrêt à Bayonne, ce petit monde permanenté était en route pour Lourdes, m'a-t-elle expliqué d'une voix traînante. J'ai sauté sur l'occasion. Que dirait-elle la prochaine fois de faire un arrêt chez *Germaine* pour déjeuner ? Chez *Germaine ?* Jamais entendu parler, qui était cette dame ? Je n'avais pas la réponse. Je lui ai parlé du menu, elle a écouté en silence, a jeté un œil à sa montre, il fallait qu'ils y aillent, m'a-t-elle dit, ils avaient encore de la route, et la messe à la basilique à seize heures, est-ce que j'avais une carte ou quelque chose à lui laisser ? J'ai déchiré un bout de papier, noté mon numéro, en ajoutant que nous pourrions lui faire un prix. Elle a fourré le papier dans sa poche comme on se débarrasse d'un mouchoir sale, et battu le rappel des troupes.

Près du car, le chauffeur finissait sa cigarette. *Pas mal le garçon !* s'est exclamée Romy dont la silhouette fine se découpait face au panorama. Elle portait une longue robe noire, un sautoir de perles et tenait entre les doigts un porte-cigarette plus long qu'un aller-retour pour la Lune. Ça lui arrivait parfois. Quand d'autres prenaient leur petit déjeuner chez *Tiffany's*, elle soignait ses coups de blues en s'habillant comme une actrice hollywoodienne. *Allez !*

Profites-en ! m'a-t-elle soufflé en désignant le garçon, l'œil canaille. C'est vrai qu'il n'était pas mal. De grands yeux marron bordés de cils épais, une cicatrice juste sous ses lèvres pleines qui vous donnaient envie de…

– Vous êtes de Chéraute, c'est ça ? il a lancé.

Derrière lui, trois vieilles dames me scrutaient en faisant des messes basses. Je leur ai souri poliment.

– Oui. Je travaille chez *Germaine*, vous connaissez ?

Il a secoué la tête.

– Tenez, j'ai fait en lui tendant le numéro du restaurant. Si vous arrivez à convaincre vos copines de nous rejoindre, on vous offre l'apéritif.

Mon Dieu ! Il ne me manquait plus qu'une valise de VRP : « Elizabeth, pour vous servir. » Il a hoché la tête, jeté son mégot. Et m'a souhaité bon courage.

Et puis ce matin, j'ai reçu un coup de téléphone. Le prochain voyage organisé aurait lieu dans une semaine, m'a annoncé la guide. Avais-je un menu à proposer pour une trentaine de personnes ? Banco. Ce groupe sera l'occasion de se roder. Faut-il encore que j'aie du monde pour m'aider.

Est-ce que cela me coûte de vendre mon âme dans ce coin perdu ? Non. Pire que ça. Deux mois plus tôt, je ne l'aurais même pas imaginé. Mais aux grands maux les grands remèdes, me dis-je pour me donner du courage. Et toutes sortes d'autres phrases stupides qui n'ont jamais réconforté personne.

J'en suis là de mes réflexions quand deux femmes m'abordent. C'est jour de marché à Mauléon. Pour me faire pardonner d'avoir joué les courants d'air, j'ai proposé à Rosa de m'occuper du déjeuner.

– Vous êtes Elizabeth Clairemont ?

J'acquiesce. Leurs visages s'éclairent. L'une d'elles me tend un exemplaire d'*Ici Paris*. En médaillon, une photo de moi, floue, prise à la gare le jour de mon départ. Cernée, échevelée, le regard vide, je ressemble à une aliénée. Je blêmis. *Ce n'est pas moi. Ils se sont trompés.* Pourtant, en arrière-plan, je reconnais Nana, son sourire de travers, sa robe à volants et ses cabas rapiécés. ELIZABETH CLAIREMONT : ELLE A TOUT PERDU ! annonce le magazine en lettres capitales.

Mon cœur qui s'accélère. Impossible de parler.

– Vous pouvez me le dédicacer ? demande la femme.

Ma gorge qui se serre. L'air qui vient à manquer. Je glisse une main dans ma poche à la recherche de mes comprimés. En vain. Où peuvent-ils être ?

Je saisis le stylo que l'une me tend. Envie de faire mentir les journaux. D'être aimée. Je déglutis et puis je griffonne mon nom, juste en dessous de la photo atroce et des mots incendiaires. J'ai l'impression de signer ma condamnation. D'acter ma déchéance.

Elles finissent par partir, me laissant hagarde. Sonnée. J'ai beau savoir, à chaque fois la douleur est la même. Cette fille dans les magazines, ce n'est pas moi. Ça ne peut pas être moi. Et pourtant.

Je n'ai plus rien. Je ne suis plus rien.

Soudain, une silhouette s'approche. Haute et maigre,

les oreilles décollées. Je reconnais la grande asperge qui nous a servies, Nana et moi, le jour de notre arrivée.

– Salut, Basilio…

– B…b…bonjour, bégaye-t-il.

Il est rouge vif. Sous ses aisselles, deux larges auréoles. Il s'essuie le front. Tente de reprendre son souffle. Je ne l'ai pas revu depuis la fermeture du restaurant. Je l'avais même oublié.

Le rouquin tient serrée contre lui une pochette à élastiques dont il tire maladroitement une feuille tapuscrite, manquant à deux reprises de tout faire tomber.

– Je… je…

Je saisis la feuille qui tremble entre ses doigts. Une lettre de motivation. Basilio Urrutia, vingt-deux ans, n'a pas de diplôme, mais il aime cuisiner et… Je lève la tête, lasse. Le bla-bla et les formules ampoulées, pas mon truc. La cuisine, ça se vit. Je hausse les sourcils pour l'encourager à parler. Cramoisi, le pauvre Basilio tente en vain d'aligner deux mots. Je me remémore notre rencontre. Le garçon était aussi doué au service que moi en claquettes. Alors en cuisine… Je l'imagine aux fourneaux aux côtés du chef, l'ogre hirsute et l'asperge gauche. Pas gagné.

Je comprends entre deux fragments de phrases que son père possède une ferme pas loin du restaurant. Basilio l'aide avec les vaches. Troque ses fromages contre quelques légumes du potager de Peyo. Et quand l'occasion se présente, il donne un coup de main chez *Germaine*. Ces derniers temps il a été très occupé avec les animaux, mais il a du temps ces prochains jours, est-ce que…

Il soupire. Épuisé. Ces quelques mots lui ont pris toute son énergie. Je l'impressionne, ce qui ne fait qu'ajouter à son agitation. Pourtant, malgré son malaise évident, il s'accroche. De sa grande silhouette dégingandée émane une maladresse qui me touche.

Mais à quoi peut-il nous aider ? Épluchage des légumes, garniture des fonds de tarte, réduction des sauces ? Même le rôle de commis me semble ambitieux. Il va falloir tout reprendre depuis le début, garder un œil sur lui en permanence. Trop complexe. Pas adapté au standing du restaurant. Ça ne va pas marcher.

Autour de nous, les forains remballent jambons, saucissons et cageots. Le vent se lève, emportant avec lui les derniers badauds. Face à moi, ce grand échalas, suspendu à mes lèvres, qui n'attend qu'un mot de ma part pour s'armer d'un économe.

Va pour le commis. J'ai rien de mieux.

– Tu peux commencer demain ?

19

– Voilà comment ça va se passer.

Je fais circuler quelques feuilles détaillant le menu, les recettes et ce qu'on attend de chacun. Peyo, affairé au-dessus d'une paillasse, feint de ne pas m'entendre. Face à moi, alignés comme des enfants de chœur, Basilio et Gwen. La jeune Bretonne m'a proposé son aide. Je n'ai pas pu refuser.

– Aujourd'hui, on se concentre sur le plat principal : paleron de bœuf braisé, foie gras poêlé, gremolata et girolles.

Je tiens à ce que Gwen assiste à tout pour être initiée au langage, aux saveurs. Son rôle au service n'est pas seulement de faire passer les assiettes, elle doit raconter une histoire à nos hôtes. Là est le secret d'une dégustation réussie.

Je fais un signe de tête à Basilio qui s'empresse d'aligner tous les ingrédients sur le plan de travail. Paleron de bœuf préalablement épluché, oignons, carottes, vin rouge, fond blanc, girolles, croûtons de pain et foie gras.

– Tout l'intérêt de ce plat réside dans la qualité de la viande, je poursuis d'une voix claire.

Peyo entame avec fracas la découpe de courgettes en rondelles. Tac, tac, tac, tac.

Gwen prend des notes et fait de son mieux pour suivre. Basilio observe sa main qui court sur le papier.

– Basilio ? T'es avec nous ? je lance en claquant des doigts sous son nez.

Il sursaute avant de piquer un fard et de hocher la tête vigoureusement. Je me retiens de sourire. Ce garçon a une bonne tête. Sous sa masse hirsute de cheveux roux, on dirait un enfant pris en faute. Il lui en faut peu pour perdre ses moyens. Va-t-il résister à la pression ? Je compte sur Peyo pour assurer en cuisine – je n'ai pas vraiment le choix – et j'ai confié au commis des tâches simples pour l'assister : préparation des ingrédients, cuisson des légumes, et plonge.

– Tout l'enjeu c'est la cuisson, continué-je. Faut pas se rater.

Je me dirige vers le four, un Convotherm dernier cri que je n'ai jusque-là pu approcher que dans mes rêves. Je me suis assurée que dans la cuisine déjà bien équipée, il ne manquerait rien. Ai fait ma liste au Père Noël. Le vieux barbu, qui ne se déplace plus en traîneau et manteau rouge mais en Pontiac et complet de velours, a exaucé tous mes souhaits.

– On va cuire la viande sous vide dans une atmosphère humide, annoncé-je en les guidant vers le four.

Peyo relève la tête à nouveau. Sourcils froncés. Sur son

visage, de la surprise. Puis du dédain. *Évidemment. Monsieur est de la vieille école.*

– La cuisson est prévue au degré près et sur une longue durée, expliqué-je en pianotant sur l'écran du Convotherm. Pour nous, ce sera soixante-quatre degrés, pendant trente heures. À l'arrivée on aura une viande fondante qui gardera un côté rosé.

– Connerie ! s'exclame Peyo.

Gwen et Basilio se tournent vers lui, surpris.

– Peyo, tu veux ajouter quelque chose ?

– Connerie ! il répète. Cuisson sous vide ! Quel gâchis ! La viande mérite une rôtisserie. Mieux, une poêle à feu vif !

Ce disant, il tire une large Mauviel d'un placard. Jette un morceau de beurre sur la fonte brûlante. Saisit le paleron qui se réveille dans un crépitement familier. Un insecte pris dans une lampe.

– La viande ça se termine au bord du fourneau pour la faire tirer. Il lui faut du repos. Cuisson sous vide… nom de Dieu, ce qu'il faut pas entendre !

Un flash. Le soir du drame chez *Romy*. Soizic. Sa main sur le réchaud brûlant. Ses hurlements. Dans ma nuque, un frisson glacé.

Je revois la casserole bancale sur la vieille gazinière. Certains soirs – Romy les appelait les « soirs lumineux » – elle me préparait un lait chaud au miel. Elle et moi dans le silence de la petite cuisine, chemise de nuit tirée sur les genoux, pieds gelés. Je savourais. Nous guettions la casserole jusqu'au moment où le lait montait d'un coup dans un bouillon de neige, comme ça, sans prévenir. Le jeu consistait à éteindre le gaz juste avant que ça déborde. Pas trop tôt, sinon c'était tricher. Ces soirs-là, moi et mes grandes moustaches blanches écoutions chanter ma mère. Les autres soirs, c'est Romy qui débordait comme le lait sur le feu.

Tu n'es pas comme elle, me répète une voix dans ma tête.

– C'est bon, vous avez noté ? j'enchaîne en réquisitionnant tout ce qu'il me reste de sang-froid. Soixante-quatre degrés, trente heures. On passe aux girolles.

Peyo me dévisage un instant sans un mot. Avant d'éteindre le feu sous la poêle et de prendre la porte.

20

– Qu'est-ce que je vous sers ?

Face à moi, impeccable dans son complet en lin pastel, M. Etchegoyen. Comme d'habitude il répond :

– La même chose que toi.

J'ai fini par installer deux tabourets hauts dans un coin, près des fourneaux. C'est là qu'il se pose une fois par semaine. Annoncé par son drôle de bolide, son panache et ses tenues formidables. Il nous rejoint en cuisine, s'excusant toujours, inquiet de nous déranger. Au début, ses visites me mettaient mal à l'aise. Venait-il nous surveiller ? J'avais déjà Peyo à gérer ! Mais peu à peu, je m'en suis accommodée. Me surprenant même à espérer sa venue. Se dégagent de lui une bienveillance, une confiance en moi, en mon travail, qui me rassurent.

J'en profite pour lui servir mes nouvelles créations. Lui demande son avis. Il est enthousiaste, mais jamais complaisant. Ses remarques sont pertinentes et attestent de son expérience. De toute évidence, il est coutumier des grandes tables, mais sa capacité d'émerveillement est intacte. Un jour que la terrasse était vide de tout client, j'ai remonté une bonne bouteille de la cave et me suis attablée avec lui. Il pose peu de questions. Ça me plaît. J'aime sa capacité à faire la conversation sans être indiscret. À parler de sa terre sans tomber dans une nostalgie pessimiste. Il semble toujours heureux de me voir. Sa personnalité sans doute. Clairement cet homme est né un jour de soleil et en a gardé un appétit sincère pour la vie, les gens et la bonne chère. Dans l'intimité de la cuisine, parfois jusqu'aux heures avancées de la nuit, nous parlons gastronomie, assaisonnement, cuisson. Je lui fais partager mes découvertes. La région est d'une beauté à couper le souffle pour qui prend le temps de s'y intéresser. Il est fier de son patrimoine, mais plus encore que je le reconnaisse.

Je garde pour moi mes inquiétudes. Ma difficulté à trouver de l'aide. À monter une équipe à la mesure de mes ambitions. Mon angoisse devant l'avenir. Mes soucis financiers. Le procès qui m'est fait dans la presse. J'évite soigneusement de parler de Peyo. Je ne sais pas quels liens les unissent. Depuis combien de temps se connaissent-ils ? Pourquoi Peyo bénéficie-t-il de tant de largesses de la part du patron ?

Torchon sur l'épaule, je pose devant lui une assiette fumante.

– Pigeon sauce vin rouge, petit épeautre et compotée de yuzu.

Il porte la fourchette à sa bouche. Je guette sa réaction. Il ferme les yeux et hoche la tête.

– Une merveille…, dit-il.

– Mais ?

Il sourit.

– Il n'y a pas de « mais ».

– Il faut toujours un « mais », je rétorque.

Il secoue la tête.

– Parfois le moment est parfait, il faut juste le cueillir.

Je jurerais qu'il est ému. Je baisse les yeux, gênée. Débouche une bouteille.

Je surprends son regard qui me scrute tandis qu'il déguste son verre. Je repense à ce que Rosa m'a rapporté. Comment est-il arrivé là ? Sans bien que je sache pourquoi, il m'impressionne. Que pense-t-il de la cabale dont je suis la victime ? A-t-il un avis sur cette affaire comme l'ensemble des Français friands de ragots ? Pourquoi a-t-il choisi de me faire confiance ? Malgré ses recherches, maître Moineau n'a rien trouvé à son sujet, à se demander s'il s'est présenté à moi sous son vrai nom. Il est mystérieux, oui, mais en rien menaçant. C'est en tout cas l'impression que j'ai à le voir passer de table en table saluer quelques habitués avec une aisance étonnante. On dirait un magicien proposant ses tours. Mais au lieu de cartes, il n'a que son sourire. Et ses bons mots.

– Gwen, on y va ?

Le vent emporte ma phrase. Quelques mètres plus loin dans le potager, un cageot entre les bras, Gwen et Basilio discutent tandis que Peyo, accroupi, fouille la terre. Il a dû dire quelque chose de drôle car la Bretonne éclate de rire et Basilio glousse, épaules voûtées, comme pour faire le moins de bruit possible.

Après son lit, c'est ici que le chef passe le plus clair de

son temps. Un rectangle de bonne taille, caché derrière la maison, où poussent toutes sortes de légumes et de fleurs dont il s'occupe avec un soin qui contraste avec la rugosité de nos échanges. Les trois s'y retrouvent presque quotidiennement. Que peut-il bien leur raconter ? Gwen n'a rejoint le restaurant que depuis une semaine, mais à les voir plaisanter ensemble, on dirait qu'elle est là depuis toujours. Elle a réussi à mettre Basilio à l'aise et à briser la glace dont s'entoure Peyo. Comment fait-elle ? La jeune femme dégage quelque chose de solaire, une force tranquille, rassurante. À ses côtés, la vie a plus d'éclat.

– Gwen, on y va ? répété-je, plus fort cette fois.

Elle se retourne, un sourire aux lèvres, et me fait un petit signe de tête. Peyo ignore soigneusement ma présence et dépose entre ses bras une botte de cerfeuil tubéreux, quelques pousses d'arroche et cinq belles courgettes. Elle le remercie puis lance en me rejoignant :

– C'est pour Rosa. Je sais pas toi, mais moi j'ai une faim de loup.

Elle jette un coup d'œil à sa montre. Quand elle m'aide au restaurant, c'est Rosa et Nana qui jouent les nounous. À leur plus grande joie. Gwen a prévenu que nous rentrions tard, mais je sens qu'elle regrette d'avoir manqué le coucher de sa fille.

– Bonne soirée ! fait-elle à Basilio.

Le commis a l'air embêté. Debout près de sa mobylette, il hésite, en plein débat avec lui-même. Son visage comme un théâtre de pantomime. Il se résout finalement à s'approcher.

– P…p…pour toi, dit-il.

Il tend une boîte à Gwen. Elle n'a pas le temps de le remercier que la pétrolette de Basilio file déjà au loin.

– T'as un ticket, on dirait ! je lance en tournant la clef dans le moteur.

Elle hausse les épaules d'un air absent. Parfois sur son visage le soleil s'éteint. Rattrapée par ses inquiétudes, elle se mure dans un monde à elle. J'ai beau la connaître de mieux en mieux, quelque chose en elle demeure impénétrable. Elle accepte notre aide bien sûr – comment pourrait-elle faire autrement ? – mais sans jamais s'abandonner totalement.

Face à nous, la nuit tombe sur les champs et les villages. Les arbres comme de grands squelettes noirs se découpent sur un ciel de pétrole.

– À quoi tu penses ? je lui demande, avant de le regretter aussitôt.

Jamais personne ne répond sincèrement à cette question. Je l'ai posée suffisamment de fois à Romy pour le savoir. Il y a en chacun une part d'inconnu qui ne se laisse jamais saisir.

– Aux jumelles, répond-elle. Augustine et Léonie.

« Les filles », comme aime à les appeler Rosa avec une tendresse toute maternelle, sont venues dîner hier. Nous les retrouvons deux fois par semaine dans la salle à manger de la maison aux volets bleus. Je cuisine de bon cœur pour elles. Ces femmes, leur histoire, leur courage me touchent. Les questions à mon sujet se sont taries et elles en sont venues peu à peu à parler d'elles. Toutes, sauf les jumelles qui gardent avec moi une distance respectueuse. Malgré tous mes efforts pour me rendre accessible, je les impressionne.

– Et ? demandé-je alors que nous nous enfonçons dans la forêt de Viodos.

– Tu savais qu'Augustine avait été bouchère ?

Je secoue la tête. Laquelle des deux est Augustine déjà ? Elles se ressemblent comme deux gouttes d'eau. Mais leurs caractères ne pourraient pas être plus opposés. L'une est joviale, spontanée, rit pour un rien. L'autre est plus réservée, taciturne, avec ce je-ne-sais-quoi d'aristocratique dans la posture.

– Aristocratique ?

Gwen éclate de rire avant d'acquiescer. Oui, en effet, Léonie est parfois un peu collet monté.

– N'empêche qu'elle a sauvé sa sœur, ajoute la Bretonne. C'est Augustine qui me l'a dit.

Je frissonne. L'automne s'installe, apportant avec lui une humidité glacée. Je monte le chauffage, curieuse de ce que Gwen s'apprête à raconter.

– Elles avaient vingt ans quand elles sont arrivées ici.

Augustine avait épousé un homme, boucher de son métier, ombrageux de son état. Ils travaillaient ensemble dans une échoppe triste et grise qui sentait le sang et les carottes râpées. J'imagine la jeune Augustine d'alors entourée de toutes ces carcasses. Le mari était du genre jaloux. Du genre à voir dans chaque main tendue aux clients une invitation. Il ne lui a pas fallu un an pour devenir fou. Un soir, Augustine s'est présentée chez sa sœur le visage abîmé. Tremblante. Une fois encore, une fois de trop.

Je ralentis. Devant la voiture, une laie suivie de trois marcassins rayés traverse la route, éblouie par mes phares. Les petits se pressent, inquiets de se faire distancer par leur mère. Gwen et moi ne pouvons retenir un soupir attendri.

– Et alors ? je relance Gwen après que la famille a disparu dans les bois.

– À l'époque, Léonie travaillait comme gouvernante dans une famille aisée…

M'apparaît la jeune Léonie vêtue de noir, avec son tablier blanc et sa coiffe sur la tête, un plumeau à la main. Je ne suis pas étonnée. Je l'ai surprise plusieurs fois dans le salon en train de dresser la table. Alignant une fourchette, arrangeant des roses dans un vase.

Augustine a tambouriné à sa porte en pleine nuit, une petite maison perchée sur une colline du Val-d'Oise. Léonie l'a recueillie. Inquiète.

Le boucher savait où la trouver, il avait bien l'intention de faire revenir sa femme à la boutique. Échines, gésiers, tendrons et aiguillettes l'attendaient, fallait qu'elle l'excuse, il voulait pas lui faire du mal, c'était sa faute aussi, à aguicher tout le monde avec ses seins pointus, mais il lui pardonnait. Augustine a hésité, sa sœur a tranché. Le lendemain elles étaient parties. Pour sa jumelle, Léonie serait allée au bout du monde.

C'est comme ça qu'elles sont arrivées à Mauléon avec leurs valises en carton bouilli. Dans celle de Léonie, le

Guide des bonnes manières. Dans celle d'Augustine, aucun regret. Elles ont rejoint la grande famille des couseuses d'espadrilles amatrices de champagne et de bons mots. Et ne sont jamais reparties.

– Elles ont beau se chamailler en permanence, ces deux-là c'est à la vie, à la mort, conclut Gwen.

Un silence. Les mots de la Bretonne flottent dans la voiture. Au-dessus de nous, une lune aussi fine qu'un bijou. Qui se soucie de ces femmes ? De leurs chagrins ? De ce qu'elles ont dû laisser derrière elles pour sauver leur peau ? Pauvres silhouettes anonymes broyées par un monde d'hommes contre lequel elles ne peuvent rien. Je songe à ce qu'il leur a fallu de courage pour arriver ici. Et à Rosa qui patiemment les remet sur pied.

La camionnette franchit un pont étroit. Au bout de la route, la maison aux volets bleus se dessine dans un halo lumineux. Accueillante. Chaleureuse.

– Faut lui laisser une chance…, dit Gwen.

– À qui ?

– Peyo. Y a rien qui dit qu'entre vous ça doit mal se passer.

Rien ? Je refoule l'élan de colère qui me pousse à me justifier, à dénoncer, à la forcer à admettre que. La complicité qui unit ces deux-là m'agace. Je me tais. Elle n'insiste pas.

À notre approche, le portail s'ouvre de lui-même. Nous sommes attendues. Je jette un œil à la boîte que Gwen tient entre ses mains.

– Y a quoi dans ton paquet ?

Balthazar

C'était soir de fête. À nouveau. L'automne approchait, apportant avec lui cette urgence charriée par les jours qui raccourcissent. Profiter des températures encore douces, des arbres encore feuillus, et de cette légèreté propre à l'été.

La marquise – « Appelez-moi Véra », insistait-elle à chaque fois sans que je parvienne à m'y résoudre tant elle m'impressionnait –, la marquise donc avait lancé des invitations à son cercle élargi. C'était la dernière soirée avant que la villa ne ferme ses portes. Elle les rouvrirait au retour du printemps lors d'une inauguration féerique à laquelle tout le gratin de la côte rêvait d'être convié.

Pour cet adieu à l'été, la marquise avait choisi comme thème le bleu, selon elle couleur de la nostalgie. Du temps qui passe. Du bonheur qui s'enfuit. Elle avait tout fait décorer de nuances de cobalt, d'azur, de bleu Klein. Un dégradé décliné en ballons, en fleurs, en tissus flottant au vent, en poufs, en tapis. Partout dans le parc, des bougies, des guirlandes lumineuses et des coussins invitant à la paresse. Pour l'occasion, Romy portait une robe d'un bleu profond dont les plis souples bordés de tulle m'évoquaient quand elle bougeait les remous de l'océan. Un chignon révélait sa nuque délicate. Je me retenais de plonger dans son cou. Quant à moi, j'avais opté pour un costume croisé en flanelle marine que je m'étais offert avec mes tours de passe-passe au casino. Mon style avait évolué en l'espace d'un été passé à ses côtés. Cheveux gominés, chaussures en cuir lustrées, veste à revers cranté – Jerry Lewis dans ses belles années. J'avais beau commencer à connaître le goût de la marquise pour les fêtes et les décors fabuleux, j'étais à chaque fois bluffé. La villa se trouvait transformée. Une débauche de vins rares, de mets délicats, de vaisselle raffinée qui me laissait rêveur. Ainsi j'en étais ?

La marquise veillait à ce que Romy ne manque de rien. Romy, elle, semblait indifférente au luxe qui l'entourait et rêvait d'indépendance. « Ce n'est qu'une question de temps », répétait-elle et, sans que je sache bien à quoi elle faisait allusion, j'acquiesçais, déterminé à être celui qui un jour lui offrirait tout ce dont elle aurait besoin.

Avisant un vase rempli de plumes de paon, Romy en a piqué une dans son chignon. L'arc dépassant de ses cheveux faisait écho au cambré de ses reins. J'ai cherché un compliment à la mesure de sa beauté insensée. Je n'ai pas trouvé. Les semaines passaient. Chaque jour, elle était plus époustouflante.

Sur la terrasse illuminée de grands candélabres, les invités se pressaient autour d'un groupe de musiciens. Les applaudissements fusaient à chaque solo, les notes dégringolaient, avant d'accélérer encore. Quelque chose de frenétique qui vous donnait envie de taper du pied et de hocher la tête. Nous nous sommes approchés. Cinq hommes, trois guitares, un violon, une contrebasse. L'un d'eux a fait un signe à Romy en l'apercevant. Moustache fine, cigarillo, foulard coloré.

– Tu le connais ? j'ai demandé, hypnotisé par ses mains qui glissaient sur les cordes à une vitesse prodigieuse.

– C'est Django, elle a répondu sans le quitter des yeux. Django Reinhardt.

Évidemment je n'en avais jamais entendu parler. J'assistais, fasciné, aux prodiges du tzigane. Les soirées de la marquise attiraient du beau monde. Artistes français ou étrangers, il n'était pas rare de croiser dans la maison ce que les années cinquante offraient de plus brillant, de plus créatif et de plus sulfureux.

Ce jour-là, sous la lune de cette fin d'été, le jazz est entré dans ma vie. Et n'en est plus sorti. Depuis, la nostalgie pour moi c'est un air de be-bop, couleur bleu cobalt, parfum cigarillo.

Il s'est mis à pleuvoir mais personne ne s'en est aperçu. Captivés par le rythme des guitares et de la contrebasse, les invités oubliaient de parler, de rire, et même de boire. La pluie dégoulinait sur les cheveux gominés des musiciens, se mêlant à la sueur qui perlait sur leur front, ruisselant jusque dans leurs yeux sombres. Les guitares ont continué de jouer jusqu'au final, un bouquet de notes en apothéose, j'ai bien cru que les cordes allaient fondre, brûlées par ces doigts qui galopaient sur le manche de plus en plus vite à m'en donner le tournis. Le public a explosé en cris de joie, en applaudissements, épuisé lui aussi de tant de verve, le cœur battant à mille à l'heure.

Lupin, accompagné de quelques hommes en livrée, a ouvert des parapluies, invitant tout le monde à se mettre à l'abri. Nous sommes rentrés, costumes humides et robes détrempées. Ça m'a rappelé notre rencontre à Romy et moi. Je me suis glissé derrière elle, l'ai serrée dans mes bras, et puis j'ai murmuré à son oreille :

– En Californie, certains soirs la rosée est abondante.

Elle s'est retournée dans un sourire. A planté ses yeux d'opale dans les miens.

– Vous croyez ? elle a répondu en singeant le phrasé de Gene Kelly. De mon point de vue le soleil n'a jamais été aussi éblouissant.

Elle a pris ma main, je l'ai suivie jusqu'au piano à queue qui trônait sous un lustre immense. Autour les gens riaient, un peu sonnés par l'emprise que Django avait eue sur eux. Certains tordaient leurs chemises pour les essorer. Le son de la pluie drue tombant dehors nimbait l'atmosphère d'une couleur chaleureuse.

Romy a posé sa main sur le clavier et joué quelques notes. Un photographe en a profité pour saisir l'instant. Assise sur son tabouret, sa robe en tulle déployée autour d'elle comme les pétales d'une pervenche, elle rayonnait. J'ai reconnu les premières notes de la mélodie. Celle de la comédie musicale américaine que nous aimions tant.

Lupin s'est approché, a demandé la permission de s'asseoir à ses côtés. Elle m'a paru soudain si menue à côté du grand majordome. Le silence s'est fait dans la grande salle à manger tandis qu'il se mettait à jouer. Et Romy a chanté :

I'm singin' in the rain
Just singin' in the rain
What a glorious feeling
I'm happy again…

L'assistance a applaudi à qui mieux mieux. Charmée par le sourire irrésistible de ma belle et son brin de voix délicat. L'encourageant à poursuivre tandis que dehors les éclairs zébraient le ciel. « Une autre ! Une autre ! » Lovée dans un fauteuil, la marquise souriait. Romy a enchaîné les classiques hollywoodiens, convoquant le jeu de jambes de Fred Astaire, les costumes fabuleux, la joie de vivre de ces comédies dont elle raffolait, et désormais indéfectiblement associées pour moi à cette parenthèse hors du temps qu'aura été notre histoire.

Lorsque la pluie s'est arrêtée, les invités se sont dispersés. Les serveurs ont repris leur ballet, virevoltant au milieu des groupes, plateau d'argent sur le bras. Les musiciens prenaient leur pause autour d'un grand billard, calculant leur coup, concentrés. Au piano, Lupin enchaînait à présent les airs de blues qui s'envolaient dans l'air comme la fumée du cigarillo de Django.

Le guitariste s'est approché de nous. A tendu une flamme sous la cigarette fine que Romy avait fichée entre ses lèvres.

– Tu as une belle voix, il a lancé avec ce phrasé lent et grave qui lui était propre.

Il a laissé passer un silence. Elle a rougi. Je n'en ai pas pris ombrage. Django était poli, pas séducteur, même si comme tout le monde il ne pouvait ignorer sa beauté gracile.

– Tu pourrais aller loin, il a ajouté.

Elle a secoué la tête par modestie. Nous avons échangé encore quelques phrases et puis il a pris congé. Il mourrait moins de deux ans plus tard et je ne pourrais m'empêcher de lui en vouloir encore pour ses mots bien après qu'il aurait quitté ce monde. Car sitôt qu'il est retourné à son jeu de billard, et tandis que dehors on annonçait le dernier feu d'artifice de l'année, l'humeur de Romy s'est voilée.

– Qu'est-ce qu'il se passe ? j'ai demandé, voyant qu'elle évitait mes baisers.

– Rien, je suis fatiguée.

Et elle a disparu vers l'escalier.

Lorsque je l'ai rejointe elle était couchée dans la pénombre, le visage tourné vers le mur. Dehors, les crépitements des bouquets lumineux qui illuminaient la chambre de reflets dorés. Je me suis assis au pied du lit. Silencieux. Je commençais à être familier de cette obscurité qui s'insinuait parfois sans prévenir entre nous. Romy pouvait rester plusieurs jours, parfois même plusieurs semaines dans un état d'euphorie contagieuse, disproportionnée, se passionnant pour un sujet au point d'en perdre le sommeil, la raison, le sens des réalités. C'était soudain un engouement fébrile pour Fred Astaire dont il fallait revoir toute la filmographie à en abîmer les pellicules qui chauffaient tandis qu'elle rembobinait, encore et encore, ses scènes préférées. Ou un emballement pour le tricot. Pour l'ornithologie. Pour les chapeaux à plumes. Pour les claquettes. Qui s'évanouissait subitement. Comme on éteint la lumière, la nuit tombait sur son monde. Et tous les films de tout l'univers ne suffisaient pas à la tenir hors de l'eau.

Ce soir-là, la sentant dériver, je réfléchissais à ce que je pouvais dire pour la ramener à moi. Quand elle a lancé cette phrase terrible. Épitaphe de notre histoire.

– Il est encore temps.

Sur le coup, je n'ai pas compris. Elle s'est redressée. Le ciel dehors projetait sur son visage des ombres multicolores.

– Je suis jeune, toi aussi, elle a continué. Nous pourrons en avoir d'autres. Mais pour ma carrière, je n'aurai pas de deuxième chance. C'est maintenant ou jamais. Je dois aller à Paris, prendre des cours de chant, me faire un nom.

Son débit se faisait plus rapide. Enthousiaste déjà à l'idée de cette vie qui se jouait sur le grand écran de son imaginaire. Je suis devenu blême. Mon regard a glissé sur son ventre.

– Mon amour…, elle a murmuré près de mon oreille.

Elle a posé sa main sur la mienne. Je me suis dégagé de son étreinte.

– Pourquoi faut-il toujours que tu gâches tout ? elle a crié en jetant un oreiller à travers la pièce.

Le coussin a heurté un vase qui a explosé par terre. Je

n'ai rien oublié de ce moment. Le cadavre du bouquet sur le sol trempé. La coulée de mascara sur sa joue. La veine qui battait à son cou. Elle me rendait fou. Fou d'amour, fou de rage.

– Cette fois on ne joue pas, Romy. On ne joue plus !

Elle a enfilé ses escarpins, couvert ses épaules d'un manteau de fourrure, et posé sa main sur la clenche.

– Romy ! Je t'interdis ! Ne franchis pas cette porte !

Elle s'est immobilisée. Dehors, le crépitement du feu d'artifice s'est accéléré. Ça claquait sans s'arrêter. Bouquet final.

– Je n'ai pas besoin de ta permission, elle a lâché d'un ton glacial.

J'ai bondi. L'ai saisie vivement par le bras.

– C'est aussi mon enfant ! j'ai hurlé. Je te préviens, si tu fais quoi que ce soit…

Mes mots sont morts dans un silence bouillant. À quoi je pensais en la menaçant ainsi ? Je n'avais pas le début d'une idée. Elle oui. Je n'avais pas fini ma phrase, son imagination s'en est chargée. Je regretterais cet instant toute ma vie.

– Romy…, j'ai murmuré, mortifié de l'avoir effrayée.

Elle m'a dévisagé en frottant son poignet rougi où subsistait la trace de mes doigts. Ses grands yeux exprimaient la peur, la colère et surtout, c'est ce qui m'a fait le plus mal, une détermination contre laquelle je ne pouvais plus rien.

Elle a secoué la tête, une larme au bord des cils. Et elle a quitté la chambre comme on quitte l'homme qu'on a aimé.

21

– Nana est-elle muette ? demande Rosa.

Ces deux-là ne se quittent plus. Nana a trouvé en Rosa une compagne attentive. Ensemble, elles font de grandes marches dans la campagne environnante. L'air du Sud-Ouest semble lui faire du bien et elle ne montre aucune impatience à rentrer à Paris.

– Je n'ai jamais entendu le son de sa voix, je réponds.

Un jour en rentrant de l'école, j'ai surpris ma mère et Nana assises à la table de la cuisine. Romy secouait la tête en tirant sur sa cigarette. Puis elle a pris Nana longuement dans ses bras. Quand elle est partie, je l'ai interrogée. Pourquoi Nana était-elle triste ? « Il y a des larmes dans le cœur qui n'atteignent pas toujours les yeux », m'a répondu ma mère. Nana avait été livrée à elle-même très tôt. Quelqu'un de sa famille lui avait fait du mal. L'avait menacée de lui couper la langue si elle parlait. Alors Nana s'était enfuie. De familles d'accueil en foyers, elle avait finalement atterri dans la rue jusqu'à croiser notre chemin. Mais le choc avait été trop grand. Nana ne parlerait plus.

Rosa hoche la tête. Navrée.

Un peu plus loin, assises dans l'herbe, Nine et Nana observent les lézards. Les moucherons, les gendarmes, les fourmis. La petite porte une salopette à même la peau et le spectacle de ses bras menus caressés par le soleil me touche. Elle a pour les insectes une fascination que je ne m'explique pas. Est-ce la petite taille de ces bestioles ? Leur fragilité ? Elle les fait glisser sur ses doigts, jamais craintive, et détaille en silence antennes, corps et mandibules. Sa préférence va aux insectes abîmés. Une coccinelle avec une aile en moins. Un scarabée avec une patte cassée.

Soudain, elle saisit une abeille par les ailes. Je m'apprête à bondir de ma chaise mais Rosa me retient. Entre les doigts délicats de Nine, l'insecte se laisse faire, ne sentant pas d'agressivité dans ces gestes lents, si lents. La petite l'observe sous toutes les coutures. Puis le relâche avec la même douceur. Je soupire. La regarder m'apaise. Ses grands yeux qui lui mangent tout le visage. Ses cheveux sur les tempes, fins comme du duvet. Ses narines minuscules. Ses mains qu'on voudrait potelées et où se dessinent de minces veines bleues, rivières silencieuses dévalant ce petit bout de monde qui prend déjà tant de place dans le mien.

Cette nuit il a plu et nous partons sauter dans les flaques. Je l'ai équipée de bottes de caoutchouc rouges qui l'émerveillent. Le bonheur se tient là, dans ses cris de joie. Un bonheur qui éclabousse tout et ne se soucie de rien.

Tout à coup, en bordure du chemin, perché sur une herbe haute, un escargot. Un escargot marron, dodu, qui toise le monde depuis sa tour, à la merci du vent et de l'orage. Nine se fige. Fait un pas. Puis un autre. Et du bout du doigt caresse sa coquille. Autour de nous, les cloches des vaches. Le murmure du ruisseau. La petite semble hypnotisée par cette hélice, ces taches, ces circonvolutions, et ces antennes qui vous scrutent comme deux yeux myopes avant de se transformer en moustache. Elle n'en revient pas. Au bout d'un long moment et avec une lenteur infinie, elle se décide à prendre l'escargot dans sa main. Ses yeux brillent d'un éclat inédit. Elle vient de se faire un ami.

De retour à la maison, nous offrons à notre invité un palais (une boîte à chaussures), un banquet (une feuille de salade) et un tour du propriétaire en grande pompe (je me charge de commenter la visite tandis que la petite tient la boîte en l'air pour que l'escargot n'en manque pas une miette). Nine emmène Monsieur Gris partout, jusque dans le parc où nous nous allongeons pour observer les nuages. Dans ce paysage de coton apparaissent un oiseau, un éléphant, un dragon. Une brise légère caresse ma peau. Près de cette enfant, je me sens bien.

– Ça veut dire quoi « éphémère » ? me demande-t-elle soudain.

Je mets un instant à comprendre. Mon oreille entend « fée » et « mère », je redécouvre ce mot et le trouve très beau.

– Ça se dit de quelque chose qui ne vit pas longtemps. Comme un papillon. Ou une fleur.

Elle m'observe en silence. Méditant mes mots. J'ai l'impression d'être face à un petit moine. Son regard est empreint d'une sagesse qui me désarme.

– Et moi ? murmure-t-elle. Est-ce que je vais mourir bientôt ?

22

Un cauchemar. Toujours le même. Soizic, le bras en feu, entourée de la brigade et d'une foule d'inconnus, pointe vers moi une main amputée – la mienne – en réclamant justice. Recroquevillée sur une chaise trop petite, je supplie qu'on m'écoute. Mais aucun son ne sort de ma bouche.

Je me réveille en poussant un cri.

Assise au pied de mon lit, Romy m'observe. Elle porte la robe dans laquelle je l'ai trouvée ce soir-là en rentrant de l'école. Un fourreau beige assorti à une paire de mules à pompons. Elle avait les joues roses, deux ronds de blush un peu trop marqués qui lui donnaient l'air d'une poupée. L'un de ses faux cils était tombé.

Je me lève, ouvre la fenêtre, inspire un grand coup. Jette un œil au décor. La brume enveloppant les champs. Ce camaïeu de verts, toujours changeant. Le coq qui crie au loin. Et ce parfum craquant porté par la rosée. Je me surprends à aimer ça.

Le car de touristes arrive à midi. Ils auront une heure et demie pour déjeuner. Pas plus, pas moins. Je me repasse mentalement le planning. Je ne suis pas familière des groupes, chez *Romy* il n'y avait jamais de tablées de plus de dix personnes. Ça désorganise le service, met la pression en cuisine. Nouveaux temps, nouvelles mœurs.

Sous ma porte, quelqu'un a glissé un mot. Je reconnais l'écriture de Rosa : « Un message pour toi. »

Peyo a reçu un coup de téléphone de l'agence de voyages. Ils ne seront pas trente, mais cinquante au déjeuner. Cinquante ? Pas d'autre commentaire. Je m'estime déjà heureuse qu'il m'ait transmis le message. Avant de douter : est-il possible qu'il ait attendu le dernier moment pour me le dire ?

Je saute dans mon jean tout en listant mentalement ce que ça implique. Ingrédients. Aménagement de l'espace. Personnel. En cuisine, mais aussi en salle. Comment faire ? Il n'est pas sept heures et déjà mon cerveau tourne à plein régime. Ventre noué.

Pourquoi cet événement me stresse-t-il autant ? Après tout, j'en ai vu d'autres. La gestion d'un restaurant gastronomique presque étoilé est autrement plus compliquée que la restauration d'un groupe de touristes. Alors quoi ? Je ne me suis pas retrouvée en cuisine depuis la soirée du drame. N'ai plus remis les pieds sur scène, me contentant de rester dans l'ombre. Voilà ce qui me terrorise. C'est Soizic qui s'est brûlé le bras sur le fourneau, mais c'est moi que cette affaire a marquée au fer rouge. Et si je n'étais plus capable ? De gérer une équipe ? De faire tourner un restau ? Et si je n'avais plus l'envie ?

Pas de réponse. Et une force sourde en moi qui me

pousse à avancer, à faire ce à quoi je me suis engagée. Je ne sais pas faire autrement. Je n'ai jamais su.

Je glisse deux comprimés sous ma langue. Ce ne sera pas de trop pour affronter cette journée qui ne commence pas sous les meilleurs auspices.

Dans la cuisine, Gwen tartine allègrement une tranche de pain grillé. Près d'elle, une couette en berne perchée sur un crâne minuscule dépasse d'un bol. Nine me décoche un sourire à moustache auquel je réponds avec ma meilleure grimace. À ses côtés, Monsieur Gris dans sa boîte à chaussures et Swing. Le petit singe immobile me semble bien calme. Presque éteint. Lui non plus n'est pas du matin.

Je lance la machine à café. Nana apparaît dans l'escalier coiffée d'un chapeau de pluie étonnant et d'une doudoune assortie. Je comprends à son regard que quoi que je fasse pour l'en dissuader, elle m'accompagnera aujourd'hui au restaurant. À quoi peut-elle bien penser ? Elle s'installe parfois dans ma chambre quand je travaille. Une présence discrète qui me fait du bien. Rosa lui a appris à broder, ça la change des mots croisés. Je surprends parfois son regard posé sur moi. Elle me lance alors un de ses sourires bancals qui me réchauffent. Est-ce que Paris lui manque ? La rue, le ciel, le troisième lampadaire de la rue Gabrielle ?

Un bruit sourd à la fenêtre me fait sursauter. Gwen se précipite dehors avant de réapparaître, une petite bête inerte au creux de ses mains en coupe.

– Une hirondelle ? s'exclame Rosa. En septembre ?

Gwen caresse le plumage de l'oiseau. Le petit corps

bleu, le ventre blanc soyeux, et cette queue si élégante, comme deux jambes de ballerine.

– Elle est morte…, murmure-t-elle.

Je ferme les yeux. *C'est dans ta tête. Rien que dans ta tête.*

Nana me fixe. La pendule sonne huit coups. Il faut que j'accélère. Cinquante personnes. Deux services. Je vais y arriver.

23

Ça ne commence pas si mal. Peyo s'est levé. Basilio est en cuisine, occupé à éplucher les légumes. En salle, Gwen repasse les nappes. Je réunis tout le monde pour un briefing près des longues tablées dressées pour l'occasion. Fais circuler quelques feuilles. Dernier rappel :

– On attend cinquante personnes qui ont payé pour une expérience gastronomique. Ce n'est pas une répétition. Ces gens vont nous aider à faire connaître le restaurant. Nous mettre en selle. Il faut que tout soit parfait.

Face à moi, Basilio se mord les lèvres, concentré. Sa jambe tressaute en rythme. Dans son cou, des plaques rouges.

– Basilio, Peyo, on est clairs côté cuisine ?

Je parle vite. Mâchoires serrées. Tout en essayant d'avoir l'air détendu. Le succès de ce repas se mesurera à la satisfaction des clients mais aussi à ma capacité à gérer la pression. C'est notre premier service ensemble. Je veux tordre le cou aux rumeurs. Prouver à tout le monde et avant tout à moi-même que Soizic, le procès, les ragots, tout ça ce n'est pas moi.

Nous ne sommes clairement pas assez nombreux mais j'ai anticipé tout ce qui peut l'être, privilégiant les recettes nécessitant le moins de travail à la minute. Le paleron de bœuf a été cuit longuement, sous le regard condescendant de Peyo. La gremolata a été préparée hier, les croûtons séchés au four avec l'ail, le persil et le zeste de citron. Reste à poêler les girolles avec les escalopes de foie gras. Côté homards, les lasagnes en tombée d'épinards sont prêtes. Suffit de les chauffer à la vapeur au dernier moment. Idem pour la sauce, une américaine à lier au corail juste avant l'envoi.

– Ça va aller, Basilio ?

Il acquiesce sans quitter les feuillets des yeux.

– Je viendrai aider au dressage, continué-je pour le rassurer. On va faire deux services en décalé pour nous laisser le temps en cuisine. Peyo, tu te concentres sur les homards. Il en faudra sans doute davantage si on manque de viande, mais on a du stock.

Nous avons vu large pour les quantités, les frigos sont pleins. J'ai réparti les rôles de sorte que Peyo s'occupe des cuissons et Basilio des accompagnements. Le commis manque encore d'expérience. Pour tout le reste, je serai là. L'accueil du groupe, le service en salle avec Gwen, et le dressage en cuisine, l'œil sur l'horloge.

– Allez, au travail ! Basilio, les girolles !

Les deux cuistots partent en cuisine. Le grand échalas roux comme une fusée, l'autre d'un pas mou en traînant les pieds.

Près de moi, Gwen s'attelle au dressage des tables,

attentive à respecter les consignes que je lui ai transmises. D'un doigt expert, je repositionne une assiette à pain, aligne un couteau, essuie un verre où il reste une trace de doigt. Gwen va doucement, appliquée. À ce rythme-là on n'aura jamais terminé à temps ! Je me mords la langue. *Fais-lui confiance.*

D'un carton, j'extrais les feuillets cartonnés que nous avons fait imprimer pour l'occasion. Le menu est court comme il est d'usage pour ce genre d'événement, mais raffiné. Pas d'entrée, mais une farandole de mises en bouche. Deux plats au choix. Fromage. Et dessert. Le seul point faible de mon menu.

Je n'ai jamais eu d'attrait pour la pâtisserie. Trop gras, trop lourd, trop grossier. Le cœur du repas a pour moi plus de panache. L'aboutissement tenu, discret, plus grave, d'un art qui se dévoie sur la fin dans un trop malvenu qui fait perdre de l'ampleur à l'ensemble. Étonnamment, Peyo semble partager mon avis sur le sujet. J'avais espéré mettre la main sur un chef pâtissier avant de me résoudre à m'y atteler moi-même. Oui mais quoi proposer ? Il y avait bien le gâteau basque de Peyo, mais à mon sens la nouvelle ligne du restaurant ne pouvait pas s'encombrer d'un dessert aussi abrupt, presque ordinaire en comparaison du raffinement vers lequel je souhaitais tendre. Faute de mieux, et en attendant d'y réfléchir davantage pour le dîner du patron, j'ai mis à la carte un millefeuille de chocolat au piment d'Espelette, posé sur son caramel crémeux à la fleur de sel. Un dessert qui me rappelle mes années de commise au *Ritz* où j'étais préposée au montage. Une couche de croustillant, une couche de crémeux, une couche de croustillant… À l'époque j'en rêvais la nuit, perdue dans ces étages qui n'en finissaient plus. Des mois à goûter l'appareil, l'équilibre en sucre et en chocolat, j'ai gardé pour ce dessert un dégoût irrésistible. Basilio s'est montré très habile lors de la formation express que je lui ai dispensée deux jours plus tôt. Problème : nous avons au mieux une trentaine de desserts.

Dix heures. Aura-t-il le temps d'en faire une vingtaine de plus ? Mon cœur se met à battre un peu plus vite. Un grain de sable dans des rouages bien huilés. Je croyais pourtant avoir tout anticipé !

– Basilio, on va manquer de millefeuilles, je lance en franchissant les portes battantes dans un bruit sourd. T'en es où ?

Ma voix est plus sèche que je ne le souhaiterais. Basilio se met à bégayer.

– Mets-toi sur le crémeux chocolat. Faut que ça bouge là !

Le crémeux doit prendre au frais une heure au moins. La course contre la montre est lancée. J'ai horreur de ça. De l'improvisation. De l'à-peu-près. De l'incertitude. Dans son coin, Peyo ne dit mot, concentré sur un bac d'eau glacée d'où émergent des pinces bleutées. On dirait que les homards appellent à l'aide.

Les deux heures suivantes ne sont qu'un enchaînement de gestes précis, soignés, appliqués. Le silence bientôt rempli par les minuteries, les grésillements, les coups de hachoir, la vapeur, les cuillères en bois raclant les poêles.

Nous nous frôlons à peine. J'évite de croiser le regard de Peyo, soulagée qu'il accepte de mettre la main à la pâte, soucieuse de ne pas souffler sur les braises. Jusqu'à quand ? L'air est lourd, chargé.

Assise sur un tabouret haut comme jadis dans notre petite cuisine parisienne, Nana observe. Une présence réconfortante à laquelle me raccrocher chaque fois que les aiguilles s'affolent sur la pendule, que mes mouvements se font plus brusques et que mon pouls s'accélère. J'ai l'œil partout. À la fois chef d'orchestre, responsable de salle, commise. Le car sera là d'une minute à l'autre. Le cœur battant, j'enfile une combinaison noire, pique quelques épingles dans mes cheveux pour assurer mon chignon. Un nuage de blush sur les joues. Autour du pinceau, mes doigts tremblent. Nana s'approche. Tire de son panier rafistolé un vieux rouge Chanel ayant appartenu à ma mère, qu'elle me tend. *Je serai toujours là.*

Je déglutis. Mon souffle se fait plus court. Nana prend ma main. « *J'ai peur, Nana* », voilà ce que j'ai envie de lui dire. Peur de Peyo qui depuis le matin n'a pas desserré les dents. Peur de notre amateurisme. Peur des ombres qui peuplent mes cauchemars et que je sais tapies là, prêtes à me mordre. Peur de moi surtout, à mesure que la tension s'insinue dans chaque veine, chaque artère. Je suis assise sur un volcan. Je reprends un cachet. Puis deux. Avale mes doutes avec. Pose une stèle sur ce bouillon d'émotions qui m'arrache le ventre.

– Basilio ? T'en es où ? je demande en relevant le menton.

La poitrine du rouquin qui se soulève et s'abaisse. Un peu trop vite. Il ouvre la bouche pour parler.

– Les girolles, ça vient ?

Sans attendre sa réponse, je sors de la chambre froide un plateau de mini-financiers au parmesan. C'est trop lent !

Gwen apparaît.

– Je m'en occupe, lance-t-elle d'une voix calme.

Basilio lui glisse un regard reconnaissant. Un naufragé à qui l'on vient de lancer une bouée.

Je serre les dents. Passe une tête en salle. Un parfum de rose me saisit à la gorge. On se croirait dans un magasin de savons. Gwen a fait un détour par le jardin et a eu la main lourde sur le sécateur. Les bouquets envahissent les tables et les consoles.

– Gwen, c'est quoi toutes ces fleurs ? Ça sent trop fort !

Elle essuie ses mains à son tablier et disparaît en salle, abandonnant sur la paillasse les girolles, la terre, la brosse. Au sol, un torchon sale.

Je ne dis rien.

Je ne dis rien non plus quand le car arrive avec trente minutes d'avance. Ni quand Gwen les accueille avec son tablier que je lui somme d'enlever dans la seconde. Ni quand la guide m'annonce une allergie au gluten et une aux crustacés, alors que je l'ai relancée deux fois sur le sujet. Ni quand le bol rempli de crémeux au chocolat échappe à Basilio et explose au sol. Rien encore quand Peyo sort fumer une cigarette alors que j'ai besoin d'aide pour remonter le vin de la cave. Rien enfin quand Gwen, tout sourire, prend le temps de discuter avec de vieux messieurs bavards et gourmands de sa jeunesse tandis que je cours récupérer les manteaux de vieilles dames impatientes de s'asseoir.

Et le service commence.

Gwen installe le premier groupe au petit salon avec des gougères fraîches et quelques bouteilles de champagne. J'invite les autres à prendre place à table. Elle a pris soin de déboucher le vin et d'apporter l'eau. Clairement pas du service étoilé mais je compte sur le contenu des assiettes pour nous faire pardonner. La Bretonne et son sourire virevoltent de convive en convive pour prendre la commande tandis que trois clientes commentent le menu posé sur la table. On s'étonne qu'il n'y ait pas d'entrée, les mains plongent dans la corbeille à pain, on se ressert du vin.

Je serre les dents, sourde à cette voix intérieure qui me hurle de prendre la porte et d'abandonner le navire. Clients inclus.

– On envoie les amuse-bouche pour le premier service ! j'ordonne en passant les portes battantes.

Pas de réponse.

– Basilio ?

– Cheffe !

Il est blême. Concentré sur un cul de poule dans lequel il blanchit des œufs avec une application démesurée. *Encore sur le crémeux ?*

– Basilio, bon sang ! J'ai besoin de toi pour les amuse-bouche ! On verra après pour le reste ! Les assiettes devraient déjà être dressées !

Basilio lève des yeux terrifiés vers Peyo. Un lapin pris dans les phares.

Mon regard glisse sur la silhouette massive en tablier blanc qui me tourne le dos. Près de lui, un cageot d'escargots. Et une poêle où rissolent beurre, échalotes et champignons. Qu'est-ce que…

Hier, Basilio et moi avons passé la soirée à finaliser les amuse-bouche. Houmous de petits pois. Verrines thon-poivron. Feuilletés aux champignons et escargots. Tout est prêt. Je me précipite dans la chambre froide. Les verrines et le houmous patientent, attendant d'être placés délicatement sur la planche en ardoise. Mais aucune trace des feuilletés.

– C'est ça que tu cherches ? lance Peyo.

D'un signe du menton il désigne la poubelle où gît une bouillie de tomates, de miettes et de chair d'escargot. Trois heures de travail réduites à néant. Et cinquante personnes en salle qui attendent.

Il a jeté les feuilletés.

– Peyo, ne me dis pas que…

Pour toute réponse, sa cuillère en bois qui plonge dans le pot de crème fraîche.

Gwen surgit dans la cuisine, brandissant son bon de commande.

– Ils doivent partir à quatorze heures précises. La guide demande si…

– PEYO ! je hurle en abattant mon poing sur la paillasse.

Basilio sursaute. Gwen se fige.

– Celui qui servira ces saloperies dans mon restaurant

est pas encore né ! assène Peyo en plantant ses yeux dans les miens.

Je bondis. Mon visage à quelques centimètres du sien.

– Ces saloperies ?

Il plonge la main dans la poubelle. Dans son poing, une mélasse suintante qu'il brandit sous mon nez.

– De l'escargot, ça ? il rugit. De la chair molle, gavée de sel et de vinaigre ! Mais on t'a rien appris à l'école, bordel !

Son pied percute violemment la poubelle qui, gueule ouverte, vomit son contenu poisseux sur le sol, un geyser de gras, de tomates et de coquilles sur les meubles, le carrelage, mes vêtements.

– Y a pas d'âme là-dedans ! il éructe. Pas d'âme, tu comprends ça ?

Mes oreilles qui bourdonnent. Le temps suspendu. Le jus marronnasse qui dégouline le long de sa manche. Visqueux. Devant lui, la poêle. Sous la poêle, le feu. Bleui par le gaz. Le saisir à la gorge. Appliquer sa joue sur le réchaud brûlant. La chair qui crépite. Ses hurlements. Son corps tout entier immolé.

Je lève la main.

– Liz ! hurle Gwen.

Je me pétrifie. Mon regard croise celui de Nana. Effaré. Sans un mot, je dénoue mon tablier. Et quitte la cuisine.

Balthazar

J'ai attendu qu'elle m'écrive. Elle ne l'a pas fait. Romy s'était évaporée.

Les premiers jours, je tentais de me rassurer. Elle n'allait pas bien. N'était pas visible. Elle finirait par revenir. Mais plus les semaines passaient, plus je doutais. Son silence me rendait fou.

Je m'enfermais toute la journée dans ma chambre, n'en sortant que pour me rendre à la villa. Devant le portail fermé, je hurlais à m'en déchirer les cordes vocales : « Romy ! Romy ! » Je m'égarais. Romy détestait son prénom. Elle possédait de nombreux pseudonymes, s'inventait une identité pour chaque personne qu'elle rencontrait. S'inspirant des films qu'elle aimait et s'amusant du désarroi de ses interlocuteurs.

Je criais des excuses à la lune, la suppliais de revenir, me rejouant encore et encore le film de cette soirée maudite. Elle était partie à cause de moi. Si seulement j'avais su trouver les mots ! Si seulement Django s'était tu ! Si seulement la chanson, le piano, la pluie… De film, d'amour, de happy end il n'était plus question. Hier encore nous étions bientôt trois, désormais j'étais seul. Et cette idée d'avoir perdu non pas une mais deux personnes mettait du sel sur mes plaies.

Je n'étais plus bon à rien. Refusais de me laver. De me nourrir. Même de jouer. Je dépérissais. Mon frère s'inquiétait. Me bousculait pour que je me reprenne en main. « Sortons ! exigeait-il. Ça te fera du bien. Juste pour une partie. » Je refusais. Il insistait, me faisait miroiter des gains fabuleux, me montrait les nouvelles techniques de triche qu'il avait inventées. Enchaînait les plaisanteries, les menaces, les railleries. Tentait de me faire parler, de me faire rire, de me culpabiliser. Il avait besoin de moi pour gagner ! Je lui portais chance ! Je n'allais pas me laisser aller pour une fille, non ? Une de perdue, dix de retrouvées ! Mais rien n'y faisait.

L'automne a laissé place à l'hiver. Je n'étais plus que l'ombre de moi-même. Le bébé était attendu en février. L'avait-elle gardé ? Quelle que soit la réponse, je les avais perdus. À cette idée, je suffoquais.

Les mois ont passé. Je n'avais plus rien à espérer. Et plus l'ombre d'une économie. J'ai fini par reprendre le chemin des salles de jeux enfumées. Noyant mon désespoir dans des quintes flush et des full houses. Volant de pauvres bougres crédules et dépensant mes gains en whisky. À l'aube, j'allais hurler devant la villa. Personne ne répondait.

Un soir que j'émergeais de ma chambre, puant la sueur et le chagrin, mon frère m'a interpellé.

– C'est ça que tu cherches ? il a demandé en désignant les clefs de la voiture accrochées à son doigt.

– Donne-les-moi…, j'ai marmonné.

– T'es pas en état de conduire. Regarde-toi !

– Fous-moi la paix, j'ai répondu avant de lui arracher les clefs des mains.

J'ai démarré sous les jurons de Jo qui s'est interposé entre moi et le portail. J'ai accéléré, manquant de l'écraser.

J'ai roulé dans la nuit, vitres baissées pour que l'air froid me tienne éveillé. J'étais à moitié conscient, l'esprit anesthésié par l'alcool. Je ne sentais plus mes mains sur le volant, flottant au-dessus de la voiture qui s'envolait au milieu des champs. Par je ne sais quel miracle, la Renault 4 m'a emmené jusqu'à Biarritz. Là, elle a entrepris l'ascension de la colline, comme un cheval qui guide son cavalier. Agrippé au volant, je tentais comme je pouvais de garder les yeux ouverts. J'avais beau avoir parcouru cette route une bonne centaine de fois, j'ai loupé le troisième virage, une épingle à cheveux comme celles que Romy glissait entre ses lèvres lorsqu'elle se coiffait. Dans ce virage, un platane. La vieille Renault 4 du paternel l'a embrassé à pleine bouche, deux amants qui se retrouvent après une éternité. Le choc a été brutal. Quand ma tête a heurté le volant, j'ai cru voir Romy qui souriait.

24

Je tombe à genoux près de la rivière. Échevelée. À bout de souffle. Mon visage plein de poussière et de larmes mélangées. Je hurle. Un cri animal, brutal, venu du fond de mon âme. Les ongles dans la terre, à m'en déchirer la gorge. Je vomis mon dégoût de la vie. Une douleur insoutenable. Mes joues rouges, mes gestes désordonnés, le tremblement de mes mains, je suis folle. Comme ma mère. Plus aucun doute là-dessus. Ma rage se mue en sanglots. Je pleure un long, très long moment. Un chagrin ancestral qui suinte, un gémissement qui semble venir d'ailleurs. Une bête blessée.

Quand Rosa me rejoint, les soubresauts de ma poitrine se sont calmés. Je hoquette encore, recroquevillée sur moi-même, mon tablier maculé d'herbe et de boue. Mon chignon défait, mes cheveux mousseux hérissés de brindilles.

La vieille dame s'agenouille près de moi. Pose ma tête sur ses genoux et caresse doucement mon front.

– Ça va aller… Je te promets que ça va aller.

Autour de nous, les grands arbres, le murmure des feuilles. Le roulis de l'eau sur les roches, amorti par les mousses. Un ciel lourd qui semble compatir à ma peine.

– J'aurais pu le tuer, Rosa ! J'ai bien cru que j'allais le tuer !

Je lève vers elle un regard affolé. Le vent emporte ma confession.

Ça n'a pas l'air de la surprendre, encore moins de l'inquiéter. Une feuille tournoie dans l'air avant de se poser près de nous.

– On a tous en nous une colère qui vient de loin, Liz. Brûlante. Incontrôlable. Certains l'expriment, d'autres l'enterrent en prétendant dompter les ombres. Ce sont eux qui m'effraient le plus, Liz. Pas toi. J'ai été à ta place. J'ai touché du doigt ce marécage obscur, poisseux. Notre âme est comme un vaste territoire. Des plaines ensoleillées qui jouxtent des gouffres sombres. Il n'y a qu'en connaissant sa propre géographie qu'on peut prétendre au voyage d'une vie.

Les paroles de Rosa flottent un moment entre nous. Et me percutent. *Le voyage d'une vie ?*

Rosa me parle des rencontres qui ont jalonné le sien. Des coups du sort qui, quand on y regarde de plus près, prennent parfois l'allure de cadeaux du destin. Des signes, des tremplins. Des bonheurs qui viennent affublés d'un drôle de costume et dont on ne reconnaît souvent la valeur que des années après.

– La lumière ne jaillit que de l'ombre, Liz. Ce n'est que quand il fait nuit que les étoiles brillent. Elles scintillent aussi lorsqu'il fait jour, mais il n'y a que l'obscurité pour nous permettre d'apprécier leur beauté. Certains drames sont la seule façon de se rencontrer soi-même.

Une rafale secoue les branches du grand chêne sous lequel nous sommes assises, libérant sur nos têtes une pluie de feuilles dorées. Au loin, un orage se prépare. Mes larmes recommencent à couler.

– Si seulement elle était encore là… Pour voir tout ce que j'ai accompli malgré tout. Je lui en veux.

Là-haut, une lune ronde et pleine, généreuse, magnétique. Rosa serre ma main.

– Un jour quelqu'un m'a dit que chaque nouvelle lune invitait à un nouveau départ, dit-elle sans quitter l'astre des yeux. Un cycle se termine, un autre commence. À toi de formuler une intention.

– Une intention ?

– Comme une prière. Parle à l'univers, à tes anges gardiens, à Dieu, appelle ça comme tu veux, mais exprime ce dont tu as besoin.

Je me tourne vers elle, les yeux gonflés.

– Et si je ne sais plus ce que j'attends ?

– C'est que tu es sur le bon chemin.

25

La nuit venue, l'orage s'abat sur la campagne avec une violence inouïe. Le vent qui fait claquer les volets, s'insinuant entre les fenêtres anciennes, fait siffler la maison. Derrière la vitre, la pluie en rafales malmène les arbres, gonfle les rivières et affole les bêtes.

À l'aube, le calme est revenu. Le soleil se lève sur les champs gorgés d'eau. Je me sens lavée. Étrangement lucide. Calme, centrée. J'enfile une paire de baskets et sors sans un bruit dans la fraîcheur du matin. L'air est pur et vivifiant. Je remonte la rivière sous le regard protecteur des grands arbres. Portée par la régularité de mon souffle. Une foulée fluide, naturelle. Mon corps aux commandes. Je cours un long moment avant de m'arrêter au cœur de la forêt. Seule.

Immobile sous la canopée, j'écoute les oiseaux qui conversent. Un raffut inattendu, porté par le silence alentour. Et je pense à ma mère. Romy adorait les oiseaux et, comme souvent, faisait preuve d'une connaissance étonnante en la matière. Elle qui ne jurait que par Paris, ses lumières, ses boulevards, savait aussi reconnaître toutes sortes d'espèces et les nommer avec précision. Un jour, je devais avoir dix ou onze ans, elle s'est mis en tête de dormir dans la forêt à la belle étoile. Comme à chaque fois que Romy avait une idée, impossible de l'en détourner. Nous sommes parties cahin-caha dans sa vieille guimbarde, une Mini étroite aux amortisseurs en berne, dans un coin perdu du Vexin. Ma mère n'avait pas prévu de repas, juste un sachet de graines de tournesol censées attirer les volatiles mais qui nous a servi de dîner. Elle a éteint le moteur, décapoté la voiture et soupiré d'aise. On n'était pas bien là en tête à tête avec le ciel ? Emmitouflées, ma mère dans un vison offert par je ne sais qui, moi dans un anorak trop léger, nous avons passé la nuit sous les étoiles à écouter les bruits de la campagne en fumant des cigarettes. Je toussais à chaque bouffée, ça la faisait rire et ce rire si plein, si rond, un vacarme charmant, interpellait les oiseaux. La pénombre venant, nous avons fait silence. Attentives aux gazouillis, au chant du vent, et à tous ces bruits terrifiants qui me faisaient me recroqueviller un peu davantage sur le cuir de la banquette. « Écoute celui-là », chuchotait-elle, les yeux brillants, excitée comme une enfant. Elle murmurait leurs noms comme des formules magiques. « Pinson des arbres. Sittelle torchepot. Bouvreuil pivoine. » Alignait les syllabes comme des perles sur un fil. « Bruant des roseaux, pic noir, sarcelle d'hiver. » Pépiements et gazouillis se mélangeaient aux chuchotis de ma mère dans un demi-sommeil auquel je tentais de résister. En vain.

Ce matin-là, je reconnais un rossignol, un pic vert, une grive musicienne. Devine dans un éclair les plumes bleues d'une mésange. Le temps, lui, a suspendu son vol. En moi, une mer calme. Mon corps, ma peau, mes sens à l'écoute de la brise, des parfums, de la nature, des saisons.

Je rentre d'une foulée légère. Portée par les parfums de la forêt, de la terre humide du matin, et le chant de la rivière. Près d'un pont en pierre, une loutre. Qui nage sur le dos, son petit sur le ventre. Est-ce un signe de Romy ? J'ai l'impression qu'elle est là, tout près. Les larmes me montent aux yeux.

Et enfin je comprends. Si elle a lutté contre sa maladie, c'était pour moi. S'accrochant à la vie de toutes ses forces malgré les voix sombres qui hurlaient dans sa tête. Livrant bataille, jour après jour, sans jamais baisser les bras, jusqu'à ce que je sois capable de me débrouiller seule. Je peux lui reprocher beaucoup de choses mais pas d'avoir été une mauvaise mère. Comme nous tous, elle a fait de son mieux.

Je repense à nos éclats de rire. À nos soirées si enjouées. Les jours lumineux, Romy créait pour moi une enfance idyllique. La vie s'écrivait alors en mille couleurs. Des moments d'insouciance durant lesquels plus rien ne comptait sauf mon bonheur. Et quand la nuit tombait sur notre monde, Romy reprenait les armes et le jour se levait, plus grandiose encore.

N'oublie pas ce que les étoiles doivent à la nuit.

La loutre serre son petit un peu plus fort contre elle. Pour rien au monde je n'aurais voulu d'une enfance différente de la mienne. Une enfance en clair-obscur qui a fait celle que je suis aujourd'hui. Et que j'accepte enfin pour ce qu'elle est. Une femme cabossée, mais debout. Prête à accueillir ce qui l'attend.

26

À mon retour, la maison bleue est déjà en ébullition. Léonie et Augustine sont là et accueillent mes croissants chauds avec joie.

– Vous êtes tombées du lit ! je lance en tirant une chaise à moi. Gwen dort encore ?

– Elle est partie au restaurant avec Nine, répond Rosa.

Déjà ?

La cuillère en arrêt, Augustine détaille un dôme velouté posé dans son assiette.

– Comment je suis censée manger ça ? elle demande en coulant un regard vers sa sœur, soucieuse de ne pas se faire prendre une fois de plus à contrevenir aux usages.

Léonie observe longuement la pâtisserie. Un sein orange serti de perles noires, au sommet duquel trônent une moitié d'abricot rôti, une fleur en sucre et une barrette de chocolat. Un bijou de gourmandise.

Je jette un œil à la boîte en carton sur la table. Saisis une cuillère, la plonge dans le dessert à mon tour. La gelée d'abricot, la mousse d'amande et le biscuit au citron sont parfaitement dosés. Ni trop sucrés ni trop amers. *Pas mal du tout !*

– Dans quelle pâtisserie avez-vous trouvé cette merveille ?

La cuillère d'Augustine s'abat sur le dôme, révélant un cœur de mousse, de biscuit et d'abricot.

– Je ne l'ai pas trouvée dans une pâtisserie, répond-elle, la bouche pleine. Je l'ai trouvée dans le frigo.

Balthazar

Des coups sur la vitre.

– Jeune homme, vous m'entendez ?

J'ai ouvert un œil. Porté une main à ma tête. La douleur m'a vrillé les tempes. J'ai tenté de me rappeler où j'étais. En vain.

La portière s'est ouverte sur un visage inquiet surmonté d'un béret. Qui m'a aidé à m'extraire de la voiture.

– Eh ben, tu t'es pas loupé, mon vieux ! s'est exclamé mon sauveur en me soulevant par les aisselles.

J'ai jeté un œil au platane. Qui avait mieux résisté que la guimbarde du paternel. Bon Dieu de bois, j'allais en être de ma poche !

Il m'a soutenu jusqu'à son véhicule, une camionnette verte de laquelle dépassaient un râteau et des branchages. Le soleil était haut dans le ciel. Je me suis demandé depuis combien de temps j'étais là. Dans la vitre j'ai entrevu mon reflet, le sang sur mon front, mon air d'outre-tombe.

Le vieux n'habitait pas loin. Le temps d'arriver chez lui, j'avais retrouvé mes esprits.

– T'as eu du bol, fiston, il m'a dit en me tendant de la glace et un torchon. Où t'allais comme ça ?

J'ai haussé les épaules. Grimacé en posant la poche sur mon front.

– Y a une fille là-dessous, pas vrai ?

Il avait un air jovial. Et envie de parler. De toute évidence, il était content d'avoir un peu de compagnie. J'ai détaillé ses mains épaisses et ses ongles noirs quand il m'a servi un café. Il sentait l'herbe coupée.

Était-ce parce que j'étais sûr de ne jamais le revoir ? Ou parce qu'en embrassant le platane j'avais compris que je n'avais plus rien à espérer ? Aucune idée. Toujours est-il que je lui ai tout raconté. Le casino. Mon père. Le journal. La marquise…

– La marquise de la Vigne ? C'est sur elle que tu veux faire ton article ? il m'a demandé, soudain contrarié.

J'ai acquiescé. Et j'ai continué. La pluie. Romy. Le zèbre. Le feu d'artifice. Le bébé. Mon cœur amoureux. Mon cœur qui se fend. Mon cœur en lambeaux. Il hochait la tête. Se resservait de temps à autre un verre en ponctuant mes phrases de « Ah ça ! » et de soupirs navrés.

Quand j'en suis arrivé au platane, il n'avait plus du tout l'air fâché. Il avait même l'air franchement déçu par la chute de mon histoire. Le vieux aussi aimait les happy ends.

– Et qu'est-ce que tu comptes faire ? il a lancé, sourcils froncés.

J'ai soupiré.

– D'abord faire réparer la voiture de mon père. Pour le reste…

J'ai fait un geste vague de la main, le regard perdu dans le vide. Je n'avais aucune idée.

– La villa…, il a commencé.

On aurait dit qu'il se retenait de parler. J'ai levé les yeux vers lui, intrigué. Il s'est raclé la gorge.

– C'est moi qui m'occupe du jardin pendant l'hiver.

Je me suis redressé, comme frappé par la foudre.

– Vous êtes jardinier à la villa ? je me suis exclamé, les yeux écarquillés.

Ça expliquait sa présence sur la route qui y menait.

– Mais alors vous connaissez la marquise ! Où est-ce que je peux la trouver ?

Il s'est resservi du café. Son regard me fuyait. Il s'en voulait déjà d'avoir parlé.

– S'il vous plaît…, j'ai supplié.

– Je suis pas censé…

– Je ne dirai rien ! Je vous le promets !

Le soleil se levait enfin. Dans ma tête, les oiseaux se sont remis à chanter. J'entrevoyais un espoir après des semaines de chaos.

– C'est à Chéraute qu'elle habite. La maison aux volets bleus. Mais je t'ai rien dit, hein !

Le jardinier romantique a eu un petit sourire avant de me quitter, en me faisant promettre de tout lui raconter.

27

Je pousse les portes battantes. Dans la cuisine, Gwen et Basilio se poursuivent entre les meubles, de la farine sur le nez, du chocolat sur le front. Basilio a été interrompu pendant la plonge, en attestent ses longs gants en plastique encore couverts de mousse.

– Salut, je lance, mal à l'aise.

Sous ses taches de rousseur, Basilio se fige. Gwen m'offre un de ses sourires immenses dont elle a le secret. Elle porte une chemise en jean aux manches retroussées qui fait ressortir ses yeux clairs. Sur son avant-bras, l'hirondelle me salue d'un froissement d'ailes.

– Salut, Liz ! C'est pour moi ? demande-t-elle en désignant le sachet de chouquettes dans ma main.

– Non, c'est pour Nine.

– Elle est au potager avec Peyo.

Une gêne fugace dans son regard lorsqu'elle prononce son nom. Basilio regarde ses pieds comme s'il les voyait pour la première fois.

J'hésite.

– Désolée pour hier… J'ai…

Elle balaye mes excuses d'un revers de la main.

– Est-ce que… est-ce que ça s'est bien terminé ?

Gwen ne cherche pas à enjoliver les choses. Ils ont fait ce qu'ils pouvaient. Certains clients n'ont pas eu le temps de prendre de dessert mais la viande et le homard ont eu du succès.

– Je leur ai fait une remise pour nous faire pardonner, conclut-elle, et puis ils ont adoré les madeleines.

– Les madeleines ?

Basilio rougit.

– J'avais fait des… des…

Ne pas le brusquer.

– Des petits sachets pour chacun.

– Merci, murmuré-je.

Je m'en veux tout en sachant que cela ne sert à rien. Trop tard. Je les ai abandonnés. De toute évidence, ils ont fait de leur mieux mais ce n'est pas suffisant. Pas suffisant pour le dîner du patron. Pas suffisant pour me refaire une image dans les colonnes de *Paris Match*.

– Je vais voir Nine.

Je contourne la maison en direction du potager. La petite se jette dans mes bras, un poids plume chaud et apaisant contre ma poitrine. Ses cheveux fins sentent la fleur d'oranger. Je pince son nez comme le font les vieilles tantes et prétends le lui avoir volé. La petite, bon public, éclate de rire. Au bout de son bras, la boîte en plastique contenant son escargot.

– Comment va Monsieur Gris ?

Nine prend un air très sérieux en ajustant la feuille de

salade près de lui. Elle s'est attachée à la bestiole plus que je ne l'aurais imaginé. C'est chaque matin un branle-bas de combat pour récupérer l'escargot au plafond de sa chambre depuis qu'elle refuse de l'enfermer. Elle a développé une fascination pour l'espèce qui semble ne pas connaître de limites. Je lui ai offert un livre d'images sur le sujet qu'elle emporte partout avec elle.

Peyo apparaît, un casque à la main. En me voyant, son visage se ferme.

– Allez, grimpe ! lance-t-il à l'intention de Nine en désignant sa moto.

– En moto ? je m'étonne.

Peyo soupire ostensiblement.

– Quoi, en moto ? fait-il en me singeant avec une moue ridicule.

En réponse à mon objection, une goutte de pluie s'écrase sur son front. Nine tend la boîte vers le ciel.

– Tiens, Monsieur Gris, c'est pour toi ! s'exclame-t-elle, la mine réjouie. Liz, tu viens avec nous ? Peyo a une surprise pour moi.

Je jette un coup d'œil au vieux grognon qui évite soigneusement de croiser mon regard. M'apprête à refuser. Me ravise. Le visage de cette petite, ses grands yeux, comment lui dire non ?

Je déverrouille la voiture. Peyo plie sa grande carcasse sur le siège passager tandis que Nine boucle sa ceinture à l'arrière.

– On va où ? je demande.

– Tout droit jusqu'à Préchacq, il grommelle, le visage tourné vers la vitre.

La route est belle. Villages fleuris. Ponts de pierre. Canopées laissant filtrer le soleil. Vaches placides. Tournesols à la tête lourde et au cœur sombre.

Coup d'œil au rétroviseur. Nine, immobile, si petite que sa tête atteint tout juste la hauteur de la vitre, est perdue dans la contemplation du paysage, une menotte serrée sur sa boîte en plastique, l'autre tenant le sachet de chouquettes que je lui ai donné. Dans ses yeux clairs, le reflet de quelques nuages épars. À quoi pense-t-elle ?

Entre Peyo et moi, un silence glacé, un malaise palpable. Je suis honteuse après mon coup d'éclat de la veille. J'ai perdu mes moyens. Le stress, la fatigue… La sensation aussi de ne pas être à ma place. D'être jugée, tout le temps, partout. Je suis à bout. Et lui ? Je revois sa main dégoulinant de sauce et de chair d'escargot mêlées. « Y a pas d'âme là-dedans ! » Je serre les dents. Prends une grande inspiration. Convoque le chant des sarcelles et le ramage des mésanges. J'ai pris du recul. Je suis prête à m'excuser, à reconnaître mes torts.

– À propos d'hier…

Ma voix s'enroue. Je me racle la gorge.

– Je… je suis désolée.

Coup d'œil furtif à Peyo. Droit comme un I, son anorak zippé jusqu'au cou, il fixe la route. Impassible.

– J'aurais dû en parler avec toi, je…

Je quoi ? Les mots ne me viennent pas. J'attends qu'il

rebondisse, qu'il s'excuse à son tour : « C'est pas grave, Liz, n'en parlons plus. »

Il ne dit rien. Ou plutôt si :

– Tourne à gauche.

Je braque le volant violemment, manquant de faire s'envoler Nine et l'escargot. La petite éclate de rire. Devant nous, un sentier caillouteux. Au bout, un portail ouvre sur une cour où somnole un vieux tracteur. Trois petites poules noires picorent librement. J'éteins le moteur.

Un vieil homme barbu vêtu d'une combinaison de travail trouée nous observe depuis le seuil d'une maison en pierre.

– Peyo…, le salue-t-il, un doigt sur sa casquette.

– Mage, répond l'autre avant de lui serrer la main. La petite là, elle veut voir les escargots, il ajoute en désignant Nine du menton.

Le visage du vieil homme se fend d'un sourire abîmé.

– C'est quoi que t'as là ? il lui demande en désignant sa boîte.

– Monsieur Gris.

Elle a dit ça avec le plus grand sérieux, une spécialiste des escargots s'adressant à un autre. Dans sa voix, de la fierté. Certains enfants sont parfois plus adultes que les adultes qu'ils deviendront.

Le vieux Mage acquiesce d'un hochement de tête. Nous le suivons sans un mot. Un convoi silencieux qui contourne la ferme sous le caquètement inquiet des poules. Un trio d'oies maladroites se barricade derrière un plant de tomates. Près d'un champ où paît une vache, un enclos laisse deviner un cochon dodu maculé de boue. Je me retiens de désigner à Nine chaque animal comme on accompagne un enfant au zoo. Elle n'est pas venue pour ça. Sa boîte serrée sur la poitrine, elle suit le vieux paysan de près. Il marche d'un pas lent, ses godillots épais pleins de terre. Un patou nous suit, attentif.

Mage s'arrête devant une grange étroite. Sur la façade, quelqu'un a dessiné un escargot. Dessous, « Héliciculture » s'affiche en lettres à moitié effacées. Derrière, un champ d'herbes folles ceint d'une clôture basse. Une longue parcelle de navettes traversée par trois longues poutres en bois sur lesquelles sont posées des planches. Un montage artisanal qui fait comme une ribambelle de petits abris en bois. Et sur ces tipis de fortune, des coquilles. Des milliers de coquilles d'escargots. Agglutinés.

– Voilà tous les frères et sœurs de Monsieur Gris, dit le fermier en glissant une roulée à sa bouche.

La petite se fige. Muette. À quoi s'attendait-elle ? Son regard incrédule se promène parmi les abris de bois.

Peyo guette sa réaction. Dans ses yeux, une impatience émue. L'expression de son visage me saisit. Je mesure soudain l'attachement qu'il a développé pour la petite en quelques semaines.

Voyant qu'elle n'ose pas, il prend doucement sa main et s'avance vers le champ. Ensemble, ils franchissent la clôture, prenant soin de ne pas la toucher. Peyo caresse du bout du doigt l'une des coquilles. Nine l'imite.

– Le pays des escargots…, murmure-t-elle, émerveillée.

M. Mage plonge les mains dans un bac, en tire une sciure marron qu'il saupoudre sur les escargots.

– L'heure du repas…, marmonne-t-il.

Nine détaille chacun de ses gestes. Le monde pour elle est simple : on vit, on meurt, on monte au ciel, et on devient un escargot. Ces petites bêtes sont des anges tombés des nuages. Et le champ de M. Mage les coulisses du paradis.

Lentement, très lentement, elle se penche vers eux. Autour de nous, le carillon lointain des cloches des brebis. Le mugissement des vaches. Le souffle du vent dans les branches. Les rubans noués autour des couettes de la petite qui voltigent.

Je n'ose pas bouger, réticente à pénétrer dans l'enclos de crainte d'écraser une coquille par inadvertance. Mage quant à lui ne semble pas s'encombrer de tant de précautions : ses bottes évitent les bêtes presque instinctivement. Le claquement régulier de la clôture électrique atteste des tentatives de fuite aussi ambitieuses que vaines des escargots. Je souris à l'idée de ces bêtes si lentes essayant de se faire la malle. Le vieux paysan a dû lire dans mes pensées :

– Croyez pas que c'est superflu… Quand y en a un qui donne le signal, c'est foutu, et ils sont deux cent mille là-dedans. Vingt-cinq centimètres à la minute pour les plus rapides, quand s'agit de les rattraper tous, vous pouvez courir !

Ce disant il recule, accompagnant ses mots d'un geste de la main. Un craquement. Les bottes ont fait une victime. Les escargots sont-ils sourds ? Crient-ils leur peine quand on leur marche dessus ? Préviennent-ils les autres de leur malheur avant d'agoniser lentement, suffoquant dans leur coquille brisée ?

– Ça me fend le cœur de les écraser, bien sûr, dit Mage, contrit. Mais je ne m'y attache pas non plus comme à des lapins. C'est encore dans mon assiette que je les préfère.

Peyo fronce les sourcils, lui intimant de se taire. Gardien de la légende du Père Noël et de la Petite Souris, il veille sur le rêve de la petite. Nine ne relève pas, concentrée sur les reflets bruns des coquilles qui se réchauffent au soleil.

Mage en attrape un, le détaille en fermant un œil.

– Les gros-gris comme celui-là, c'est les meilleurs. Leur chair est fine. L'important c'est le bois sur lequel ils dorment. Faut pas prendre n'importe quoi, sinon ça change le goût et là…

Peyo me jette un coup d'œil.

Nine tire de sa poche une page arrachée du livre que je lui ai offert. Dessus, des dizaines d'escargots multicolores. Un dessin heureux qui vous promet le paradis. Rien n'est perdu si on peut voir le monde avec ses yeux à elle.

– C'est un chouette dessin que t'as là, dit Mage.

– Ce sont des demoiselles.

– J'en ai pas des comme ça, ici y a que des gros-gris. Les demoiselles, ça se mange p…

– Mage ! l'interrompt Peyo.

Nine est déçue. Quelques gouttes de pluie s'écrasent sur son petit visage. Elle replie son papier, soucieuse de ne pas l'abîmer.

– Faut rentrer, je lance.

Peyo soulève la petite pour repasser la clôture et nous nous remettons en route. Alors que nous arrivons au milieu d'un champ, un rayon de soleil traverse les nuages, formant à travers le rideau de pluie un arc-en-ciel majestueux. Nous sommes au pays des miracles. Un décor de conte de fées.

– Là ! crie Nine soudain.

Nous levons la tête, surpris. Au-dessus de nous, un chêne. Et dans les branches de ce chêne, des centaines de coquilles multicolores et marbrées.

– Des demoiselles ! s'exclame Nine.

– Impossible, répond Mage, avant de se raviser : Bon sang, je peux pas y croire !

De toute sa vie, jamais le vieux paysan n'avait vu de demoiselles sur sa terre. Ni sur aucune autre de la région. Foi d'héliciculteur. Pourtant, là, sous ses yeux, il y a dans cet arbre plus de demoiselles que de cerises dans un cerisier.

Nine sourit. La pluie s'arrête. Doucement, elle prend ma main et celle de Peyo.

– Ne bougez pas…, ordonne-t-elle de sa petite voix claire.

Et elle pose délicatement dans nos paumes jointes un escargot coloré.

Balthazar

Je n'ai pas mis longtemps à trouver la maison. Une maison en pierre posée au bord d'une longue route qui menait à un pont surplombant un gave tranquille. Tout autour, la forêt. La façade offrait une fenêtre aux passants. J'ai mis mes mains autour de mes yeux, posé mon front sur la vitre. La pièce semblait vide, comme inhabitée. Un mur haut ceignait la propriété, ne laissant rien deviner de ce qu'il s'y passait. Seuls les grands arbres que l'on apercevait au loin donnaient la mesure du parc qui l'entourait.

J'ai avisé la porte. La sonnette. Aucun nom. Et si je m'étais trompé d'adresse ? Pire, et si je ne m'étais pas trompé d'adresse et que la marquise m'envoyait paître ? J'en étais là de mes atermoiements, le doigt prêt à tirer la chevillette, quand tout à coup une sensation de métal froid sur ma tempe. Un flingue ! J'avais un flingue pointé sur moi ! Même dans mes soirées poker je n'avais jamais vu ça. Des menaces, des coups de poing, mais d'arme, jamais. *Bon sang !*

– Qu'est-ce que tu fais là ?

J'ai reconnu la voix de Marcel, le gardien de la villa.

Moi qui pensais qu'on était devenus copains, deux mois à m'ouvrir le portail à chacune de mes visites, faut croire que je m'étais trompé.

– Ne tirez pas ! j'ai crié. Marcel, c'est moi, Balthazar !

– Comment t'as eu cette adresse ? il a craché, plus menaçant que jamais.

J'étais pas une balance, ça non ! Sauf qu'il a pressé le canon sur ma peau en répétant plus fort :

– Comment t'as eu cette adresse ?

– Le jardinier ! C'est le jardinier qui me l'a donnée !

– Dégage ! Dégage et que je ne te revoie plus jamais ici, t'as compris ?

Ce disant, il m'a poussé vers ma voiture. J'avais toujours les mains en l'air, je n'osais pas les baisser pour ouvrir la portière. J'ai fini par m'y résoudre en tremblant. J'ai démarré, la voiture a calé. Et puis j'ai déguerpi enfin. Le front en sueur. Les mains glissant sur le volant.

J'ai tenu une semaine. Et j'y suis retourné. Bravant la terreur que m'inspirait Marcel. Pour Romy, j'étais prêt à tout. Mais cette fois, je ne me suis pas arrêté. Me contentant de passer et de repasser devant la maison dans la Renault remise à neuve. Ralentissant aux abords de la propriété. Qu'est-ce que j'espérais ? Tomber sur elle par hasard ? Qu'allais-je bien pouvoir lui dire ? Comme souvent, je n'avais pas le début d'un plan.

Depuis un chemin dissimulé dans le bois adjacent, je pouvais apercevoir le portail. Je me postais là à toute heure du jour ou de la nuit, comme un mauvais détective en planque. En racontant ça aujourd'hui, je réalise à quel point j'étais candide et désespéré. Mais pas dénué de bon sens car, un matin, une voiture a fini par sortir de la maison aux volets bleus. Une voiture décapotable que j'ai suivie. Le cœur battant.

Je gardais mes distances, inquiet de me faire surprendre à nouveau. Le véhicule s'est engagé sur la route qui serpentait vers Mauléon. Il n'y avait qu'une personne à l'intérieur, un homme de petite taille de ce que je pouvais en juger. Le conducteur s'est arrêté devant un hangar. Conducteur qui s'est révélé être une femme menue, une petite brune aux cheveux courts. Le hangar était un atelier de confection d'espadrilles.

Je suis entré, prétextant chercher mon chemin. À l'intérieur, une douzaine de couseuses s'activant parmi des montagnes de tissus, de jute, de rubans. D'un tourne-disque montaient des notes de charleston. Et peintes sur un mur, des hirondelles bleues. L'ensemble était charmant. Chaleureux. Féminin.

Une voix souriante m'a tiré de mes pensées :

– Je peux vous aider ?

J'ai sursauté. Le pouvait-elle ? La conductrice de la voiture devait avoir un peu plus de quarante ans. Un look androgyne qui détonnait avec la mode du moment. Et une prestance formidable. Sur son épaule, un drôle de perroquet qui me fixait, amusé.

– J'ai besoin de… de… d'espadrilles, j'ai balbutié.

Elle m'a guidé parmi les piles de boîtes à chaussures. Les couseuses me suivaient du regard en se poussant du coude. J'ai rougi. Je suis reparti avec trois paires de sandales qui en plein hiver ne m'étaient d'aucune utilité. Et aucun indice sur ce qu'avait pu devenir Romy.

Les mois ont passé. De planque en planque, j'ai acquis la certitude qu'elle n'habitait pas là. En même temps qu'une collection d'espadrilles à faire pâlir d'envie un fétichiste. Unies, à rayures, tuilières, pyrénéennes… Tous les prétextes étaient bons pour rendre visite à Rosa. Au gré de nos rencontres nous avons sympathisé, je la félicitais pour ses succès, l'atelier prenait de l'ampleur, on parlait d'elle jusqu'à Paris. De moi, je ne disais rien, ou pas grand-chose. Inquiet des conséquences de mes aveux. Romy avait insisté : personne ne devait savoir. Et ne m'avait jamais parlé de Rosa, d'espadrilles, ni d'une maison aux volets bleus.

Je m'arrangeais pour croiser la couseuse en ville, l'aidais à porter ses courses, provoquant toutes sortes d'entrevues fortuites, me promettant à chaque fois de tout lui révéler sans jamais y parvenir. Et puis un après-midi que je passais à l'atelier pour offrir à ma mère une énième paire à rubans, je l'ai vu. Posé dans un landau qu'une ouvrière berçait du pied tout en faisant courir ses mains sous une machine à coudre. Un bébé. De quelques mois à peine. Je n'y aurais pas prêté attention s'il ne s'était pas mis à pleurer. Rosa s'est excusée et a plongé ses mains dans les couvertures. Elle en a tiré une toute petite chose recroquevillée dans une grenouillère rose. Qui s'est lovée contre elle dans un bruit de souris.

– Félicitations ! j'ai dit.

Rosa m'a remercié.

– Mais ce n'est pas la mienne, a-t-elle ajouté, amusée par ce malentendu.

Elle a posé sur le poupon un regard tendre.

– Tu dis bonjour à Balthazar, Liz ?

– Liz ?

Ma gorge s'est serrée.

– Liz ! a-t-elle acquiescé. En hommage à Elizabeth Taylor. Vous connaissez ?

Puis, avisant les larmes qui me montaient aux yeux :

– Vous aimez les enfants on dirait.

28

Nine et sa mine réjouie franchissent la porte dans un bâillement. Épuisée, la boîte de Monsieur Gris au bout du bras, elle trouve quand même l'énergie de courir vers sa mère.

– On était au pays des escargots ! s'exclame-t-elle, les yeux pleins d'étoiles.

Je l'accompagne à l'étage. La petite se glisse dans son lit.

– Et Swing ? Où il est ? demande-t-elle.

Depuis quelques jours, Swing est introuvable. Nous avons fait le tour des pièces, regardé sous les meubles, appelé en vain dedans, dehors, rien à faire, aucune trace du petit singe. En sortant de la chambre, je tombe sur lui. Étendu dans le couloir, son corps frêle inanimé sur le plancher. Je le ramasse délicatement avant de le blottir au creux de mon bras. Son cœur bat encore, mais faiblement.

– Qu'est-ce qu'il se passe ? s'inquiète Rosa devant mon air alarmé.

Le petit corps chaud du singe, son museau délicat, ses mains minuscules serrées autour de mon doigt. Rosa trempe le coin d'une serviette dans un verre de lait et le glisse dans sa bouche. Le petit singe tète avant d'ouvrir un œil.

– Ça va aller…, murmure Rosa.

Cet animal ressemble à un enfant, pourtant il a déjà quinze ans.

– Véra me l'a confié avant sa mort, dit la vieille dame en le berçant doucement. Il est tout ce qu'il me reste d'elle.

Les larmes lui montent aux yeux. Le petit singe se blottit dans son pull.

Sur la table, de vieux albums photos. Gwen et Nana font défiler les pages, émerveillées. Sur l'une d'elles, deux jeunes femmes sourient à pleines dents devant un atelier d'espadrilles.

– Seigneur, nous avons l'air si jeunes ! s'exclame Rosa dans un sourire ému.

– Que vous êtes belles…, souffle Gwen.

Rosa hausse les épaules, gênée comme à chaque fois qu'on la complimente.

– Liz, regarde ! s'exclame Gwen. Là c'est toi, on dirait.

J'ai trois ans à peine. Pelotonnée dans les bras de Rosa. Derrière elle on devine Romy dans un manteau de fourrure ample au col extravagant. À son bras, un homme de grande taille, les épaules larges. Il dégage une sérénité qui contraste avec l'enthousiasme effréné de ma mère.

– Et là, vous reconnaissez ?

Rosa désigne un cliché noir et blanc sur lequel des dizaines d'ouvrières posent derrière des machines à coudre. Longues tresses aussi noires que leurs yeux.

Chandail sur les épaules. Mine sérieuse. Derrière elles, une grande fresque peinte où s'envolent des oiseaux. Et dans un coin, penché au-dessus d'une boîte de rubans, un petit garçon dodu en barboteuse. La photo est floue, on ne reconnaît que ses grands yeux. Peyo.

– Je vais y aller…, lance-t-il.

Je sursaute. Je l'avais presque oublié. Dehors, il pleut des cordes. Gwen et Rosa se tournent vers moi.

– Je te raccompagne, proposé-je en saisissant mon manteau.

Peyo hésite. Et me suit. Je n'ai pas encore refermé la porte que j'entends Gwen s'exclamer :

– On progresse, Rosa ! On progresse !

29

– Je savais pas que t'avais grandi ici…

Je suis étonnée qu'il fasse la conversation. Pas son style.

– J'ai pas grandi ici…, je réponds. Ma mère est venue me chercher quand j'avais quatre ans.

La pluie tombe à seaux. On ne voit pas à deux mètres. Je roule lentement. Comme les escargots du vieux Mage. Entre les gouttes m'apparaît le sourire de Nine lorsqu'elle a déposé une coquille dans nos mains. L'éloge de la lenteur. La magie d'un instant qu'elle a su saisir.

– Et ton père ? demande Peyo.

De quoi je me mêle ?

– Inconnu au bataillon.

Romy perdait son calme chaque fois que j'abordais le sujet. Un soir que j'insistais, elle a soupiré. Allumé une cigarette. M'a caressé les cheveux. Et s'est mise à parler. Je l'écoutais, le cœur battant, les yeux rivés à ses lèvres. Et puis cette première confession en a appelé une autre. Et encore une autre. Chaque fois différente. Un jour mon père était un acteur. Le lendemain, un pilote au long cours. Ou un marin devenu pirate, isolé sur une île. Un berger. Un danseur de claquettes. Je me perdais dans les dates, les noms, les anecdotes. « La vérité ne vaut rien », s'est agacée ma mère quand je l'ai confrontée, brandissant mon cahier à grands carreaux comme témoin. Dedans, toutes ses histoires dûment consignées à l'encre d'écolier. « Seules comptent les légendes que nous nous créons pour nous-mêmes. C'est à ça que tient le bonheur, Elizabeth. Aux histoires que l'on se raconte à soi-même. »

Je n'ai plus jamais abordé le sujet. Le cahier a fini dans la cheminée. Mais les pages avaient beau s'être dissoutes dans les flammes, toutes ces histoires me sont restées. Les mille et un visages de mon père. Mon imagination a comblé les trous. L'émotion dans les yeux de Romy a fait le reste.

Je me gare devant *Chez Germaine*. La pluie tambourine sur la carrosserie. Dans les phares, les gouttes comme des aiguilles. Peyo ne bouge pas.

– Comment tu t'es fait ça ? demande-t-il.

Je tourne la tête vers lui, surprise. Il fixe ma main sur le volant. Mon doigt manquant. Que je m'empresse de cacher sous ma cuisse.

– Un accident en cuisine..., je réponds d'une voix sourde.

Je n'en dirai pas plus. Pas à lui.

– Ma première petite amie avait la même voiture que toi, dit-il en fixant un point invisible dans la nuit.

La lumière d'un lampadaire se réverbère dans une flaque au sol et donne à nos visages un air fantomatique.

– Elle était taxi. Je cuisinais la journée pendant qu'elle

dormait. Des recettes légères, pas trop grasses, au réveil on n'a pas d'appétit pour les plats en sauce. Fallait que je lui donne envie avant qu'elle commence sa journée.

Je ne dis rien. Gênée. C'est la première fois qu'il aligne plus de trois mots en ma présence. Est-ce la pluie qui l'incite à se confier ? On ne se sent jamais aussi seul que les jours d'orage.

– Et toi, tu cuisines pour qui ? demande-t-il sans quitter la route des yeux.

Ma gorge se serre. Assise sur la banquette arrière, Romy écoute.

– Ma mère.

Je déglutis.

– À la fin de sa vie, elle s'alimentait plus. J'essayais de la maintenir debout. Fallait être inventive.

Je garde pour moi mon obsession des chiffres, de la précision. Les recettes détaillées au gramme près. Mon acharnement à tout noter, à tout consigner, le nombre de calories, les quantités ingérées. Pas de place à l'erreur. Pas de place à l'improvisation.

Il hoche la tête. La moue de celui qui reconstitue l'histoire et en comprend le dénouement.

– Et c'est comme ça que tu t'es retrouvée chez *Ferrandi* ?

Je lève un sourcil étonné. Il est bien informé. A-t-il fait des recherches à mon sujet ?

– Plus ou moins, je concède.

Je repense à ma première vraie rencontre avec la gastronomie. Était-ce dans notre cuisine, Nana sur son tabouret m'observant touiller l'eau des coquillettes tandis que dans le salon on trinquait ? Ou bien lors des déjeuners trop rares à la cantine, quand ma mère trouvait enfin l'énergie de me déposer à l'école ? Je savourais cette impression de normalité qui se superposait au goût de la purée trop salée, aux petits pois trop verts, aux betteraves en salade. M'inventais une grand-mère sous les traits de la dame de cantine. Pour moi, elle préparait riz au lait, gâteau de semoule, clafoutis aux cerises, hachis parmentier, chicons au jambon, quiche lorraine. Rien à voir avec les conserves que Romy faisait réchauffer dans une casserole cabossée. Avant de me regarder manger, prétextant qu'elle n'avait pas d'appétit, perdue dans la fumée de sa cigarette. Pour la fête des Mères, je lui offrais un couteau électrique. Une machine à gaufres. Un appareil à raclette. En vain. Ma mère n'avait jamais faim.

Dans le brouillard de l'enfance, j'avais déjà compris qu'il n'y avait pas une mais des cuisines. La cuisine roborative de Mamie Cantine, aux saveurs droites, directes, sans deuxième niveau de lecture. La cuisine des livres, précise, où l'on prenait le temps d'assaisonner, de construire, d'adapter. Où les goûts se révélaient en bouche sans trop de fioritures. Et l'insipide des boîtes de conserve, des légumes pleins d'eau. L'assiette qu'on ne parvenait jamais à finir.

Romy et moi n'allions pas au restaurant. Pas l'argent. Au mieux, on prenait un demi et un diabolo menthe le soir en sortant de l'école à la brasserie du *Galant*. Le vieux Lucien sentait le tabac. Il ajoutait parfois une portion de frites.

« Mange, qu'il disait, tu sais pas qui te mangera. » Le sel sur mes doigts. La pomme de terre brûlante. J'y repenserais la première fois que j'ouvrirais mon restaurant. Il y aurait des frites à la carte. Elles me rappelaient d'où je venais.

Un soir que nous étions affalées sur le canapé, les jambes de Romy sur mes genoux, je lui massais les pieds tandis qu'elle me faisait la lecture. Elle lisait tout ce qui lui tombait sous la main, les Pages jaunes, *Modes et Travaux*, le *Gault & Millau*. On voyageait en rêve. Ça ne coûtait pas cher, on était en sécurité chez nous, certaines que Romy ne déborderait pas comme le lait sur le feu.

« Écoute ça, elle a dit, tandis que nous nous promenions virtuellement du côté de Cabourg. "L'accueil, le service, le décor, tout jusqu'aux chambres de l'annexe, merveilleusement modernes, contribue à faire d'*Octogone* la première maison du monde. Pour la première fois de notre vie, nous avons mangé un plat qui valait vingt sur vingt." » J'ai vu ses yeux briller lorsqu'elle a prononcé « vingt sur vingt ». « "Plat ineffable, elle a continué, une terrine d'artichauts, de carottes, de haricots verts et de truffes tenus entre eux par une mince coulée de mousseline de foie gras, le tout accompagné d'un hachis de tomates à l'estragon." » Et puis elle a ajouté : « J'ai l'eau à la bouche rien que de lire ça. »

Ma mère avait faim. Enfin. En faim. Ses mots ont noué un tablier sur mes hanches. Vingt ans plus tard, c'est ce même *Gault & Millau* qui m'adouberait « grand de demain ». Ma mère ne serait plus là pour le voir.

« Tu sais ce que c'est une étoile ? » elle a demandé. J'ai secoué la tête, non, je ne savais pas. Elle m'a raconté les nappes blanches, les cloches qu'on soulève de concert, les assiettes dressées avec panache. Le pain craquant auquel il ne faut pas toucher au risque de ne plus avoir faim. La salière qu'on remplit sur demande. Le menu fabuleux. La carte des vins. Elle m'a regardée. Quelque chose lui échappait. Quelque chose sur lequel elle ne parvenait pas à mettre de mots. Il fallait que je voie par moi-même. La pendule a sonné vingt-deux heures. « Qu'à cela ne tienne ! On sort ! » a-t-elle lancé en attrapant son chapeau. J'ai enfilé un manteau sur mon pyjama. Et nous sommes parties en quête d'un restaurant étoilé dans les rues de Montmartre. Il y avait école le lendemain. Comme d'habitude on s'en fichait.

Peyo se tait. Je me redresse sur mon siège. J'en ai trop dit.

– Je vais rentrer, je lance, mal à l'aise.

Il acquiesce. Et sans un mot disparaît dans la maison.

Balthazar

Rosa ne doit pas se souvenir de cette rencontre. Moi, elle a changé ma vie.

Ainsi Romy avait gardé le bébé ! Liz ! Elle l'avait appelée Liz ! Cette nouvelle m'a transformé. J'avais désormais quelqu'un pour qui continuer à vivre. À avancer.

J'ai tenté d'en savoir plus sur la mère de l'enfant. Le regard de Rosa se voilait à chaque fois que je la questionnais. J'ai fini par comprendre que Romy avait mis les voiles, laissant à la couseuse d'espadrilles la charge de prendre soin de sa fille.

Je n'étais pas naïf. Je savais bien que la probabilité que l'on me reconnaisse comme son père était nulle. Seule Véra pouvait attester de notre relation, mais pourquoi l'aurait-elle fait ? Je n'avais plus rien, à part des dettes envers mon frère qui avait accepté de payer les réparations de la Renault 4. Jamais la marquise ne voudrait de moi maintenant que Romy était partie. Il me fallait me faire un nom. Une position.

Alors je me suis jeté à corps perdu dans la seule chose que je savais faire : le jeu. Le poker, les soirées enfumées, les effets de manche. Pour accéder aux cercles les plus lucratifs, les mieux fréquentés, j'avais besoin d'argent. Que j'ai emprunté aux seuls qui voulaient bien me le prêter, des Espagnols peu recommandables à qui, pour me faire valoir, j'ai rendu des services qui m'ont sali les mains. Pour eux, j'ai traversé la frontière avec toutes sortes de produits de contrebande dont on ne me disait rien, mais dont j'imaginais qu'ils justifiaient les liasses qu'on m'offrait en échange de mon silence. De tricheur, je devenais un truand, et ma conscience ces années-là m'a bien souvent privé de sommeil. Mais pour elles, j'aurais fait n'importe quoi.

J'avais désormais mes entrées dans des cercles confidentiels, des tripots sordides de mafieux où l'on misait très gros. Mon frère m'a mis en garde. Je m'aventurais sur des sentiers glissants. Ces gens-là ne se laissaient pas duper aussi aisément. À ces tables, pas de pigeons faciles à berner. Non, là je jouais dans la cour des grands. Mais j'étais prêt à tout pour gagner. Ma vie en dépendait.

Je ne pouvais compter que sur moi-même, tout du moins au début. Plus tard, bien plus tard, je rejoindrais le club très secret des Chevaliers du tapis vert. Mais ça, c'est une autre histoire. À cette époque, j'agissais seul. Et n'avais qu'un seul problème à résoudre, qui m'obsédait : comment voler l'argent de mes camarades de jeu sans avoir l'air suspect ? Pour y parvenir, j'ai travaillé à affiner mes techniques de triche, encore et encore. À rendre mes mains aussi lestes que celles de Django sur sa guitare. J'ai lu tout ce que la littérature comptait d'ouvrages de magiciens s'appliquant à détailler cet art. Car les magiciens et les tricheurs ont beaucoup en commun. Robert-Houdin, John Nevil Maskelyne ou encore John Scarne sont devenus mes maîtres. Grâce à eux, j'ai appris à créer l'illusion, à tromper les apparences, à jouer de la psychologie de l'arnaque et des faux-semblants. En quelques mois, j'ai acquis une dextérité formidable qui m'assurait de distribuer les cartes à mon avantage. Donne du dessous, donne en second, fausses coupes, faux mélanges, je m'appropriais ces tours de passe-passe, les sophistiquais et les sublimais. Sans vouloir me vanter, je serais devenu une référence si référence il y avait. Impossible de m'en vanter : ma discrétion était ma seule chance de m'en tirer.

Ainsi pendant plusieurs années j'ai pris des risques, beaucoup de risques. Jo était ma conscience. Mon garde-fou. Quoique admiratif, il ne cessait de me mettre en garde. Il fallait que je sois raisonnable. Le plus grand ennemi du tricheur est la gourmandise. Le sentiment de pleine puissance. Mes camarades de jeu n'étaient pas dupes. Même s'ils ne pouvaient rien prouver, ils sentaient bien que quelque chose leur échappait et je repartais parfois avec un œil au beurre noir. Mais j'étais malin. Pour moi, le poker n'était plus un jeu de hasard. Avec de la maîtrise, de l'opportunisme et pas mal de ruse, j'ai ainsi réussi à éponger mes dettes. Et à me faire un nom.

J'ai investi l'argent gagné. Dans un bar pour commencer. Puis deux. Puis dix. J'organisais des soirées dans les arrière-salles. Me finançant sur les parties des autres. Je me suis intéressé à l'art. J'ai acheté des dessins, des sculptures, des peintures. Misant sur des artistes inconnus dont je flairais qu'ils connaîtraient tôt ou tard le succès. Un soir, à une table, un garçon en manque de veine a réglé ses dettes avec des tableaux. Un an plus tard, sa cote explosait et un musée américain me rachetait le tout rubis sur l'ongle. Ainsi j'accumulais les gains, les placements. J'ai même fait l'acquisition d'un cinéma de quartier qui, s'il ne me rapportait rien, me permettait de retrouver Romy. Dans le sourire d'Ingrid Bergman, dans les courbes de Marilyn. Dans la fumée de cigarette des héroïnes d'Hitchcock, follement mystérieuses. Je la revoyais, les yeux brillants dans la petite salle de projection. Aussi émerveillée qu'une enfant. « Ce qui me plaît, m'avait-elle soufflé un soir, c'est qu'ici des choses familières, quotidiennes, presque ingrates deviennent extraordinaires. Le cinéma peut rendre n'importe quoi intéressant. L'aboiement d'un chien. Une femme qui refait son chignon. Un homme qui se fait cuire un œuf. » J'y repensais souvent. Quand entre deux parties de poker mon esprit s'égarait, je tâchais d'imaginer la scène sur grand écran. Détaillais les visages, les mimiques, les bruits, la lumière. Le cinéma, c'est ce qui rendait la vie plus fascinante que le cinéma. C'est elle qui m'avait appris ça. Elle avait transformé le regard que je portais sur le monde. Les salles obscures étaient mon échappatoire. À l'absence. Aux souvenirs. Un aller-simple vers notre histoire.

C'est comme ça qu'un soir de printemps, je me suis présenté à la villa, invité par un artiste célèbre dont j'avais fait la fortune. Quand il a tendu son bristol à la guérite, Marcel ne m'a pas reconnu. J'avais pris du poids, de la barbe et de l'assurance. Il était loin le jeune homme qui dans son costume détrempé de gangster au rabais avait séduit Romy sous une averse californienne.

La fête battait son plein. La villa n'avait rien perdu de sa splendeur. J'ai retrouvé les décors féeriques, les banquets gargantuesques, les tenues sophistiquées des invités de marque, grands noms de l'art, de la mode, de la politique et du showbusiness. Une seule chose pourtant avait changé. De la marquise qui jadis virevoltait d'un groupe d'invités à un autre, son porte-cigarette entre les doigts, des pierres précieuses plus grosses que le poing autour de son cou fin, aucune trace.

Profitant d'un spectacle de funambules qui fascinait mon peintre, je me suis esquivé dans les étages, espérant la trouver. De corridors en salons privés, j'ai fini par tomber sur elle. Assise face à la fenêtre, elle contemplait la lune. Du jardin montaient des rires, des applaudissements, quelques notes de musique. Le tout assourdi par le murmure de l'océan et le chant des grillons.

– La mélancolie vous va bien, j'ai lancé en désignant sa robe.

Une longue robe bleue en satin piquée de perles fines.

Elle a tressailli. Avant d'esquisser un sourire.

– Vous me reconnaissez, n'est-ce pas ?

Elle a hoché la tête. Saisi une cigarette qu'elle a fichée entre ses lèvres. Elle avait vieilli. Dans ses yeux, un chagrin qui ne disait pas son nom. Pourtant, bien qu'âgée, la marquise dégageait une sensualité intemporelle. Quelle était son histoire ? J'aurais donné cher pour la connaître. Mais ce n'était pas le moment.

– Je suis prêt à tout, j'ai dit. Pour la revoir.

Elle a soufflé un long ruban de fumée vers le plafond où flottaient nuages et angelots.

– Je prendrai soin d'elle, j'ai insisté. Dites-moi où la trouver.

Elle a pris une grande inspiration. J'ai cru voir ses yeux briller. Et puis elle a lâché avec une émotion contenue :

– Si seulement je le savais.

30

– Il va falloir envisager une greffe. Rapidement.

Le docteur Méli repose son stéthoscope. Je prends la main de Gwen. Elle tremble.

Nous sommes venues pour une visite de routine. Mais de routine, pour Nine, il n'y en a jamais eu. Chaque jour donne la main au précédent en espérant ne pas être le dernier. Cette petite marche sur un fil ténu et son cœur s'essouffle.

– Rapidement comment ? murmure Gwen.

Elle se débat comme elle peut pour tenir la tête de sa fille hors de l'eau. Mais à cet instant, c'est elle qui boit la tasse.

Le docteur égrène des mots qui font froid dans le dos. Des mots qui assemblés en phrases vous font douter de Dieu, du destin, et de toutes ces choses qu'on vous serine quand vous avez du chagrin. Il dit « détresse », « opération », « cœur ouvert », « donneur » et tout un charabia auquel je ne comprends rien. Quel signe voir dans tout ça ? Quelle signification ? À quoi se raccrocher pour échapper à l'abîme ?

– Moi, je peux donner, je lance soudain.

Je tends mon bras vers lui. Qu'il prenne mon sang, mon cœur, qu'il prélève ce qu'il veut de mes organes, tant que ça peut sauver cette petite.

Il secoue la tête. Ce n'est pas aussi simple. Les donneurs compatibles sont rares. Une chance sur un million. À ce compte-là, mieux vaut encore jouer au loto.

Nous rentrons à la maison le cœur en miettes. J'essaie de trouver des solutions. Gwen, elle, ne parle pas.

Une semaine passe. Je retrouve confiance. Nine saute dans les flaques, court après les brebis, caresse les papillons en les tenant délicatement par les ailes. On ne peut pas aller mal avec un si grand sourire accroché aux oreilles, pas vrai ?

Et puis une nuit, Gwen toque à ma porte. Livide. Dans ses bras, Nine, plus faible que jamais. Les yeux clos, elle murmure des mots inintelligibles. Je pose ma main sur son front. Brûlant.

La voiture file à toute allure sur la route déserte à cette heure. Pourtant, le trajet me semble interminable. Devant la façade blanche de l'hôpital, un brancard nous rejoint. La petite et sa mère disparaissent dans un couloir, m'abandonnant dans une salle d'attente blafarde qui sent la solitude et le désinfectant.

Balthazar

Quatre ans ont passé. Et un jour mon téléphone a sonné.

– Elle est là.

J'ai reconnu la voix grave et suave de la marquise. L'instant d'après elle avait raccroché.

Je ne sais toujours pas pourquoi Véra m'a contacté ce jour-là. Espérait-elle que je l'aiderais à retenir Romy ? Avait-elle de la peine pour la petite qui ne connaîtrait jamais son père ? Ou est-il possible qu'elle ait eu de l'affection pour moi ?

Je me suis posté dans ma cachette sous les arbres qui m'offrait une vue directe sur la maison aux volets bleus. Le portail était ouvert. Dans l'allée menant à un grand parc était garée une Bugatti noire, une merveille de berline comme on en voyait peu dans la région. Appartenait-elle à Romy ? À moins que… Pour la première fois a affleuré à mon esprit qu'elle avait pu refaire sa vie. Je l'avais attendue, insensible aux regards que les femmes posaient sur moi. Déterminé à lui être fidèle, persuadé que nous allions nous retrouver et que tout recommencerait comme avant.

Mais elle ? Les lignes masculines et acérées de l'automobile m'ont fait douter.

J'ai hésité. Devais-je sonner à la porte ? Je craignais sa réaction. J'allais pourtant m'y résoudre quand elle est apparue. Vêtue d'un long manteau de fourrure et d'un tailleur gris d'un chic absolu. Je ne l'aurais pas reconnue n'eût été sa chevelure rousse qu'elle avait relevée en chignon. Elle avait mûri, pris quelques formes et, bon sang, ça lui allait bien ! Elle était tout simplement resplendissante.

Comme si elle avait senti que je la regardais, elle a levé les yeux vers moi. J'ai rougi. Soudain embarrassé. Quatre ans que je l'attendais. Que je la rêvais, que je l'espérais. Et elle était là.

Je suis sorti de la voiture. Ai marché vers elle. Lentement. Mon cœur battant plus vite à chaque pas. Elle fumait, féline, imperturbable. Pas vraiment surprise de me trouver là.

– Salut, Balthazar, elle a lancé quand nous nous sommes retrouvés face à face.

Son regard rieur m'a déshabillé. Elle a hoché la tête avec une moue d'admiration sincère.

– Salut, Romy.

Que dire ? Dans ma tête tout se mélangeait. Reproches, excuses, déclarations d'amour, remords, regrets. Quatre ans à me jouer la scène de nos retrouvailles et tout ce que j'ai réussi à sortir c'est :

– Jolie voiture !

Bon sang, je me serais giflé ! Elle a eu un sourire amusé. Elle m'impressionnait toujours autant et cela lui plaisait.

– C'est celle de mon fiancé.

Uppercut en plein ventre.

Comme je ne répondais rien elle a écrasé son mégot sur une pierre. Et puis elle m'a jeté tout plein de mots au visage que je n'avais pas envie d'entendre. Elle venait chercher Liz. Ils allaient emménager tous les trois à Paris. Elle avait une carrière, des projets plein la tête. La vie enfin lui souriait.

J'ai dégluti. Notre vie à nous aussi était souriante, non ? Faut croire que j'avais été le seul à le penser. Je savais pourtant qu'elle ne disait pas ça pour me faire de la peine, plutôt parce que ça lui faisait du bien de s'entendre le dire. De s'en convaincre. Romy n'avait pas changé. Elle vivait toujours dans un monde fait d'histoires qu'elle se racontait, un monde en carton-pâte et en technicolor qui tenait debout tant qu'on y croyait.

– Romy, j'ai commencé, cette enfant…

– Balthazar, s'il te plaît, ne viens pas tout gâcher.

Elle a lancé ça sans animosité. Avec une naïveté enfantine et confondante qui m'a rappelé celle qui m'avait embrassé ce premier soir sous un bouquet de feux colorés.

J'ai senti monter en moi la colère, cette même colère qui l'avait fait fuir quatre ans plus tôt. Je me suis mordu la langue et, de la voix la plus calme possible, j'ai insisté :

– C'est ma fille. J'ai le droit de la voir.

Depuis que j'avais découvert son existence ce jour-là à l'atelier, je ne pensais qu'à elle. Comment l'approcher ? Je l'apercevais parfois dans son berceau à l'atelier d'espadrilles. Mon cœur battait à tout rompre. J'aurais donné si cher pour la tenir dans mes bras ne serait-ce qu'un instant !

Un jour que je rendais visite à un ami berger, là-haut dans les montagnes, j'étais tombé sur Rosa qui, canotier sur la tête, venait acheter du fromage. Et là, assise à l'arrière de sa décapotable, ma toute petite. Mon enfant. Ma fille.

Rosa avait disparu dans la cabane du vieux Basque, nous laissant en tête à tête elle et moi, pour la toute première fois. Je l'avais regardée jouer avec les brebis, priant pour que le temps s'étire, savourant chaque seconde passée avec elle. Depuis cette époque, l'ossau-iraty reste pour moi associé à ses rires, à ses gazouillis et à ses maladresses. La seule vue d'une brebis me renvoie à ces instants volés.

De retour chez moi, le cœur encore gonflé de tendresse par ce hasard merveilleux, j'avais glissé ces clichés dans mon album imaginaire. Le maigre album du père que j'étais pour elle sans qu'elle le sache encore. Et je le feuilletais parfois quand l'absence était trop lourde.

Mais ces moments partagés, ces rencontres supposément fortuites, s'ils me remplissaient de joie, restaient rares. L'ombre de Marcel rôdait. Cet homme était dangereux. Je craignais de tout perdre à me faire remarquer. Alors je la regardais grandir de loin. Passant et repassant en voiture devant la maison en espérant l'apercevoir jouer dans le jardin. M'imaginant à ses côtés le soir quand la lumière s'éteignait. Murmurant des comptines dans la pénombre de mon automobile glacée. « Je suis là, je chuchotais. Papa est là, ma chérie. » Un peu c'était mieux que rien du tout. Et je chérissais ce peu-là plus que tout.

Romy a soupiré. Tiré un stylo de la poche de son manteau et griffonné son adresse sur ma paume. Le contact de sa main sur la mienne… J'en frissonne encore.

– Écris-lui.

Elle s'engageait à lui transmettre mes lettres. À m'envoyer des photos. Liz était jeune, disait-elle, c'était compliqué. On verrait plus tard pour les visites. Il fallait que la petite s'habitue à sa nouvelle vie et puis…

– Et puis elle ne sait même pas qui tu es !

Elle a lancé ça comme on prêche le faux pour connaître le vrai. Elle m'a fixé, j'ai su à cet instant que j'avais bien fait de ne pas parler à Rosa de notre histoire. Romy ne m'aurait jamais pardonné.

Mais les lettres ne me suffisaient pas. Ce que je réclamais, c'était une place dans leur vie. Je pouvais aller voir Liz deux fois par mois, la garder pendant les vacances.

– C'est mon droit après tout ! j'ai conclu en haussant la voix.

Romy a eu un mouvement de recul. La porte s'est ouverte sur le visage balafré de Marcel. L'air mauvais, il a demandé :

– Tout va bien ?

Elle a acquiescé.

– Monsieur allait partir.

Elle m'a regardé une dernière fois. A serré contre elle les pans de son manteau de fourrure. Et elle s'en est allée.

31

Je patiente en silence. Sourde à l'angoisse, le regard tendu vers la porte où Gwen et sa fille ont disparu. N'osant pas conjecturer quoi que ce soit. Engloutie par le chagrin. Une si petite fille. Tout l'or du monde ne vaut plus rien. Ni les étoiles. Ni les promesses.

Un médecin finit par me rejoindre. Je bondis de ma chaise.

– Gwen va avoir besoin de vous.

Des examens sont en cours, il est trop tôt pour se prononcer. Ils cherchent un donneur en urgence. Le petit cœur de Nine a démissionné. Sans doute que notre monde tourne trop vite. Ma demoiselle colorée est en train de mettre les voiles.

J'acquiesce sans bien savoir à quoi. Prise dans une tempête d'informations dont je ne capte que des embruns, rincée déjà par ce tourbillon que j'ai feint d'ignorer. Gwen et sa fille sont venues s'échouer ici, j'assiste au naufrage, rescapée impuissante.

– Est-ce que je peux les voir ? je demande, la gorge nouée.

Le médecin hésite.

– S'il vous plaît.

Je ramasse mes cernes, mon visage froissé, ma bouche déshydratée et je le suis le long d'un couloir blafard. Ses chaussures en plastique émettent un crissement sinistre sur le lino – rien à voir avec les godillots du vieux Mage foulant le champ d'herbes folles. Il s'arrête devant une large porte et toque. Je prends une grande inspiration.

Dans la chambre, un lit et une chaise. Dans le lit, une silhouette minuscule reliée à des fils comme une marionnette fragile, eux-mêmes raccordés à un écran qui dessine des serpents verts. Et sur la chaise, Gwen, recroquevillée sur son angoisse.

32

La cuisine est plongée dans le silence. On n'entend que le souffle du gaz sous la poêle.

– Nine…, je murmure, la voix brisée par l'émotion.

Peyo lève la tête. Il ne m'a pas entendue arriver.

– Ils la gardent pour la nuit… Elle est sous surveillance, ils vont faire des examens…

Ma phrase meurt dans mes larmes. Sans un mot, il éteint le feu sous la poêle. S'approche de moi et me prend dans ses bras. Je me laisse aller contre sa poitrine. Secouée par des sanglots d'impuissance et de colère. Je suis incapable de réfléchir. Me cogne encore et encore à cette phrase qui tourne dans ma tête : *Comment les aider ?*

D'un pas lent, il se dirige vers le salon. Nous sert deux verres de whisky que nous buvons cul sec, les yeux dans le vague, sans trinquer à quiconque et encore moins au destin. Les dés sont pipés. Ils tiennent notre petite en otage. Et toutes les coquilles colorées des demoiselles ne peuvent rien contre le gris qui s'est abattu sur notre monde.

– T'as faim ?

Je hausse les épaules. Derrière la fenêtre, le soleil se

lève, nimbant les Pyrénées d'un voile doré. Peyo revient quelques instants plus tard avec du café, du pain frais et des œufs brouillés. Sur la table, un livre de Romain Gary. Que je feuillette. Des pages sont cornées. Certains passages annotés dans la marge.

– « Les cauchemars, c'est ce que les rêves deviennent toujours en vieillissant », lis-je.

Il ne dit rien. Se contente de récupérer son ouvrage. Je repense à la vieille Paule, aux hirondelles à qui il faisait la lecture, enfant, dans l'atelier. Je n'ai jamais lu Romain Gary. Les études ça n'a jamais été mon truc. M'en est restée une gêne que je tente de masquer en changeant de sujet.

– Comment tu t'es retrouvé ici ? je lui demande.

Je croque dans une tartine de confiture. Les saveurs explosent dans ma bouche. La douceur amère des abricots relevée par une pointe de lavande et de…

– Une longue histoire…, lâche-t-il, le nez vers l'horizon.

Au loin, le bruit d'un troupeau qu'on mène au pâturage.

– Elle s'appelait comment ton histoire ?

Il se rembrunit. Nous sert un second verre de whisky qu'il avale d'un trait.

– Sybille.

Lovée dans un fauteuil, sa fumée de cigarette s'élevant doucement dans l'air, Romy écoute. Elle se met à fredonner une chanson de Trenet teintée par Boris Vian d'une nostalgie chagrine. Sa voix rauque monte dans l'air frileux du matin.

Que reste-t-il de nos amours
Que reste-t-il de ces beaux jours…

De l'entendre, ça me réchauffe.

– Pourquoi tu souris ? demande Peyo, suspicieux.

– Rien, excuse-moi.

Quand Romy est morte, elle n'a pas laissé de lettre, mais une photo. Une photo sur laquelle elle pose assise sur un tabouret dans une robe de soirée. Autour d'elle, les plis en tulle forment comme une corolle. Sous ses mains, le clavier d'un grand piano à queue sombre et élégant. Elle sourit, rayonnante. Quel âge peut-elle avoir ? Vingt ans ? Au dos du cliché, quelques mots griffonnés : « Je serai toujours là. » Et accompagnant la photo, un trente-trois tours de Boris Vian que je n'ai jamais pu réécouter sans pleurer. « Que reste-t-il de nos amours ?… » Je la revois sur la scène du cabaret. Dans ces moments-là, elle s'illuminait. La maladie n'avait pas de prise sur elle. Elle était délivrée d'elle-même. De ses fantômes.

Et Peyo ? A-t-il lui aussi des fantômes ? Oui, à en juger par la mélancolie qui lui colle à la peau. Où est passée Sybille ? Que reste-t-il de leurs amours ?

Les yeux rivés sur son verre, visage fermé, Peyo raconte.

Intérieur jour. Le wagon seconde classe d'un train en route pour le Sud. Une petite blonde aux yeux gris qui lit des poèmes de Verlaine. Elle descend avec sa valise à lui. Par inadvertance. Ou peut-être pas. Une sorte de lapsus du cœur, le destin qui œuvre pour qu'ils se rencontrent.

Elle se retrouve avec ses couteaux de cuisine. Lui avec les maillots de bain à volants qu'elle a prévu d'étrenner sur la Croisette.

Quand l'échange a lieu, ils s'amusent de cette mésaventure. Alors comme ça il est chef ? À l'époque il n'est qu'apprenti au *Carlton*. Mais il ne dément pas. Ils se revoient. Et ne se quittent plus. Sybille est musicienne. Elle le suit partout avec son violoncelle, une grosse bête en bois qu'on promène d'une ville à l'autre, et à qui un jour on fera traverser la Manche. Un bonheur sans tache jusqu'à ce que…

Peyo s'interrompt. Se lève et disparaît dans la cuisine. Quand je le rejoins, il s'affaire derrière une cagette de fleurs multicolores, une grande pince entre ses doigts épais. Je crois voir ses yeux briller.

– Je les ai ramassées avec Nine hier…, dit-il d'une voix sourde en désignant les pétales qu'il trie avec soin.

Nine adore se joindre à Peyo lorsqu'il s'occupe du potager. Ensemble ils grimpent dans les arbres fruitiers. Remplissent d'eau les trous de mulots. Collectionnent les vers de terre.

Ma gorge se serre.

– Tiens, goûte.

Il tend vers moi sa paume ouverte. Pétales orange, cœur jaune.

– Œillet ? je demande en laissant se dissoudre la fleur sur ma langue.

– Tagette. Goût d'agrume. Idéal foie gras, volaille ou gravlax.

Si j'aime que mes assiettes soient sobres et maîtrisées, lui charge les siennes en couleurs et en textures, fait la part belle aux fleurs. Mais Peyo ne prend aucune note. Ses créations disparaissent avec la nuit. Il cuisine guidé par sa mémoire. Convoque le passé et la saveur des plats que lui préparait la vieille Paule. Peyo évoque avec émotion le chant du feu. Le goût des légumes cuits dans la cheminée. Et puis les fleurs. Sa grand-mère les adorait. Aucune de ses assiettes ne ressemble à une autre. Nos approches ne pourraient pas être plus éloignées.

Sa pince s'active à présent à regrouper des bourraches, petites étoiles violettes délicates et graciles. Il en pose une sur sa langue.

– Goût iodé. Idéal pour les huîtres.

Je sais tout ça, bien sûr. Mais le soin qu'apporte ce géant à trier ces pétales minuscules m'émeut.

– T'as des enfants ? je demande en faisant tinter les glaçons dans mon verre.

Le whisky me réchauffe. Me donne confiance. On a du mal à croire que celle qui l'interroge est la même qui quelques jours plus tôt a failli l'immoler vivant sur la gazinière. Que s'est-il passé ? Me revient la chaleur de sa main près de la mienne lorsque Nine a déposé l'escargot dans nos paumes. Notre affection pour la petite nous réunit. Et ni lui ni moi n'avons vu venir la vague qui s'abat en ce moment sur nous. Nine, comme un phare dans notre nuit.

Je prends mes aises. Un peu trop sans doute. Il se fige.

– Excuse-moi… J'ai trop bu et quand je bois trop, je

parle trop… Je suis désolée aussi pour… enfin, pour tout ça.

Je désigne d'un geste large la cuisine, notre champ de bataille.

– Y a rien qui dit que ça doit se passer comme ça entre nous, ajouté-je. Je veux dire…

Je me lève. Lui tends la main.

– Liz.

Il hésite.

– Peyo, répond-il.

– Enchantée, Peyo. Ravie de te rencontrer. Je me présente, je suis cheffe à Paris. *Romy*, c'est mon restau. Enfin c'était. Il y a deux mois, ma vie s'est effondrée. Le *Michelin* m'a rendu visite le soir même où une cliente a failli s'empoisonner avec ma cuisine. Le plus drôle c'est que la commise qui avait préparé son dîner m'a collé un procès. Paraît que je suis pas commode. Va savoir où ils sont allés chercher ça… En tout cas, moi qui pensais gagner une étoile, j'ai perdu pied.

Il me jette un coup d'œil, déstabilisé par mes sarcasmes. Tout cela, il le sait. La presse s'est suffisamment fait l'écho de ma débâcle.

– Ce serait trop long de t'expliquer comment je me suis retrouvée ici, au Pays basque, mais toujours est-il que j'ai décidé de rester. Alors toi et moi on va devoir faire équipe. Je me suis engagée auprès du patron à donner de l'allure à son restau…

Il lève un sourcil. Je me mords la langue.

– Enfin de l'allure…

– Te fatigue pas, je sais ce que tu penses.

Il replonge dans ses fleurs. Je pose une main sur son bras.

– Peyo, je suis contente qu'on travaille ensemble. On va leur montrer que la grande cuisine c'est pas qu'à Paris. Que c'est pas non plus que sur la côte basque, dans des spots branchés. Cette région a du cœur, elle mérite qu'on s'y intéresse. J'ai jamais mangé un axoa comme celui que tu m'as servi le jour de mon arrivée ici. Je vais pas te sortir les violons. Je suis pas Romain Gary, je trouve jamais les mots, alors j'en dirai pas plus. Mais ne crois pas que je méprise ton travail. Loin de là. T'as tout d'un chef étoilé.

Il se raidit. Un silence.

– À ce propos, je reprends, pour le dîner des amis du patron, on va plus pouvoir compter sur Gwen au service. Du coup, je me demandais si tu serais d'accord pour…

Il se redresse.

– Tu plaisantes, pas vrai ? Tu vas pas recommencer avec ce foutu dîner, si ? Y a cette gamine à l'hosto qui va sans doute plus revoir le soleil et toi tu ne penses qu'à sa mère qui n'est plus dispo pour le service ? Mais qu'est-ce que tu cherches à la fin ?

– Je…

– Ne me dis pas que tu cours encore après cette étoile ?

– Je me suis engagée auprès d'Etchegoyen ! On va pas tout abandonner !

Je me suis attachée au patron. Me surprends à attendre ses visites, soucieuse de ce qu'il pense de ma cuisine. Curieuse aussi d'en savoir davantage à son sujet.

J'apprécie sa délicatesse, sa façon de garder un œil sur mon travail sans rien imposer. Se dégage de lui une sérénité qui m'apaise. Respectueux, fin gourmet, à l'écoute, il m'intrigue autant qu'il suscite ma sympathie. J'ai envie de le satisfaire, d'honorer notre contrat, d'impressionner ses amis, quels qu'ils soient. Je pressens qu'il y aura du beau monde lors de ce dîner d'inauguration, quelques élus, avec un peu de chance des journalistes locaux. Faut que j'assure. Pas le choix.

– J'y crois pas…, s'agace Peyo. T'as toujours pas compris…

– Compris quoi ?

– Le *Michelin*, les nappes blanches, le service le doigt sur la couture du pantalon, tout ce que tu veux, mais pas ici. Pas chez moi. Ces gens tiennent la gastronomie en otage, Liz ! Le plaisir de cuisiner. Le goût des choses simples. Ils ont perdu de vue l'essentiel ! L'étoile, c'est la mort de la cuisine du cœur !

Je ne suis pas d'accord avec lui. L'étoile c'est ce qui nous motive tous. Du petit commis au grand chef. Qui nous pousse à chercher au plus profond de nous-mêmes la créativité nécessaire pour nous dépasser. Le *Guide rouge*, ça peut être une sanction, mais aussi une récompense. La France compterait-elle autant de grands chefs si l'espoir de décrocher une étoile – puis deux, puis trois – n'aiguillonnait pas le talent culinaire ? Cette gratification nous donne une raison de nous lever aux aurores. De nous dépasser, encore et encore. De travailler sans compter nos heures. De viser la perfection. Sans relâche.

Peyo ne me laisse pas le temps de répondre.

– Regarde-toi ! Tu t'es fait marcher dessus, humilier, ruiner, et pourtant t'en redemandes. L'étoile comme un graal. Une consécration. La reconnaissance du public, des supposés gourmets. Mais dis-moi, combien de suicides, de dépressions, de vies sacrifiées, de familles détruites pour ce foutu pin's ? Hein ?

Quelle mouche l'a piqué ? Je repense au cadre fendu dans sa chambre. Au tablier dont il a découpé le blason. Deux coups de ciseaux maladroits. Agressifs.

– Ça vaut rien si ça détruit tout ! tonne-t-il.

Ses cheveux hirsutes. Ses mains puissantes. Ses yeux cernés. La mélancolie qui lui colle à la peau. Ça me revient d'un coup. Bien sûr que son visage m'est familier !

– Pierre Mendoza…

Il se redresse.

Le grand Pierre Mendoza ! Un des chefs les plus brillants de notre génération. Qui a conquis les Londoniens avec son restaurant sur la Tamise. Le chouchou de la reine d'Angleterre. Il était plus mince à l'époque. Ses cheveux plus fournis. Mais c'est bien lui. Le *Frenchie* qui a fait aimer les escargots au prince Charles. Deux étoiles. Une troisième qui lui tendait les bras. On lui promettait le firmament. C'était il y a dix ans. Et puis il a disparu de la circulation. Brutalement. Pourquoi ? Et surtout, qu'est-il venu chercher ici ?

Il se contente de lever les yeux au ciel. Agacé déjà par toutes les questions qui affleurent à mes lèvres. Ce n'est pas le moment. Plus le moment. La cuisine et lui, c'est désormais une affaire privée. Peyo est devenu un animal solitaire, retranché des hommes et de leurs livres rouges qui donnent le tournis. Qui célèbrent les chefs avant de leur couper la tête. Lui préfère improviser des symphonies de saveurs la nuit, dans l'intimité d'une cuisine perdue au cœur du Pays basque. Plus personne pour le juger. Et à l'en croire, c'est mieux comme ça.

Balthazar

Alors je lui ai écrit. Ouvertement déterminé à la reconquérir. Je lui racontais ma nouvelle vie de marchand d'art, me gardant bien de mentionner d'où venait ma fortune. Lui parlais du petit cinéma que je possédais, des films que j'y projetais. Me faisais mousser en citant les acteurs du moment, et d'autres plus confidentiels. Aimait-elle toujours autant les films hollywoodiens ? Liz avait-elle vu *La Belle et le Clochard* ? Je pourrais l'y emmener, qu'en pensait-elle ? Je m'enquérais de sa nouvelle vie de chanteuse. Quel était son répertoire ? Elle répondait parfois, ignorant le plus souvent mes questions mais grattant des pages entières sur les films qu'elle aimait. Son goût pour les salles obscures ne s'était pas démenti, comme son œil avisé, sa sensibilité et sa culture. Elle avait une mémoire phénoménale, s'intéressait à tout, et je ne pouvais m'empêcher de lire et relire ses missives avec une admiration intacte. Avais-je entendu parler de Boris Vian, ce drôle de personnage qui affectionnait le jazz, le cinéma et les noms d'emprunt ? Cet homme la fascinait. Moi, je voyais dans son pessimisme, son intelligence et son goût de l'absurde un alter ego masculin de Romy. Elle s'amusait des identités multiples sous lesquelles il signait ses textes et ses chansons. Bison Ravi, Vernon Sullivan, Baron Visi, Josèfe Pignerole...

Je m'enthousiasmais à chacune de ses réponses, y voyais un premier pas vers nous, vers la famille que nous pourrions être. Mais à ses courriers enjoués succédaient des silences de plusieurs semaines, parfois de plusieurs mois. Jusqu'à ce que me parvienne une lettre à l'écriture hâtive, pressée, confuse. Je m'en inquiétais. Qui prenait soin de Liz dans ces jours sombres ? Je suppliais Romy de me laisser voir la petite sans jamais pourtant proférer la moindre menace. J'avais retenu la leçon. Ma vie tenait à un fil, tendu entre deux boîtes aux lettres de Paris à Biarritz.

Pour elles, je glissais dans mes colis des cadeaux. De petites choses pour les faire sourire, me rappeler à leur souvenir, m'insinuer dans leur quotidien par le biais d'un disque, d'un jouet, d'une peluche, d'un roman, que j'imaginais posés près d'elles le soir au coucher ou sur la table le matin au petit déjeuner. Je me convainquais que le temps ferait son œuvre. Que nous allions nous retrouver. Sans doute Romy attendait-elle que j'aie davantage de moyens ? De quoi lui permettre de vivre de la musique, d'acheter un appartement, une Bugatti noire racée ?

Alors j'ai continué à jouer. Avec panache mais sans scrupules. Avec l'argent, j'achetais des costumes plus chics, des peintures plus chères, et toutes sortes de futilités qui sont l'apanage des riches. Le jour où mon paternel est mort sans que j'aie trouvé le courage de lui présenter mes excuses, j'ai mis toutes mes économies dans l'achat d'un journal.

On présentait *Le Courrier basque* comme le nouveau concurrent de *Sud-Ouest*. J'ai recruté des grands noms du journalisme. Revu la ligne éditoriale. En plus des nouvelles locales, nous étions la référence en matière de critique cinéma. Ce journal est devenu un gouffre financier en moins de temps qu'il n'en faut pour le dire. Mais j'en étais propriétaire ! J'ai écrit à Romy pour l'en informer. Précisant que j'y rédigeais moi-même des articles quand le temps me le permettait, me targuant d'être à la fois journaliste et rédacteur en chef. Puisque j'étais seul décideur de ce qui figurait dans le journal – ce ton prétentieux ! Comment ai-je pu croire que cela la ferait revenir ? –, j'y glissais régulièrement toutes sortes de textes étonnants comme autant de messages codés destinés seulement à celles que j'aimais. L'annonce du remariage de Liz Taylor s'est ainsi vu offrir une double page entre deux articles sur la politique basque. J'ai payé une fortune pour une interview fleuve de Boris Vian et j'en ai profité pour lui faire signer un trente-trois tours que j'ai envoyé à Romy. Pour Liz, il y avait chaque fois une pleine page de jeux à destination des enfants. Des faits divers amusants pour celle qui aimait les brebis. Du style : « Un ourson retrouvé dans une étable ! » Et le jour de son anniversaire, la rédaction n'était autorisée à relayer que les bonnes nouvelles.

Le Courrier basque n'avait pas beaucoup d'avenir mais c'était un lien de plus entre elles et moi. Un exemplaire était envoyé chaque matin à leur adresse. J'y signais des articles sous des pseudos différents. Don Lockwood. The Rain Singer. Django.

Dans mes lettres, je persistais : quand pouvais-je venir voir ma fille ? Elle aurait bientôt six ans. Était en âge de comprendre. Lui avait-elle parlé de moi ? Les réponses de Romy se sont faites plus sporadiques. Ses lettres plus confuses. Elle se disait menacée. Inquiète. De quoi ? Elle ne répondait pas. Alors un soir, n'y tenant plus, je suis monté à Paris. J'ai toqué à sa porte. Elle n'était pas seule. A fait un esclandre. Jurant qu'elle allait appeler la police si je ne disparaissais pas sur-le-champ.

J'ai obéi. J'aimais trop ma fille pour prendre le risque de la perdre. Alors j'ai fait profil bas. Serrant les dents. Continuant à crier ma tendresse et mes espoirs dans mes missives et à la une du *Courrier basque*. Que plus personne ne lisait à part elles.

Et puis un jour, mes lettres me sont revenues.

« Inconnue à cette adresse ».

33

Avant que je reparte, Peyo dépose entre mes bras un cageot de légumes. Quelques bottes de chénopodes, un potimarron et des carottes multicolores, auxquels il ajoute un petit bouquet de crocus.

– Pour Rosa, précise-t-il.

Puis sur l'ardoise qui m'a accueillie le premier jour, il écrit : « Suis pas là. » Aujourd'hui, les habitués iront manger ailleurs. La petite occupe toutes nos pensées. Peyo et moi avons prévu de nous retrouver à l'hôpital.

Sur le chemin, je décide de faire un crochet par le domicile de Basilio pour le prévenir qu'il peut disposer de sa journée mais surtout que Gwen va avoir besoin de notre soutien. Le jeune commis n'habite pas loin. Son père possède une ferme vers l'hôpital Saint-Blaise, une grande bâtisse entourée de pâturages où paissent des brebis, des vaches ou des chevaux selon l'heure et la saison. Le soleil amorce son ascension quand je m'engage dans la côte qui mène à la propriété. Une longue route poussiéreuse au bout de laquelle un vieux chien guette. Il se met à aboyer à mon approche. Derrière lui, un troupeau mâche du foin sans grande conviction.

La maison est belle bien que sans fioritures. Une bâtisse en pierre aux contours adoucis par le temps. Dans la cour, quelques géraniums côtoient des cages à lapins. Devant la porte, une paire de bottes en caoutchouc que je reconnais comme étant celles de Basilio.

– Y a quelqu'un ?

Pas de réponse. Je fais le tour de la maison. Jette un œil dans l'étable. Vers le poulailler. Basilio n'est nulle part. Je m'apprête à retourner à ma voiture quand tout à coup un bruit sourd, comme de la musique. Non, pas de la musique. Du bruit. Du hard rock à vous faire saigner les oreilles.

– Basilio ?

J'ouvre une petite porte donnant sur une annexe. La musique se fait plus forte.

– Basilio ? je répète en pénétrant dans la pièce.

Une odeur de caramel me saisit. J'aperçois la silhouette dégingandée du commis qui, dos à la porte, s'affaire devant un plan de travail en inox surmonté de deux lampes chauffantes. Autour de lui, trois fours, un frigo, des dizaines d'ustensiles mais surtout, et c'est le plus impressionnant, une douzaine de dragons. Des petits, des grands, de toutes les couleurs, sculptés dans un souci du détail époustouflant. On s'attend à les voir s'animer, agiter leurs queues, planter leurs griffes dans vos bras.

La musique est si tonitruante qu'il ne m'entend pas approcher. Concentré sur une pâte translucide qu'il pétrit vigoureusement.

– Basilio, je…

Il se retourne soudain et pousse un hurlement, une main sur le cœur. Un peu plus et il tombait raide.

– Cheffe !

– Bon sang, Basilio ! Mais… tu…

C'est moi qui bégaie à présent. Incapable de trouver mes mots. Devant moi, un laboratoire de pâtisserie professionnel. Mais surtout un garçon aux doigts d'or.

– Tu ne m'avais pas dit que…

Du sucre. Basilio sculpte du sucre. Un travail méticuleux, exigeant. Clairement pas à la portée de tout le monde comme j'ai pu le constater la fois où je m'y suis essayée chez *Ferrandi.* Je détaille les créations insensées qui peuplent cette pièce. Et je repense aux desserts merveilleux dans le frigidaire de Rosa. Les cadeaux faits à Gwen. Et puis la facilité avec laquelle Basilio a pris en charge la préparation du feuilleté au chocolat le jour de la venue du car de touristes. Je n'ai pas pris le temps de l'interroger. Convaincue que… Que quoi, d'ailleurs ? Soudain, j'ai honte.

– Basilio, c'est merveilleux…

J'observe chaque dragon un à un, époustouflée par le travail qui se cache derrière le mouvement des corps, la finesse des moustaches, les dégradés de couleurs. *Et moi qui ai relégué ce garçon à la plonge !*

Cramoisi, Basilio cherche ses mots. Cette fois, je prends le temps de l'écouter. Il est passionné de pâtisserie depuis toujours. Ne manque aucune émission télévisée sur le sujet. Passe ses nuits à foisonner, chiqueter, glacer, monter et meringuer. Mais surtout à tirer des filaments de sucre pour les transformer en monstres féeriques.

Il me propose une chaise. Et tire du frigo une tartelette d'une délicatesse exquise.

– Pâte sablée, crème miel et amandes, mousseux de miel de lavande et compotée d'orange, énonce-t-il dans un souffle avant de me tendre une fourchette à trois dents. Bon…bonne dégustation.

Je reconnais la tarte confectionnée par l'un des candidats de *Toque Chef* l'été passé. Le thème du défi était le miel. Cette tarte Abella a remporté la victoire.

Je glisse une bouchée sur ma langue. Ferme les yeux. Éblouie par l'explosion de saveurs et de textures.

– Basilio… c'est exceptionnel.

– J'ai a…a…amélioré la recette.

Je ne sais pas qui de nous deux est le plus impressionné. En revanche, je n'ai aucun doute sur qui est le plus doué. Basilio n'a rien d'un amateur.

Encouragé par ma critique, il dépose devant moi un palet au chocolat.

– Sur…surprise ! bégaie le rouquin émotif dans un sourire timide.

Le palet s'ouvre sur une génoise aux noisettes et un cœur de fruits exotiques. Le choc. Soudain, je ne suis plus au Pays basque mais quelque part aux Baléares. Dans un hôtel charmant, noyé dans les bougainvilliers.

C'était au mois de mars, il faisait frais encore, mais Romy était extatique. Elle avait mis toutes ses économies dans une semaine de vacances au soleil. Nous ne partions jamais, plus par crainte de ses jours sombres que par souci de veiller à la dépense. Elle se promenait en paréo, sous une grande capeline pour préserver sa peau de lait, une fleur d'hibiscus sur l'oreille. Les serveurs étaient aux petits soins avec elle. Romy leur laissait des pourboires mirifiques mais ce n'était pas l'argent qui les attirait. Romy était flamboyante, l'âge lui allait si bien. On passait nos journées sur des transats à boire des cocktails à parasol. À glisser dans l'eau claire. À danser sous la lune comme deux insouciantes que nous feignions d'être le temps d'une parenthèse. Nous nous fabriquions des souvenirs. C'est ce qu'elle disait : « On se fabrique des souvenirs. » Une phrase qu'elle brandissait pour justifier toutes ses folies.

Pour attirer son attention, les hommes prenaient soin de moi. L'un d'eux m'a présentée au chef de l'hôtel. J'ai passé la semaine dans les cuisines à m'émerveiller. Des fruits surtout, de leurs noms exotiques et de leurs goûts étranges. Quand je me remémore ces vacances, ce n'est pas la mer, le sable, les palmiers qui me reviennent. Non, c'est le goût. Celui de la grenade, du mangoustan, de la carambole. Ces fruits aux noms formidables, un charabia merveilleux teinté d'accent espagnol.

Et puis Romy est morte. Je n'ai plus jamais mangé de fruits exotiques. Jusqu'à ce jour chez Basilio.

Assise au milieu des dragons en sucre, sous le regard ému d'un jeune pâtissier qui a tout d'un grand, je réalise que la vie nous fabrique sans cesse des souvenirs. Qu'il suffit de les accueillir. De leur faire une place. Et de laisser s'envoler les plus douloureux.

Balthazar

« Inconnue à cette adresse ».

Je me suis précipité chez la marquise. Il m'a suffi de croiser son regard pour comprendre : elle aussi avait perdu leur trace. La vieille dame qu'elle était ne s'en remettrait pas.

La villa a fermé ses portes. Il n'y aurait plus jamais de soirées, de dîners, de feux d'artifice ni de zèbre courant sous la pluie. Véra n'avait plus le cœur à la fête et tous les bleus de toutes les palettes n'auraient pu exprimer le chagrin qui était le sien. Elle passait ses journées face à l'océan en compagnie de Lupin. Refusant qu'il joue du piano. Tout lui rappelait Romy. Et son silence était assourdissant.

Alors j'ai embauché un détective. Le meilleur de Paris. Lui ai donné carte blanche. J'ai graissé la patte à tout ce que la capitale comptait de voyous pour m'aider à y voir plus clair. En vain. Romy s'était volatilisée. Vivait-elle encore à Paris ? En France ? Et Liz, quelle enfance lui offrait-elle ? J'étais inquiet mais je restais optimiste. Au moins pour la marquise. Nous allions les retrouver ! Romy allait nous écrire. Il suffisait d'être patients. Mais ni Véra ni moi ne croyions à mes mensonges.

Je venais lui rendre visite toutes les semaines. M'efforçant de la faire rire. Lui apportant des livres. Du champagne. Des bobines de films. Et même un jour un petit singe, un capucin qu'un joueur m'avait offert pour éponger ses dettes, une pauvre bête qui méritait bien un parc, un majordome et un chauffeur. La marquise parlait peu. Se contentait de m'écouter en me fixant de ses grands yeux félins fatigués de la vie. Elle jadis si enjouée, sa mélancolie me fendait le cœur.

Peu à peu, au gré de nos rencontres, nous avons noué une amitié sincère. Malgré tout, retenu par l'immense respect que j'avais pour elle, je n'osais la questionner. Mais parfois, les yeux perdus vers l'océan, elle se mettait à parler. De son passé. Des drames qui l'avaient façonnée. Des rencontres qui l'avaient marquée. La marquise avait laissé son empreinte dans notre siècle. Par son charme et sa sensualité, mais surtout par son courage et sa générosité. Aujourd'hui, longtemps après qu'elle a disparu, certaines de nos conversations me reviennent. Elle était sage et avisée. J'aurais tant aimé que Liz puisse la connaître.

À chacune de mes visites, Véra m'interrogeait : est-ce que j'avais du nouveau ? Non. Pas l'ombre d'un indice. Romy et la petite s'étaient volatilisées.

J'ai continué d'écrire des articles dans le journal qui comptait désormais autant de lecteurs que la villa de visiteurs. Je continuais pour une seule raison : ce journal était la dernière chose qui me reliait à elles. Je me disais que peut-être, quelque part, Romy les lisait. Je distillais des bonnes nouvelles dans les pages de mon canard. Parfois, le cœur gros, je signais « Papa », noyant mes larmes dans l'encre du papier. Quant aux fauteuils de mon cinéma, ils n'ont bientôt plus accueilli que moi et quelques égarés surpris par la pluie.

La mélancolie me collait à la peau. Je n'avais plus goût à rien. Seules mes visites chez la marquise me forçaient à me mettre sur mon trente-et-un et à agrafer sur mon visage un sourire enthousiaste.

Et puis un jour, j'ai reçu sa lettre. Celle que je n'attendais plus. La dernière de Romy. J'allais avoir quarante ans et Liz, quelque part, en avait presque vingt. Romy avait jeté sur une feuille quelques mots désordonnés, cinq lignes à peine où elle s'excusait de m'avoir abandonné. Et disait qu'elle n'avait plus la force de continuer. Pour elle, le film se terminait là. En guise de générique, elle demandait que je fasse un dernier geste pour sa fille. Liz était douée en cuisine, elle voulait lui offrir un avenir. Elle me laissait un numéro de compte bancaire. M'enjoignait d'y déposer ce que je jugerais approprié. Et puis elle me remerciait. Notre été sur la côte basque comptait parmi ses plus beaux souvenirs. Elle n'avait jamais oublié.

Cette lettre m'a anéanti. Je l'ai tournée dans tous les sens à la recherche du moindre indice. D'où avait-elle été postée ? Liz aimait la cuisine, mais de quel avenir parlait sa mère ? Confus, tourmenté, impuissant, j'ai obéi à sa demande. Me suis assuré qu'elle ne manquerait jamais de rien. Romy ne laissait pas d'adresse. Mais j'étais déterminé à poursuivre ma quête.

34

Il est déjà là. Sa silhouette de géant et son regard délavé. D'un doigt sur la bouche, il m'invite à ne pas faire de bruit. Dans le lit, le corps frêle de Nine niché contre celui de sa mère. Elles dorment.

– Comment elle va ? chuchoté-je.

– Son état est stable…

– Et la greffe ?

– Ils cherchent toujours un donneur.

J'observe le visage pâle de Nine. Minuscule marionnette reliée aux fils qui la maintiennent en vie. Sa petite main agrippée à celle de sa mère, comme si elle craignait qu'elle ne s'envole. Les larmes se coincent dans ma gorge. Sur la table de chevet, j'installe Diego, le dragon qui ne craint personne. Et puis une photo de Monsieur Gris.

Une infirmière entre et pose sur la table un plateau-repas. Du céleri rémoulade, une sauce sombre dans laquelle flottent quelques reliefs de viande et une banane.

– Eh bien avec ça…

Je tire de mon sac trois boîtes entourées de papier aluminium que j'ai pris soin de remplir des plats préférés de

Nine. Me voyant, Peyo désigne du menton la besace posée à ses pieds.

– Les grands esprits…, lance-t-il.

– On va bientôt pouvoir ouvrir un restaurant ici.

Voûté, cerné, Peyo immense sur sa chaise en plastique. La nuit inquiète a laissé des traces sur son visage.

– C'était où ta première fois ? il demande au bout d'un moment sans quitter les dormeuses des yeux.

– *Bocuse*. Paris.

Il hoche la tête lentement.

– Toi ?

– Un étoilé à Bayonne, répond-il. Avec ma grand-mère.

– Paule ?

Il acquiesce.

– J'avais quinze ans. J'avais mis toutes mes économies dans un dîner avec elle. Elle fêtait ses soixante-quinze ans.

Ça me rappelle les anniversaires de Romy. Ma mère refusait que le monde la voie vieillir, alors nous avions un rituel. Elle glissait une cassette dans le magnétoscope. Sur l'écran, Don Lockwood et Kathy Selden se mettaient à chanter : « I'm singin' in the rain… » La comédie musicale colorée l'émouvait aux larmes sans que j'aie jamais compris pourquoi. Le temps qui passait peut-être ? On dansait un peu, moi juchée sur ses pieds, et puis on passait à table. Tartines de beurre salé et chocolat au lait. Pas de bougies. Trop convenu. On finissait sur le toit de l'immeuble à contempler Paris, emmitouflées dans une couverture. Aucun de mes anniversaires n'a plus jamais égalé ceux-là.

– Ni Paule ni moi ne savions vraiment à quoi nous

attendre, poursuit Peyo. On n'avait pas mangé de la journée pour être sûrs d'avoir de la place pour le dîner. Du coup, quand on s'est assis, on s'est rués sur le pain.

Il sourit à ce souvenir.

– On était des débutants. Je me souviens qu'elle était impressionnée par la carte des vins. « Douze pages rien que pour les rouges ! » elle s'est exclamée. J'ai l'impression de l'entendre. Malheureusement, ce soir-là on a dû s'en tenir à l'eau. J'avais le budget que pour une carafe ! Et puis le plat mythique de la maison est arrivé : l'escalope de saumon à l'oseille...

Il marque une pause.

– Ça a été un éblouissement. Ces explosions de saveurs sur mes papilles. Les couleurs, les textures. Les mariages inattendus. Je venais d'être touché par la grâce. Claudel à Notre-Dame. J'ai lorgné les tables des voisins, j'avais envie de tout goûter. Je calculais dans ma tête combien de temps il me faudrait pour économiser de quoi revenir quand le maître d'hôtel a déposé devant nous une nouvelle assiette. Des courgettes-fleurs farcies aux langoustines.

À l'entendre, j'en ai l'eau à la bouche.

– J'ai alerté le serveur, nous n'avions pas commandé ça. « C'est le chef qui tient à ce que vous goûtiez », il a dit. A suivi un chariot de fromages plus long qu'un jour sans pain. Une farandole de desserts dont un croquant de pêches à la menthe au sommet duquel brillait une bougie. Le repas semblait ne jamais devoir finir. La vieille Paule en avait les larmes aux yeux. Et puis le chef nous a rejoints. Je n'avais pas les mots pour le remercier. « C'est moi qui vous remercie, il a répondu. Vous faites honneur à ma cuisine. »

Peyo venait de rencontrer celui qui allait changer sa vie. Un chef qui cuisinait avec le cœur. Un émotif qui aimait les gens bien plus que les honneurs. Ce jour-là, Pierre Mendoza a su qu'il serait chef lui aussi. Et que son existence tout entière serait dédiée à susciter chez les autres le même éblouissement qui l'avait saisi devant l'escalope de saumon à l'oseille.

L'infirmière revient. Prend la tension de Nine, sourcils froncés. Nous l'interrogeons du regard mais elle repart sans un mot. Je dépose une couverture sur les épaules de Gwen. Elle remue dans son sommeil.

– Et ton restaurant ? Pourquoi tu l'as quitté ? je demande, maintenant que Peyo a ouvert la porte aux confessions.

Il se rembrunit.

– Sybille ? osé-je.

Il acquiesce.

– Ça me fait bizarre de t'entendre prononcer son nom. La dernière fois que j'ai évoqué cette histoire, c'était y a dix ans avec le vieil Etchegoyen.

Il pousse un soupir.

– La cuisine a donné un sens à ma vie. Elle l'a détruite aussi.

Et là, dans l'intimité de cette chambre austère où un petit cœur menace de s'arrêter de battre, il raconte. La jolie Sybille, ses bikinis à volants et son violoncelle l'ont suivi à Londres. Là-bas, Peyo a appris auprès des meilleurs. Fait de belles rencontres. Un succès en appelant un autre, il s'est retrouvé à la tête de son propre restaurant. A décroché une étoile, puis une deuxième. Il travaillait comme un fou, sacrifiant ses nuits, sa santé. Ses amours aussi. Un refrain familier. Sauf que dans sa vie à lui, il y avait Sybille. Et bientôt Oscar. Un bébé rieur aux mains potelées qui a transformé le monde de Peyo. Le jeune papa en était fou.

– Tu m'aurais vu le jour de sa naissance ! J'ai embrassé le médecin, les sages-femmes, et même l'employé de la mairie !

Ses yeux qui brillent à ce souvenir. À l'époque, le jeune chef était en pleine ascension. La vie lui souriait. La gloire lui tendait les bras. Il a fait de la place pour le petit bonhomme. Autant de place qu'il pouvait.

– La cuisine, c'est rude, lâche-t-il d'une voix sourde. C'est autant de passion que de sacrifices. Dès dix-huit heures tu es aux fourneaux. Avec moi, y a jamais eu d'histoires du soir. De baisers sur le front avant d'aller au lit. La cuisine, c'est se résigner à ne jamais dire bonne nuit à son fils.

Il se lève et se poste devant la fenêtre.

– Sybille s'en plaignait. Beaucoup. Le petit avait besoin de son père, mon travail m'accaparait. J'esquivais ses reproches. Est-ce qu'elle voulait que je renonce à ma carrière ? Ne pouvait-elle pas me soutenir un peu ? Je visais une troisième étoile. Pour ça, j'avais dû investir, la décoration, la vaisselle, les fleurs, le personnel. Même si le restaurant était plein, j'étais endetté jusqu'au cou. Le *Michelin* tenait ma vie entre ses mains, il me fallait cette troisième étoile, je ne vivais plus que pour ça. J'ai pas su voir, j'ai pas su entendre que ma vie, à l'époque, elle tenait dans la menotte d'un petit poupon qui réclamait son papa.

Peyo marque une pause, les yeux perdus derrière la vitre.

– Et puis un jour, Sybille en a eu assez. Après une énième dispute, le couperet est tombé : c'était elle ou le restau. Le service avait été dur, j'étais épuisé. J'ai pas compris que c'était la fin. Qu'il n'y aurait pas de lendemain. Elle a pris Oscar, sa valise et notre avenir. Et moi, je l'ai laissée partir.

Sa voix se brise.

– J'ai pas eu le temps de m'excuser. Sur la route, un camion a percuté la voiture. Sybille s'en est tirée.

Silence. J'attends la suite. Qui ne vient pas. Peyo n'a pas les mots. Mon cœur se serre. Cette nuit-là, le géant aux doigts d'or a perdu sa raison de vivre. Il n'a pas besoin d'en dire davantage. La descente aux enfers. La fermeture du restaurant. Les étoiles qui s'éteignent. L'avenir qui devient noir. Tout cela ne m'est pas étranger.

Je le prends dans mes bras. Autour de nous, l'odeur de désinfectant, le bip du moniteur, les draps rêches, le goutte-à-goutte des perfusions. Et Peyo qui pleure. Son corps secoué de sanglots. Rien n'a cicatrisé. Je suis bien placée pour savoir que certains deuils sont impossibles à faire, qu'ils vous condamnent à cohabiter avec des fantômes. Le sien est haut comme trois pommes.

Je repense à mon premier jour chez *Germaine*. À nos disputes en cuisine. Et je m'en veux. Deux chagrins qui se percutent, ça fait des étincelles. On reproche souvent aux autres ce qu'on déteste en soi-même. J'étais à vif. Et lui désabusé. Peyo me renvoyait l'image de ce que je craignais de devenir. Une star déchue, une rien du tout. Moi, la cheffe presque étoilée, accusée de harcèlement. De violences.

Je déglutis. Comme lui, la cuisine m'a anéantie.

Pourtant, dans la pâleur de cet après-midi d'automne, une idée m'éblouit. À présent, je ne suis plus seule. À nous deux, nous allons peut-être pouvoir nous remettre debout. Ici, j'ai trouvé une famille. Et un ami.

Balthazar

J'ai continué à jouer. Par ennui plus que par besoin. Je ne manquais de rien et surtout je n'avais plus personne à impressionner. Je vivais seul. Quelques femmes s'égaraient parfois entre mes draps, mais aucune n'arrivait à la cheville de Romy. Mon cœur s'était figé comme un insecte dans de l'ambre. Attendant d'être délivré du sortilège que m'avait jeté une rousse incendiaire l'été de mes vingt ans.

Les jeux de cartes attirent pas mal de papillons prêts à se brûler les ailes. Insomniaques tourmentés, âmes perdues cherchant à s'oublier. J'ai vu défiler à ma table de drôles de personnages. La face sombre des invités que je croisais jadis à la villa lors des soirées de la marquise. Politiciens déchus, acteurs accros au jeu, étudiants sans le sou qui me rappelaient ma jeunesse. Et un jour, une veuve.

C'était un soir d'hiver. Dans les rues de Biarritz flottait un brouillard glacé. L'après-midi, j'avais rencontré le détective chargé de retrouver ma fille, lui avais demandé des nouvelles. Il n'avait rien. Rien de nouveau s'entend. Pour le reste, l'homme serait bientôt milliardaire avec ce que je le payais pour sillonner la France. Je noyais ma peine dans le whisky quand une femme est entrée dans le salon où j'avais décidé de tordre le cou à ma nuit. La cinquantaine bien tassée, des traits épais, un nez rougeaud, une blouse de travail usée à laquelle répondaient des mains abîmées. On aurait pu la prendre pour un homme n'eût été la longue tresse dans son dos. Sans nous saluer, elle a tiré une chaise et a pris place à notre table. Je ne l'avais jamais vue avant. Comment était-elle arrivée là ? Elle a adressé un signe du menton au donneur.

– C'est la veuve à Jeannot…, a lancé un joueur à mi-voix.

Je me suis raclé la gorge. Ici on misait gros. Les amateurs n'avaient pas leur place. Les femmes encore moins. Je n'avais pas de scrupules mais j'avais de l'honneur. Cette femme, ici, ce n'était pas dans mes principes. J'allais me lever pour la raccompagner vers la sortie quand elle a posé devant elle trois liasses de billets craquants.

Un silence. Autour de la table, des regards lourds de sous-entendus. Après tout, si la dame voulait jouer, qui étions-nous pour l'en empêcher ? Elle a saisi les cartes qu'on lui tendait. Les a allongées sur la table avant de les regarder d'un coup d'œil en en soulevant le coin. De toute évidence, elle connaissait les règles. Ce qu'elle ne savait pas en revanche, c'est qu'elle avait en face d'elle ce que le Pays basque comptait de plus voyou et de moins fréquentable. Des truands à la petite semaine prêts à tout pour dépouiller ceux qui s'égaraient à leur table. Et même si j'ai honte de l'avouer aujourd'hui, j'étais le premier d'entre eux.

Ce qui devait arriver arriva. En quelques heures, la pauvre avait tout perdu.

– Fin de la partie, j'ai annoncé.

– Pas encore, elle a répondu.

Ce disant, elle a plongé la main dans sa blouse. En a tiré un trousseau de clefs qu'elle a jeté sous nos yeux. Cette vieille femme avait-elle à ce point confiance en sa chance pour risquer sa maison ? Soit elle était accro au jeu, soit elle n'avait plus toute sa tête.

– Madame, je ne pense pas que…

– Laisse-la donc jouer ! m'a coupé quelqu'un.

Il m'a fixé, l'air mauvais. J'ai senti le vent tourner.

Coup d'œil à la veuve. Qu'avait-elle dans son jeu ? À moins d'une quinte flush, elle était cuite. Son voisin, un vieux briscard à qui il manquait une dent, a relancé. Face à moi, la veuve à Jeannot ne semblait pas nerveuse. Mieux, elle savourait. Au quatrième tour, le petit râblé aux gencives dégarnies a abattu sur la table un carré de valets. Probablement tirés de sa poche. Un silence. La femme avait encore une chance de s'en tirer. Après tout, son jeu était peut-être excellent. Elle allait ramasser le pactole et nous prouver que malgré nos techniques de brigands, elle nous menait par le bout du nez. Toute la table fixait sa main. Au centre, les clefs. Elle a hoché la tête. Et souri. Du grand sourire de celle qui ne craint personne. Puis d'un geste théâtral, elle a abattu deux cartes sur la table.

Un ange est passé. La bande de pirates et moi-même avions du mal à concilier les données en présence. Son sourire. Son assurance. Les clefs. Et… une paire de deux ?

Était-elle folle ? Le voyou édenté a poussé un cri de victoire. D'un geste, je lui ai intimé de se taire. Avant de déposer délicatement sous ses yeux ébahis un carré d'as. Robin des Bois au pays des menteurs.

Plus tard, quand j'ai raccompagné la veuve, elle m'a remercié. Elle avait vraiment passé une bonne soirée. J'ai tiré de ma poche les clefs et les lui ai rendues.

– La prochaine fois, tenez-vous loin de ces escrocs, j'ai ajouté comme si je n'étais pas des leurs.

Elle a secoué la tête.

– Ces clefs, gardez-les.

Je devais avoir l'air un peu bête car elle s'est mise à rire. Puis elle a expliqué. Son mari venait de mourir, laissant derrière lui un restaurant, un joli pactole et une femme libérée.

– Trente ans que j'attendais ça ! elle a dit en allumant une cigarette.

Elle avait décidé d'en profiter. De son indépendance comme des lingots que le vieux avait cachés sous son matelas.

– Et les clefs du restaurant ? j'ai demandé.

Germaine a haussé les épaules.

– Faites-en ce que vous voudrez ! elle a dit.

Tout ça ne la concernait plus.

35

Je dépose sur la table le livre qu'il m'a prêté.

– « Vivre est une prière que seul l'amour peut exaucer », je cite.

– Tu t'es mise à la lecture ? me demande-t-il.

– Je suis curieuse. Dis-moi ce que tu lis, je te dirai qui tu es.

Sur le feu, une cocotte d'où s'échappe un parfum de beurre chaud et d'aromates.

– Qu'est-ce que tu nous prépares ?

– Noisette d'agneau des Pyrénées rôtie, répond-il tout en déglaçant sa préparation au vin blanc. Mousseline de haricots, jus d'agneau corsé à l'ail de Cadours.

Encore une recette de la vieille Paule dont Peyo s'évertue à recréer la magie.

– Qu'est-ce qui te plaît autant dans la plume de Gary ? je lui demande en prenant place sur le haut tabouret.

Il dépose dans la cocote trois tomates pelées et réfléchit.

– Il y a de la joie et du chagrin chez lui. Une espèce de

clair-obscur, de sucré-salé qui me réconforte les jours de pluie.

Je trempe ma cuillère dans le jus de viande qui chauffe à feu doux.

– Poivre, dis-je en tendant la main.

Il lève un sourcil. Me passe le moulin, sensiblement contrarié, et trempe la cuillère à son tour. Avant de hocher la tête.

Carnet. Crayon. En haut de la page, j'écris : « Noisette d'agneau des Pyrénées rôtie. » Fais la liste des ingrédients et détaille la recette.

– Qu'est-ce que tu fais ? grogne-t-il. On prend pas des notes, on cuisine.

– L'un n'empêche pas l'autre.

Il pose son couteau sur la planche.

– Bien sûr que si. Quand tu cuisines, tu te connectes à quelque chose. À des émotions. À des souvenirs. Sitôt que tu poses ta louche pour saisir un stylo, ça s'envole. Pourquoi ? Parce que pour prendre des notes, il faut se regarder cuisiner. L'ego, ça fout tout en l'air.

Je saisis un carré d'agneau à mon tour.

– On parie ?

Nous passons les deux heures suivantes à concocter le même plat, chacun de notre côté. Concentrés sur l'oignon, les carottes, le thym, le laurier. Dehors, la lune qui monte.

– On sort ? demande-t-il quand on a terminé.

Sur le gaz, les deux cocottes mijotent côte à côte. Dehors, le froid piquant nous saisit. Les parfums de la campagne au crépuscule. Le dernier chant des oiseaux.

Nous nous asseyons face à la vallée. Peyo tire de sa poche un paquet de cigarettes qu'il me tend avant de faire rouler sous son pouce la pierre d'un briquet. Je surprends son regard sur mon doigt amputé.

– Accident de cuisine, je te l'ai déjà dit.

Le regard tendu vers l'horizon, cette fois il attend que je développe.

– J'étais en stage chez *Bréguet*.

Je tire une longue bouffée de ma cigarette.

– La seule fille de la brigade. Ça a commencé par des vannes. Et puis y a eu les insultes. Les casseroles qui volent à travers la cuisine. Les mains aux fesses, les regards salaces dans le vestiaire. J'avais choisi Bréguet parce que c'était le meilleur. Il était doué. Étoilé. Et pourtant à ses côtés j'ai vécu un cauchemar. Cette année-là, j'ai compris qu'on peut craindre un bourreau autant que l'admirer. Je vomissais avant de prendre mon service tellement j'avais peur. Autant de violence dans les cuisines du plus beau restaurant de Paris, c'était inimaginable.

Je déglutis. Convoquer ces souvenirs me coûte.

– Un jour j'ai fait trop cuire une sole. Bréguet a saisi une poêle qui était sur le gaz et l'a posée sur mon bras.

Je peux encore sortir l'odeur de chair brûlée mêlée à celle du poisson calciné.

– « Comme ça tu te souviendras qu'on n'abîme pas le produit », il a dit. Dans les rangs, personne a moufté. Et moi, j'ai répondu : « Oui, chef ! »

Peyo se redresse sur sa chaise, mal à l'aise. Lui aussi a été témoin de ce genre de pratiques, je suis prête à le jurer. Sous couvert d'éducation, certaines cuisines sont le royaume des machos. Des dangereux. Des fous. Et personne n'en parle. Jamais.

– J'étais terrorisée, j'avais la main qui tremblait. Bréguet a crié : « Qu'est-ce qu'il y a ? Tu vas encore chialer ? » J'ai pris le couteau. La viande. La planche à découper. J'ai dérapé. Mon doigt y est resté.

Peyo soupire. Tire une deuxième cigarette de son paquet.

– Évidemment, j'ai rien dit. La cuisine c'était tout ce qu'il me restait. Ma mère m'avait payé cette école avant de mourir, je lui devais de réussir, de m'accrocher. C'est un petit milieu, tu le sais, tout le monde se connaît. Parler c'était faire une croix sur ma carrière. Alors j'ai serré les dents. J'ai travaillé deux fois plus. Et dès que j'ai pu, j'ai ouvert mon restaurant. Mes règles, ma loi.

Dans un arbre, une chouette hulule.

– Depuis ce jour, dès que je regarde ma main, je repense à lui. Mon doigt coupé me rappelle toutes les fois où on m'a dit que la cuisine c'était pas pour les femmes. Qu'il fallait me taire ou changer de voie.

Un ange passe. L'humidité du soir qui tombe me fait frissonner. Je regrette d'avoir laissé ma veste en cuir à l'intérieur sans pour autant avoir le courage d'aller la chercher.

– Cette histoire de harcèlement sur ta commise, c'est du flan, pas vrai ?

Je ferme les yeux. Les images de ce soir-là me reviennent en un flash.

Des casseroles qui s'entrechoquent, un minuteur qui hurle, une bouffée de vapeur qui envahit la pièce. Du côté de la plonge, un fracas de couverts qu'on renverse. Une migraine s'est installée entre mes yeux et me torpille le crâne. Un mauvais génie qui prend plaisir à taillader mon front avec un canif.

Le chef de rang nous rejoint dans la cuisine.

– Cheffe, Camille m'envoie vous dire qu'elle a reçu un coup de fil de chez *Belsunce*, lâche-t-il, aussi essoufflé qu'un marathonien.

– Qu'est-ce qu'ils veulent ?

– Ils disent qu'il y a le *Michelin* chez nous ce soir.

Le *Michelin* ? Une onde glacée me parcourt l'échine. *Pas ce soir ! C'est trop tôt !*

Coup d'œil à la salle. Toutes les tables sont occupées.

– Alors ?

Deux grands yeux noisette sous une frange brune. Camille.

– Aucune idée, je réponds sans quitter les tables des yeux.

– Ils disent que c'est un homme. Peut-être accompagné.

La semaine d'enregistrement de l'émission télévisée m'a laissée exsangue. On a pris du retard et la nouvelle carte est encore en rodage. Le *Michelin* ne pouvait pas plus mal tomber.

– Comment tu le sens ? demande Camille.

– La table de neuf va nous mettre dans le bouillon. On peut y arriver si Soizic fait pas d'écart.

Avec elle dans les rangs, je prends le risque que le navire prenne feu. Et que l'étoile me passe sous le nez.

Le minuteur du four pousse un cri de tous les diables. Sous mon crâne, le marteau-piqueur ne me laisse aucun répit.

– Vous me refaites les homards ! Ça part dans tous les sens, là ! C'est de la cuisine, pas de l'à-peu-près !

– Cheffe ! acquiescent les commis en remportant les assiettes.

– Connasse…

À peine un murmure. Je lève la tête. Ai-je bien entendu ? Derrière le piano, Soizic s'active à la préparation d'un foie gras.

Dans la vapeur, la chaleur et le bruit, la tension monte d'un cran. Chacun prie le ciel que l'orage tombe loin de leur arbre. Ce soir, je joue ma vie. Derrière mes yeux, le sang pulse de plus belle.

– Clément, tu changes de poste. Tu vas aider au bœuf. Soizic, tu restes aux amuse-bouche avec Thomas en support.

Soizic lève les yeux au ciel en soupirant.

– Un problème ?

Un silence. Électrique. La commise me défie du regard. Trop maquillée, tablier taché, elle affiche un air de provocation mêlée de dédain. Je sens mon pouls s'accélérer. Et puis j'ai une pensée pour Romy. Que ferait-elle à ma place ?

Soudain, une odeur de brûlé.

– Soizic !

Je bondis pour me saisir de la poêle, la bouscule au passage.

– Hé ! Mais ça va pas bien !

Je vois trouble. Ferme les yeux, serre les poings.

– Soizic, sors s'il te plaît, j'ordonne en mobilisant ce qu'il me reste de sang-froid. On fera sans toi ce soir.

Soizic m'ignore, ouvre le frigo et en extrait deux tranches de foie gras qu'elle dépose sur le plan de travail. J'abats mon poing sur le marbre. Une assiette glisse du comptoir et explose au sol.

– SORS ! je hurle.

La brigade est pétrifiée. Soizic fait claquer sa langue.

– Pauvre folle ! lâche-t-elle en arrachant son tablier.

Je l'attrape par le col.

– Dégage ! Dégage ! Je veux plus te voir, t'as saisi ? C'est un restau ici, pas l'Armée du Salut !

Elle ouvre la bouche pour répondre, j'approche mon visage à quelques centimètres du sien. Un regard noir. Comme un soir d'orage. Effrayée, Soizic recule. Et pose le bras sur le fourneau brûlant. Un hurlement. La chair à vif. Deux commis s'empressent de mettre son bras sous un jet d'eau glacée. La brigade cède à la panique. Je suis tétanisée. Me revoilà soudain dans la cuisine de chez *Bréguet*. La sole qui crame. Mon doigt coupé. Je me ressaisis, vais pour aider mais un chef de partie s'interpose.

– Laissez, ordonne-t-il.

Ce disant, il escorte Soizic hors de la cuisine. Je fixe la porte battante, mâchoires crispées. Puis, sans hésiter, je me dirige vers le piano. Six paires d'yeux effarés me fixent.

– Allez, au boulot ! Qu'est-ce que vous attendez ?

La suite ? Un désastre. Certes les deux inspecteurs se sont montrés enthousiastes – « Cheffe Clairemont, votre cuisine est éblouissante ! » – mais ils avaient à peine terminé leurs desserts que les pompiers ont débarqué. Table six, une femme s'étouffait. Allergie aux crustacés. Pourtant, ce soir-là, elle n'avait mangé que du foie gras. Le restau a fermé. Inspection sanitaire. Deux jours plus tard, Soizic déposait plainte pour harcèlement et violences.

Ces accusations m'ont anéantie. Plus encore que l'intoxication qui mettait en doute la qualité de ma cuisine. Plus encore que l'étoile qui m'est passée sous le nez. On peut me reprocher beaucoup de choses. D'être froide. Exigeante. D'en demander beaucoup. Trop, sans doute. Mais jamais dans ma cuisine je n'aurais toléré ce dont on m'accuse. Même si j'ai eu envie d'exploser, de frapper, de hurler, l'idée seule de devenir comme Romy, comme Bréguet, de déborder moi aussi comme le lait sur le feu, cette idée-là m'en a toujours empêchée. Et à ma grande surprise, comme à mon soulagement, Peyo l'a compris.

– Les gens malheureux ont un sixième sens pour taper là où ça fait mal, dit-il en soufflant la fumée de sa cigarette au-dessus de lui. T'as pas remarqué ?

– Le problème, c'était pas seulement Soizic. C'est que je n'ai pas su me taire.

Le jour où j'ai ouvert *Romy*, j'ai décidé de parler. J'ai tout balancé. Les injures, les mains baladeuses et la violence. Bréguet a nié. Prétendu que j'étais folle. Selon lui j'étais frustrée, j'avais besoin de me venger. Il m'a menacée. Mais j'étais décidée à tenir bon. Jusqu'à ce qu'il porte plainte contre moi pour diffamation. Il a pris un avocat et promis de me traîner en justice. Mon restaurant n'avait même pas un an, je n'avais pas les moyens d'une procédure. J'ai fini par retirer ma plainte. Je pensais que tout ça c'était du passé. Je me suis bien trompée.

La colère cisaille mon ventre. Soizic n'est que l'instrument d'une vengeance, mais comment le prouver ? Et comment Camille, ma plus fidèle alliée, a-t-elle pu témoigner contre moi ? Maître Moineau met tout en œuvre pour m'aider. Pour dénoncer la machination monstrueuse qui est en train de me broyer. Mais de son propre aveu, rien n'est gagné.

Je manque d'air. Plonge la main dans la poche de mon tablier pour prendre mes comprimés. Peyo me retient.

– Arrête avec ces saloperies.

Je secoue la tête. Les larmes me montent aux yeux.

– Liz, écoute-moi. Tu vas te relever. Et tu vas te battre. Quoi qu'il arrive, je serai à tes côtés.

Un sanglot se coince dans ma gorge et m'empêche de parler. De toute façon, je n'ai pas les mots. J'ai l'habitude d'avancer seule. De me battre contre une armée. Sa présence, sa sollicitude, son soutien, je ne suis pas habituée.

Soudain, dans la cuisine, une alarme. Il se lève et me tend la main.

– Y a l'agneau qui nous appelle. Viens, on va goûter.

Balthazar

N'allez pas croire que j'étais un héros. Du genre chevalier au grand cœur défendant la veuve et l'orphelin. Germaine n'était qu'une exception. Je ne perdais jamais, ou seulement quand je le décidais. Et quiconque s'aventurait à ma table prenait le risque de se faire dépouiller. C'est la vie qui avait fait du jeune joueur maladroit que j'étais un voyou sans scrupules. La disparition de Romy, l'absence de ma fille m'avaient rendu mauvais. Et mes fréquentations d'alors n'arrangeaient rien.

Les parties étaient l'occasion de me tenir au courant des dessous des affaires, d'avoir accès à un réseau de personnalités influentes bien que pas toujours très honnêtes et de croiser la route de pigeons persuadés d'être en veine. Ma technique était simple : je les laissais gagner, ils décidaient de monter la mise et, comme par enchantement, se mettaient à perdre, jusqu'à y laisser leur chemise. Le scénario était immuable. La victoire garantie.

Le pigeon ce soir-là avait la mine grise. Cerné, pas rasé, vêtements froissés, il avait été invité par l'un des voyous qui partageaient ma table. Le jeune homme – il devait avoir la trentaine, pas beaucoup plus – n'était clairement pas un habitué. Yeux clairs, cheveux châtains, un je-ne-sais-quoi d'un peu bancal dans la posture, mais parfaitement inoffensif. Un enfant de chœur égaré en enfer. Ici on jouait gros, très gros. Et les dettes étaient risquées.

Il y avait à notre table trois invétérés, des vieux de la vieille que je connaissais pour avoir fait les frais de leurs menaces et même de leurs poings. Ils me toléraient car j'acceptais parfois de perdre pour rester dans leur cercle. Inutile de parler. Il ne nous a pas fallu cinq minutes pour comprendre que la partie était gagnée d'avance.

Comme convenu, nous nous sommes couchés pendant les trois premiers tours. Notre nouveau camarade descendait un verre de whisky à chaque victoire. Et si sa carrure d'ours lui donnait un avantage, il ne pouvait résister à l'appel du gain. Minuit avait à peine sonné qu'il était déjà ferré. Je ne lui donnais pas deux heures pour repartir ruiné, persuadé d'avoir manqué de veine. *Tout avait pourtant si bien commencé !* se dirait-il, encore étonné par cette débâcle inattendue.

Pourtant chez lui quelque chose clochait. Ce gars-là n'était pas venu pour jouer. Il était venu pour se faire plumer. De toute ma carrière, je n'avais jamais vu ça. Ce n'était pas l'argent le problème. C'était lui. Il suffisait de le regarder pour comprendre qu'il avait déjà perdu ce qui lui était le plus cher.

Peu importait. On a continué à jouer. Il ne s'en sortait pas si mal. Son visage mutique était illisible. Pas loquace et plutôt doué en bluff. Mais rien n'y a fait. De fausse donne en fausse coupe, la chance a fini par tourner. Mon voisin a abattu sur la table une quinte, réduisant à néant tout espoir pour notre pigeon de s'en sortir vivant.

– Vous avez triché ! il a crié soudain.

Comme s'il ne l'entendait pas, l'autre a tendu la main vers le tapis pour récupérer ses gains.

– Mon ami, t'as le droit de pas savoir jouer, mais faut savoir perdre !

– Sale enflure !

Le coup est parti sans prévenir. Direct du droit en plein dans la mâchoire. Le vieux brigand s'est effondré sur la table et les jetons, les cartes, les billets, tout a volé. Ses compères ont bondi. Attrapant l'autre à la gorge. Et puis l'éclair d'une lame dans la pénombre.

Était-ce son regard triste dans lequel j'ai lu un chagrin plus grand que le mien ? Quelque chose qui chez lui faisait écho à ma souffrance ? Je n'en sais rien. Toujours est-il que j'ai dit :

– Laissez-le. Il a compris. Pas vrai que t'as compris, mon gars ?

Ce disant j'ai tiré de ma poche une liasse de billets que j'ai jetée sur la table avant de le pousser vers la sortie.

– Pourquoi vous avez fait ça ? il a demandé, poings serrés, une fois dehors.

J'ai allumé une cigarette, lui en ai proposé une. Qu'il a refusée.

– Ces mecs-là étaient prêts à te faire la peau.

– Qu'est-ce que vous en savez ? il a craché.

– Je suis l'un d'entre eux.

On a marché dans la nuit. Les rues étaient désertes. Le temps de traverser la ville, il s'était calmé. Sur son visage, la colère avait de nouveau laissé place au chagrin. Face à nous, la grande plage. La lune. Allongé dans le sable, un couple se bécotait. On les entendait rire. Il a soupiré. Je n'ai pas osé le questionner de peur que ses démons réveillent les miens.

– Merci pour tout à l'heure, il a dit sans quitter l'horizon des yeux.

Il a plongé la main dans la poche de son blouson et puis il a ajouté :

– Tenez, prenez-les.

Il m'a tendu un trousseau de clefs. Des clefs de voiture à ce que je pouvais en juger. J'ai pensé à Germaine. Ça faisait beaucoup de clefs pour un seul homme. J'ai secoué la tête.

– J'en veux pas.

– J'ai rien d'autre.

Il avait l'air gêné. Ça m'a touché mais j'étais décidé à ne pas le montrer.

– Elle est garée là, il a dit.

Vu l'allure du garçon, son pantalon trop large, ses godillots sales, sa chemise froissée, je ne m'attendais vraiment pas à ça : devant nous, une splendeur. Un bijou. Un bolide coupé que je n'avais jamais croisé que dans des films. Une merveille de Pontiac. Ses chromes. Ses pare-chocs démesurés. Si j'avais eu un carrosse comme celui-là, Romy serait-elle restée ?

Le garçon a ramassé son sac à dos et il m'a salué. J'étais

sous le choc, vampirisé par la belle américaine racée et son look ravageur. Je me suis glissé à l'intérieur. La sensation du cuir blanc sous ma peau. La vibration du moteur quand j'ai tourné la clef.

Quand je l'ai retrouvé, il était allongé sur un banc. Les bras sous la nuque, il fixait les étoiles. J'ai baissé la vitre.

– Le volant, j'ai crié, pourquoi il est à droite ?

Il n'a pas répondu.

– Allez, monte ! j'ai lancé.

Je lui ai proposé mon canapé pour la nuit. En échange il devait me raconter. Il a haussé les épaules, a demandé où était la cuisine. Et puis, le torchon sur l'épaule, le garçon aux yeux tristes s'est mis à parler.

36

Peyo pose sa fourchette, admiratif.

– Cheffe Clairemont, je m'incline !

– Tu as de la chance, j'ai pris des notes !

Il hoche la tête en silence, comme préoccupé. Puis disparaît dans la salle à manger et revient avec un menu qu'il étudie avec une application exagérée.

– Qu'est-ce que tu fais ?

– Je te cherche. Qui es-tu, Liz ?

– Qui je suis ?

Où veut-il en venir ? J'empile nos assiettes et les dépose dans l'évier.

– Il n'y a pas le début d'une réponse dans cette carte, grogne-t-il. J'y vois une cheffe appliquée, consciencieuse, douée. Mais je ne te vois pas, toi.

Il fait claquer le menu et le laisse tomber devant moi.

– Qu'est-ce qui te fait peur ?

Pour une raison qui m'échappe, mon cœur se met à battre plus vite. Le sang me monte aux joues.

– T'es brillante, Liz. Mais ta carte, là, elle part dans tous les sens. Bien sûr, elle est raffinée, inédite, créative. Une carte étoilée, ça va sans dire. Mais pour moi, elle ne vaut rien. Tu sais pourquoi ? Parce que cette carte, elle ne dit rien de toi.

Uppercut en plein ventre. Je me laisse tomber sur une chaise.

Il s'assoit près de moi, puis d'une voix chaude ajoute :

– Tu es capable de beaucoup mieux que ça.

37

Je me sens mise à nue. Vulnérable. Et cette sensation m'interpelle. J'ai besoin de marcher. De faire le point. Peyo a mis le doigt sur quelque chose.

Autour de moi, la campagne souletine. Les champs brillants de rosée me saluent. Le soleil se lève et caresse doucement les tournesols. Je m'arrête pour les admirer. Je suis tombée amoureuse de cette région. J'aime son côté brut et minéral. La solennité de ses montagnes. Ses forêts intactes qui me ramènent à la création du monde. J'aime sa force, son énergie, son authenticité. Ici, la nature me domine, et je me sens à ma place.

Peyo a raison. Cette carte ne dit rien, ni de celle que j'étais ni de celle que je suis devenue. Je me rends soudain compte que je n'ai jamais cuisiné que pour décrocher une étoile. Y mettant beaucoup d'efforts, mais finalement si peu de moi. À Paris, j'étais seule. Ici, quelque chose remplit mon âme. Ces trois mois passés ici m'ont transformée. Je me suis reconnectée aux gens, à la terre.

Je passe les jours suivants à sillonner la région. À m'imprégner de ses traditions, de ses savoir-faire, de ses saveurs, de ses odeurs. Le Pays basque semble intouché depuis les origines. Son terroir est si riche, je n'avais pas idée. Je fais la connaissance de pêcheurs, de paysans, d'éleveurs, de producteurs, de maraîchers, de vignerons, d'artisans. D'hommes et de femmes respectueux de leur héritage. Je goûte et savoure le thon rouge de Saint-Jean-de-Luz, le chipiron de Fontarrabie, l'agneau de Saint-Étienne-de-Baïgorry, le cochon de la vallée des Aldudes, la cerise d'Itxassou. Peyo m'accompagne. Notre itinéraire gourmand nous conduit du marché de Biarritz au château d'Espelette, des halles de Bayonne aux champs de Navarre, jusqu'à San Sebastián. La frontière ici n'a pas de sens. Les Basques ne sont ni français ni espagnols. Ils sont pyrénéens.

Un matin, je retrouve Peyo chez le vieux Mage. Il sirote son café en regardant les escargots qui lentement lui rappellent qu'il n'y a aucune urgence à vivre.

– Je voudrais te présenter quelqu'un, dit-il.

Nous roulons jusqu'à Tolosa. Dans ses hauteurs se cache un paradis verdoyant. Un quinquagénaire au visage bonhomme, sourcils épais et sourire contagieux nous accueille. Dans sa ferme, des vaches et des ânes. Un élevage paisible, consciencieux et respectueux de l'animal. Sa cabane ne paye pas de mine. Une pièce rustique, deux bancs, une table en bois brut. Ça sent le foin et le feu de cheminée. Xabi pose devant nous deux belles assiettes. Quelques carottes jeunes, des oignons grelots. Et de la *vaca*. Une viande de couleur sombre, grillée selon un savoir-faire ancestral. Son parfum me met l'eau à la bouche.

– Goûtez-moi ça.

Son œil brille, il est fier.

La viande fond lentement sur ma langue et exhale des saveurs douces. Le grain est unique, le persillé tendre. L'expression la plus aboutie de ce qu'il m'ait été donné de savourer jusque-là. Une merveille.

Xabi sourit. Sa raison de vivre se tient là. Dans le soin qu'il porte à son élevage et le bonheur qu'il nous procure. Nos trois âmes communient en silence. Peyo et lui ont en commun une retenue, un côté abrupt et sauvage qui me touche. Leur vie n'a de sens que dans cette harmonie entre eux et la nature.

Dans la chaleur de cette cabane perdue au cœur des montagnes, je comprends enfin ce que je suis venue faire ici. Prendre le temps de me retrouver. De me rencontrer. De renouer moi aussi avec la terre. Avec mes racines.

38

Une invitation en Euskal Herria. Un hommage au terroir et aux traditions de la terre basque. Voilà ce que je veux offrir aux hôtes de *Chez Germaine*.

En moi, une musique s'est remise à jouer. Cette musique qui m'avait guidée vers la cuisine quand je n'étais encore qu'une enfant. Elle s'élève à nouveau, plus forte que jamais, une symphonie mêlant mes souvenirs, mes douleurs, mes peines, mon histoire. Un rythme qui m'emporte et me transcende. Je fourmille d'idées, un festival d'arrangements, d'assaisonnements et de saveurs. Petits pois larmes grillés, bouillon de jambon, biscuit de ciboulette et toffee à l'oignon. Poulpe snacké, basquaise au confit de piments doux d'Anglet, confiture d'olives noires, crumble jambon-basilic. Ma créativité s'enflamme. Je ne pense plus qu'à ça. Me relève la nuit pour noter mes idées. Joue de porc confite à l'irouléguy. Homard bleu rôti aux olives, cannelloni de ses pinces et jus coraillé. Champignons des bois, crème de châtaigne, mousse à l'ossau iraty et croustillant au miel. Je me surprends à ouvrir de nouvelles voies, à découvrir de nouvelles directions. Toute mon âme est emportée.

Posté dans l'ombre, Peyo m'encourage et m'accompagne. Nous jouons ensemble une partition à quatre mains qui m'enchante. Dans ses yeux, quelque chose s'est rallumé. Pendant trois jours et trois nuits, nous nous laissons guider par nos sens. Les pieds sur terre, la tête dans les étoiles, plus rien n'a d'importance sauf l'histoire que racontent nos assiettes. Je cuisine à l'instinct, et ne me suis jamais sentie aussi bien. Dans l'intimité du restaurant, je retrouve le goût de la vie.

À l'aube du quatrième jour, affalés dans les fauteuils de la salle à manger, nous regardons le soleil qui lentement se lève sur les montagnes. Épuisés. Satisfaits. Devant nous, les reliefs d'un agneau de lait des Pyrénées, son émulsion yaourt au piment d'Espelette, ses herbes folles et panoufles.

– Liz Clairemont, c'est un honneur de vous rencontrer enfin.

Dans sa voix, quelque chose comme de la gratitude.

– Je vous retourne le compliment, chef Mendoza.

Il fait glisser son doigt sur un reste de sauce et le met dans sa bouche avant de hocher la tête.

– Y a plus qu'à choisir ce qui sera au menu, lance-t-il.

J'allume la radio. Un air de jazz emplit la pièce. J'ai la tête encore pleine d'idées, de recettes, de saveurs. Et pas envie de choisir. La carte, entre tradition et modernité, évoluera selon les arrivages. Les saisons. Et nos envies.

Je me lève et saisis l'ardoise. Sous « Menu » j'écris à la craie : « Vous verrez bien. »

Peyo applaudit.

– Et la bonne nouvelle, dis-je, c'est qu'on va s'occuper du service nous-mêmes.

Son sourire s'évanouit.

– Du service ?

– Du service ! Qui mieux qu'un chef peut parler de ce qu'il y a dans l'assiette ? Raconter la *vaca*, Xabi, le paradis de montagne, la cabane, le feu de bois ? L'agneau de lait de Jeanine et Daniel qui paît au bord de la rivière des Aldudes ? Les fromages du troupeau d'Estebe, ses brebis manechs à tête noire, et le soleil qui les caresse là-haut sur le plateau de Kontrasuro ? Le vieux Mage et ses escargots ? Pour ça, il faut supprimer la frontière entre la cuisine et la salle. Travailler à ciel ouvert, en toute transparence et sans filet. Une cuisine au plus près de l'ingrédient, du geste, de la terre et des hommes qui la façonnent.

Dans le regard de Peyo, une étincelle. Qui lui va bien.

– Et ça ?

Il désigne du menton la salle à manger. Les tables rondes, leurs pieds laqués, les fauteuils en noyer modernes. Les nappes et serviettes blanches en coton égyptien. Les soliflores en verre de Murano. Je repense à la cabane de Xabi. Tout ce décorum me semble soudain bien superflu. D'un coup sec, je tire sur les nappes immaculées. Les roule en boule et les jette dans un coin. J'enlève les vases. Décroche les tableaux. Déchire les menus en papier vélin.

Ne restent que les tables en bois brut. Et quelques grains de poussière dorés qui dansent dans un rayon de soleil.

– Il n'y a plus qu'à trouver une équipe…, conclut Peyo, satisfait.

Ça tombe bien, je viens d'avoir une idée.

Balthazar

Je n'avais pas terminé mon assiette que je savais déjà ce que j'allais faire des clefs. Celles de la voiture. Et celles de Germaine.

– C'est quoi ton nom ? j'ai demandé.

Pierre Mendoza vivait dans sa voiture. Il n'avait plus rien et peu lui importait. Il se laissait couler, résigné, abattu. Il avait perdu la partie. Plus personne ne l'attendait nulle part et l'obscurité l'appelait. Il résistait tant bien que mal. Jusqu'à quand ?

– J'ai quelque chose à te montrer, j'ai dit le lendemain matin au réveil.

Il m'a suivi. Après tout, qu'aurait-il pu faire d'autre ? J'ai fait rugir le moteur de la Pontiac et pris la route qui sinuait jusqu'à Mauléon.

– Mauléon ? il s'est étonné.

– Tu connais ?

Évidemment qu'il connaissait. Et mieux que personne. Pourtant, ça faisait quinze ans qu'il n'y était pas revenu.

Il n'a pas dit un mot du trajet. Perdu dans ses pensées. Rien ne l'impressionnait plus. J'ai garé mon bolide devant la bâtisse abandonnée. Je n'étais venu qu'une fois, après ma rencontre avec Germaine. Les volets étaient fermés. La terrasse déserte. Mais la vue me plaisait.

Il est sorti de la voiture sans entrain. M'a suivi à l'intérieur.

– C'est votre restau ? il a demandé.

– Non, c'est le tien.

Il s'est retourné. Surpris. Et a soupiré.

– Laissez tomber.

Il a enfoncé les mains dans ses poches. M'a souhaité une bonne journée.

– Peyo, attends !

– Vous fatiguez pas, ça m'intéresse pas.

Le temps que je referme la maison et que je monte dans la voiture, il était déjà loin. J'ai ralenti en arrivant à sa hauteur.

– Peyo, écoute-moi.

Pourquoi j'ai insisté ? Quelque chose chez lui m'avait touché au cœur. Peut-être voyais-je en lui l'occasion d'une rédemption. J'avais deux, trois trucs à me faire pardonner.

– Balthazar, c'est gentil d'avoir pitié de moi, mais vous ne me devez rien.

– Toi, si.

En lui parlant de cuisine, j'avais failli le perdre. Peyo n'avait aucune envie de renouer avec son passé. La gastronomie et lui, c'était terminé. Et je ne pouvais pas le lui reprocher. Pourtant, la vie de ce garçon ne tenait plus qu'à un fil et je savais d'expérience que le travail serait sa seule planche de salut.

– Si tu veux éponger tes dettes et espérer un jour récupérer ta voiture, tu vas devoir travailler pour moi. Je ne te demande pas de la grande cuisine. Juste le minimum. Un service par jour au déjeuner pour les gens du coin.

Il va de soi que je n'avais pas besoin de cet argent. Même la machine à pop-corn du vieux cinéma de Biarritz me rapporterait davantage que ce restaurant.

Il m'a fixé longuement. De ses yeux bleus qui en avaient trop vu. Pas bien certain des raisons qui me poussaient à lui tendre la main. Faut dire que même moi je ne voyais pas clair dans mon jeu. Qu'est-ce que j'attendais de cet homme ? Qu'il s'accroche. Qu'on lutte ensemble. Une sorte de pacte avec le destin. Un prêté pour un rendu. S'il s'en sortait, je me disais que j'avais une chance de retrouver ma fille un jour.

39

– C'est ça ton idée ?

Devant nous, Léonie et Augustine attendent nos instructions.

– T'as une autre solution ?

Il nous reste une semaine. Sans aide, nous n'y arriverons pas.

– Vous pouvez compter sur nous, chef ! s'exclame Augustine, les yeux brillants d'émotion.

Peyo hoche la tête, résigné. Et leur tend à chacune un oignon et une planche à découper.

– Alors, au boulot.

Nous passons les jours suivants à les former. Répétant à l'infini les mêmes gestes. De l'aube jusqu'aux heures avancées de la nuit, nous épluchons, coupons, parons, assaisonnons, ficelons, bardons, blanchissons, concassons, mijotons, vannons. Crépinons, poêlons, décortiquons, hachons, déplumons. Délayons, pochons, rectifions, dégraissons, embrochons, effilons. Émondons, étuvons, garnissons. Les deux sœurs sont concentrées à l'extrême. Et dégourdies. La première dresse une assiette comme personne. La seconde vous débite un paleron de bœuf en moins de temps qu'il n'en faut pour le dire.

Elles ont beau ne plus être très jeunes, elles ne montrent aucun signe de découragement. Penchées l'une sur la rôtisserie, l'autre sur des légumes qu'elle façonne avec minutie. Toque sur la tête, chignon impeccable, tablier autour des hanches, elles se disputent pour un rien, mais sont prêtes à tout. Dès que l'une fatigue, l'autre prend le relais. Elles se comprennent sans avoir besoin de parler. Je suis émue par l'attention qu'elles se portent l'une à l'autre. Un pas de deux solidaire, délicat et silencieux.

De jour en jour, leurs mouvements se font plus précis. Presque automatiques. Nous ne laissons rien passer. Et elles apprennent vite.

– Léonie, les écrevisses ! C'est trop long !

– Oui, cheffe !

Son regard croise celui de sa sœur. Qui sourit. Je repense au soir où Augustine m'a raconté leur rêve d'enfants. Celui d'ouvrir un jour un restaurant ensemble. Un rêve broyé par une mère qui manquait d'imagination ou de bienveillance. Les voilà aujourd'hui, à l'aube de leur soixante-dixième anniversaire, en train d'écrire leur histoire. Et cette idée me procure une joie immense. Leur présence ici fait du sens. Je n'ai pas oublié les mots de Rosa : « Le sens, ma Liz, c'est ce chemin-là qui mène au bonheur. »

40

Répétition finale. Cernées, tendues, concentrées, les bras chargés d'assiettes, Augustine et Léonie sont sur le pont.

Autour de la table, les filles gloussent, excitées. La plupart d'entre elles ne vont jamais au restaurant. Elles se sont faites belles. Se tiennent droites, parlent doucement, soucieuses de ne pas dépareiller dans le décor.

Peyo et moi déposons devant elles nos créations du jour. Nous racontons les ingrédients, leur origine, l'émotion qui nous a guidés en les cuisinant. Elles nous écoutent, fascinées, dans un silence recueilli.

Dès la première bouchée, leur visage s'illumine. Sur leurs papilles, la délicatesse d'une raviole tricolore aux parfums des sous-bois. L'inattendu d'une côte de porc au café. L'éblouissement d'un ris de veau fermier rôti à la citronnelle. Elles n'en finissent plus de s'émerveiller.

Je les observe depuis la cuisine. Aussi émue qu'elles. Un crépitement monte du creux de mon ventre jusque dans ma gorge. Leurs confidences sur leurs passés et les raisons qui les ont conduites chez Rosa me reviennent en écho.

Ces filles-là méritent qu'on prenne soin d'elles. Qu'on les gâte. Qu'on cuisine pour elles comme on cuisinerait pour la reine d'Angleterre.

Peyo perçoit mon trouble. Il pose une main sur mon épaule.

– Ça vaut toutes les étoiles du monde, pas vrai ?

Au centre de la tablée, Rosa et Nana rayonnent, complices. On dirait deux vieilles amies. Je regrette que Gwen ne soit pas là pour partager ce moment avec nous. À soixante kilomètres de là, la Bretonne veille sur son étoile à elle. Qui menace de s'éteindre d'un moment à l'autre.

– Des nouvelles ?

Peyo secoue la tête, navré. Je jette un œil inquiet à la pendule. Et murmure une prière. Si Dieu existe quelque part, il est temps pour lui de se manifester.

– Pour finir, le chef vous propose une douceur sucrée, entonne Léonie. Un soufflé chaud à l'abricot, son parfait à l'huile d'olive et thym-citron accompagné de sa glace au touron.

Toque sur la tête, tablier immaculé, Basilio fait son entrée. Sur son chariot trônent une douzaine de cocottes en fonte miniatures surmontées d'un dôme doré. Une merveille qui embaume les cuisines et me fait saliver.

– Bo…bonne dégustation, murmure le jeune pâtissier cramoisi avant de disparaître.

– Basilio, attends !

Quand je le rejoins, il est adossé à un mur, le front en sueur. Je pose ma main sur son bras.

– Ne t'inquiète pas. Je te promets que tout va bien se passer.

Soudain dans la salle, une clameur. Bientôt accompagnée du fracas des couverts frappant les tables en rythme. Les filles scandent :

– Basilio ! Basilio !

Il lève de grands yeux effarés vers la porte, comme s'il s'attendait à ce qu'un taureau déboule dans la cuisine. Avoir autant de talent et si peu confiance en soi, ça pourrait me surprendre si ça ne m'était pas familier. Je fais un geste en direction de la porte et l'encourage. Il prend une grande inspiration, lisse son tablier, ajuste sa toque et, ses grands yeux rivés aux miens, il dit, sans bégayer :

– Merci d'avoir cru en moi.

Balthazar

Un jour, le détective a appelé. Il tenait quelque chose. J'ai griffonné l'adresse sur une carte à jouer et j'ai sauté dans la Pontiac. Il faisait nuit quand je suis arrivé. J'ai garé mon bolide sous le lampadaire d'une ruelle pavée qui grimpait vers le Sacré-Cœur. Devant moi, un immeuble défraîchi de trois étages. Une fenêtre brillait sous les toits. J'ai éteint le moteur. Rassemblé mon courage et tenté de calmer les battements de mon cœur.

Soudain, des cris. Sur le trottoir d'en face, un groupe de jeunes qui bousculent une femme. Elle tente de se défendre, ils se moquent d'elle en riant. S'emparent d'un gros sac-poubelle qu'elle tient serré contre elle et le vident au sol sans ménagement. La pauvresse se jette à terre, l'un des garçons lui envoie un coup de pied dans les côtes.

– Arrêtez ! j'ai crié en me précipitant vers eux.

Ils sont partis en courant, renversant au passage le chariot de la femme qui tremblait de tous ses membres.

– Ça va, madame ?

Elle n'a pas répondu. J'ai ramassé son caddie. À l'intérieur quelques livres, un châle, un bonnet usé, une paire de lunettes fêlées et un flacon de *Shalimar*. Le parfum que portait Romy quand nous nous étions rencontrés. Quel âge avait-elle ? La cinquantaine peut-être ?

– Madame ? Vous êtes blessée ? j'ai répété.

Elle a secoué la tête. Levé ses grands yeux vers les miens et souri tristement, un petit sourire qui voulait dire : « Merci, merci beaucoup, vous m'avez sauvé la vie. » Elle a ramassé tous ses bagages et puis elle s'est installée sous le lampadaire. A déplié une couverture au sol, sorti une boîte de chocolats et un sachet de pop-corn. Puis elle m'a regardé, comme si elle attendait que je me mette à parler.

– Vous vous appelez comment ? j'ai demandé.

Elle a fouillé dans un cabas en plastique et en a tiré un roman de Zola qu'elle m'a tendu.

– Salut, Nana, j'ai dit, moi c'est Balthazar.

Elle m'a souri, dévoilant une rangée de dents incomplète. Elle avait un je-ne-sais-quoi de lumineux, de sauvage et de gracieux à la fois. Ça m'a plu. Je ne sais pas pourquoi, peut-être à cause de la douceur qui émanait de sa personne, toujours est-il que j'ai tiré la carte à jouer de ma poche et la lui ai tendue.

– C'est à cette adresse qu'habite ma fille.

Elle m'a dévisagé d'un air soucieux. Puis elle a tapoté la couverture près d'elle. Je me suis assis. Ai déposé entre nous le bouquet de fleurs que j'avais acheté à la station-service. Quelques tulipes pour me tenir compagnie quand je sonnerais à la porte de Liz, le cœur au bord des lèvres. Je m'étais imaginé cent fois nos retrouvailles, et tout à coup j'avais peur.

– Vous la connaissez ? j'ai demandé.

Elle a haussé les épaules, peut-être bien que oui, peut-être bien que non. J'ai détaillé la façade. L'atelier d'artiste qui occupait le rez-de-chaussée. La volée d'escaliers qui menait à la basilique. Et la petite brasserie aux volets fermés devant lesquels paradaient quelques géraniums. Ainsi c'était son décor ? Depuis quand ma fille habitait-elle ici ? Sur la dernière photo que j'avais reçue, elle avait huit ans. Une petite blonde au sourire timide, cachée derrière sa mère. Quelle femme était-elle devenue ? Elle aurait trente-cinq ans dans un mois. Tant d'années passées loin d'elle.

J'ai jeté un œil à ma montre. Il était minuit passé. Trop tard pour sonner à sa porte. Pour l'inviter à dîner. J'ai tiré une cigarette de ma poche, en ai proposé une à Nana, qui a refusé. Et puis les yeux rivés à la fenêtre éclairée, j'ai raconté. Parce que ça me faisait du bien de parler d'elle. Parce que ça me réconfortait. Comme je l'avais fait avec le jardinier aux ongles noirs et à l'odeur d'herbe coupée, j'ai enfilé les souvenirs. L'atelier d'espadrilles. Le bébé dans sa grenouillère rose. Nos tête-à-tête furtifs dans la montagne. Les retrouvailles avec Romy. Les lettres. Les articles du journal qui lui étaient dédiés. Et l'absence.

Nana ne disait pas un mot. M'écoutait de ses grands yeux pleins d'étoiles. Posait sa main sur mon bras quand une larme roulait sur ma joue.

Quand l'aube s'est levée, elle s'était endormie, le menton sur sa poitrine, lovée dans un grand châle à fleurs. Les lampadaires se sont éteints. Un rayon de soleil a caressé les pavés parisiens. Je me suis vu assis par terre, mon costume froissé, mes tulipes en berne. Qu'allais-je bien pouvoir dire à Liz ? Je ne voulais pas l'effrayer ni prendre le risque de la perdre à nouveau. Comment la convaincre que j'étais son père ? Je n'avais aucune preuve. Pas même une lettre où Romy aurait mentionné le lien qui nous unissait. J'étais au mieux un ami, au pire un vieux fou.

J'ai soupiré, la gorge nouée. Ai laissé près de Nana mon bouquet et quelques billets. Et sur le valet de pique qui m'avait guidé jusqu'ici, j'ai griffonné mon adresse et mon numéro de téléphone. En ajoutant un mot où je lui demandais de veiller sur ma fille. De me prévenir s'il y avait quoi que ce soit. Je ne savais pas encore comment, mais un jour nous allions nous retrouver. Et celle qui allait m'y aider, c'était Nana.

41

– Cigarette ?

Je me retourne, Etchegoyen me tend son paquet.

Dans une heure, les invités seront là. Tout est prêt. Ou presque. Basilio tremble de tous ses membres. Un fracas de plats qu'on renverse et de spatules qui lui glissent des doigts nous parvient du coin pâtisserie où il s'active depuis la veille. A-t-il dormi ? J'en doute. Les jumelles, quant à elles, ne cessent de s'invectiver. Sans doute le vieux dandy perçoit-il mon inquiétude car il dit :

– Ça va aller.

Il porte pour l'occasion un feutre gris piqué d'une plume jaune qui fait écho à ses yeux dorés. S'en échappent quelques mèches blanches qui disparaissent dans le col relevé d'une chemise à jabot et lui donnent un style formidable.

Il se met à pleuvoir. Quelques gouttes d'abord que nous tentons d'ignorer, mais qui se transforment en un grain lourd et dense.

– Ça faisait longtemps…

– J'aime bien quand il pleut, lance-t-il, le regard perdu vers l'horizon.

Au loin, un éclair. Les Pyrénées illuminées.

– Ma mère aussi aimait la pluie. On habitait sous les toits, alors…

Ma phrase flotte dans l'air. Pas le courage de la terminer. Je prends une dernière taffe très longue, imbibant mes poumons de nicotine.

– J'ai confiance en toi, dit-il. L'essentiel c'est de se fabriquer des souvenirs.

Quelque chose m'interpelle mais je suis trop tendue pour m'y arrêter.

– Merci, monsieur.

– Balthazar.

– Vous allez finir par me dire qui vient ce soir ?

Il hausse les épaules.

– Quelques amis.

Pourquoi tant de mystère ? Cherche-t-il à me préserver ? J'ai l'estomac noué. *Ce n'est qu'un dîner*, je me répète. *Juste un dîner.* Pour m'en convaincre ou pour faire plaisir à Peyo, j'ai laissé mes comprimés à la maison. *Quelle idiote !* Soudain, je n'ai plus qu'une obsession, en jeter un sous ma langue. Je m'apprête à courir vers ma voiture quand une berline s'avance. La vitre arrière s'ouvre sur un front dégarni, un sourire jovial et un nœud papillon.

– Et alors, Etchegoyen ! Qu'est-ce que c'est que ce trou paumé ?

Il éclate d'un rire franc. Le rire d'un homme qui a conquis le monde. J'ouvre de grands yeux étonnés. Celui qui sort à présent de la voiture et s'apprête à dîner chez *Germaine*, c'est Didier Renard de la Comédie-Française. Que vient-il faire ici ?

Etchegoyen, tout sourire, s'empresse de l'accueillir comme un vieil ami.

– En avance ! Comme toujours !

Je disparais en cuisine. Et saisis le téléphone. Gwen décroche dès la première sonnerie.

– Comment va-t-elle ?

– On a vu mieux.

Mon cœur se serre. J'aimerais pouvoir la décharger de tout ce chagrin, de toute cette angoisse. La Bretonne tient bon, mais je sens qu'elle met ses dernières forces dans la bataille.

– Ils cherchent toujours un donneur. Tiens, je te passe quelqu'un.

– Liz ?

Cette toute petite voix. Dans le combiné, un rayon de soleil qui éblouit toute la cuisine.

– Bonjour, ma puce.

Je lui donne des nouvelles de Monsieur Gris, de Swing et de Peyo. Du potager, des vers de terre, des fleurs et des oiseaux. Lui parler me fait du bien. L'entendre, c'est reprendre espoir.

– Quand tu reviendras, on ira chez M. Mage. Les escargots t'attendent. D'ici là, tu prends soin de ta maman, d'accord ?

Elle raccroche et je garde le combiné serré contre mon oreille. J'ai le cœur lourd. J'aimerais être près d'elles. Mais

Gwen a insisté : je dois m'occuper du dîner d'Etchegoyen. Pour elle, qui aurait tant aimé être avec nous.

J'enfile mon tablier. Le noue d'un geste appliqué. Pose la toque sur ma tête. Et prends une grande inspiration.

Dehors, les berlines se succèdent sous les trombes d'eau. Je les observe depuis la fenêtre. Tétanisée. Parmi les invités, je reconnais des journalistes. Un magnat du luxe. Un ministre. Et même l'ancien directeur du *Michelin*. Tous de fins gourmets. Des gourmets si passionnés qu'ils ont fondé un club. Et pas n'importe lequel.

Faut que je m'assoie. La tête me tourne. Au loin, l'orage gronde.

– Qu'est-ce qu'il t'arrive ? me lance Peyo depuis les fourneaux. T'as vu la mort ou quoi ?

Etchegoyen a convoqué le Club des cent. Des membres illustres parmi lesquels des grands noms du cinéma, de la politique, des affaires, des médias. La liste est confidentielle. Comment Etchegoyen a-t-il réussi à en être ? Mais surtout, pourquoi ne m'a-t-il rien dit ?

– Le Club des cent…

Je n'ai pas le temps de terminer ma phrase qu'ils lèvent leur verre à la santé d'Etchegoyen.

– Bon appétit et large soif ! s'écrie l'assemblée.

J'ai le vertige. Ces gens-là ont l'habitude des tables prestigieuses. Du service cinq étoiles, des nappes blanches et des soliflores. Que vont-ils penser ?

Soudain un éclair illumine la pièce et s'abat sur le restaurant dans un bruit assourdissant, nous plongeant brutalement dans le noir. On dirait que la terre s'ouvre en deux, que la maison va s'effondrer.

Puis le silence.

Un rayon de lune caresse les équipements en inox. Je distingue à peine nos silhouettes dans la pénombre. À tâtons, je tourne les boutons d'allumage des plaques. Rien. Dans la poêle, les tranches de foie gras inertes.

– Le courant ! On n'a plus de courant !

Dans le restaurant, tout fonctionne à l'électricité. Des fours aux frigos, des plaques à induction au chauffage. Un cauchemar. Je tente de calmer l'angoisse qui cisaille mon ventre.

Tout à coup, une allumette qu'on craque. Le visage de Peyo surgit de l'ombre. Puis une silhouette surmontée d'un chapeau à plume. Balthazar Etchegoyen.

– J'ai essayé de remettre les plombs, mais rien à faire.

Dehors, il fait un froid terrible.

– Augustine, fermez les portes de la salle à manger, j'ordonne. Il faut garder la chaleur !

Pour le reste, comment assurer le repas ? Mon cœur bat à tout rompre. Je fais l'inventaire de ce que nous avons en réserve. Dans mon esprit, les idées se bousculent. Je ressors du garde-manger les bras chargés de tomates, de poisson, de vanille, de coriandre.

– On part sur un tartare de daurade, mangue et tomates, je lance d'une voix forte. Léonie, préparez-moi ces mangues ! Augustine, la daurade !

– Oui, cheffe !

Peyo me jette un coup d'œil. Comme le mien, son cerveau tourne à cent à l'heure.

– Gazpacho…

– De courgettes ?

– Au curcuma !

Il disparaît à son tour dans le garde-manger. La tension me vrille les tempes. Côté pâtisserie, Basilio, livide, fixe le four éteint.

– Les soufflés…

Je repense à l'acharnement qu'il a mis ces dernières semaines à élaborer ses desserts. Tous nécessitent un four, au mieux une casserole sur un feu.

– Du cru, Basilio. Il nous faut du cru. Pas de cuisson. Je sais que tu en es capable. Montre-leur ce que tu vaux !

Basilio me fixe un instant. Puis son visage s'illumine.

– Oui, cheffe !

Il met son casque sur les oreilles. Me parviennent des notes étouffées de hard rock poussé à plein volume. Il aligne devant lui de la faisselle, du sucre, des citrons.

– C'est bon pour les mangues, cheffe ! crie Léonie depuis l'autre bout de la cuisine. Je passe aux tomates !

Je me mords les lèvres, concentrée. Fais défiler dans ma tête légumes, viandes, épices. Assemble les saveurs, réinvente les mariages. À ma grande surprise, l'urgence et la contrainte décuplent ma créativité.

Coup d'œil à la salle. Les bougies diffusent une atmosphère douce et chaleureuse qui contraste avec la tension en cuisine. Les invités rient, amusés par cette ambiance de fin du monde. La pluie s'abat sur les fenêtres dans un bruit assourdissant. Etchegoyen remonte de la cave, les bras chargés de vins. Le Club des cent l'acclame.

– Messieurs, nous allons devoir faire preuve d'un peu de patience !

Dans la cuisine, le froid s'insinue sous les portes. Les silhouettes s'activent dans l'ombre, sans relâche, éclairées par les petites flammes qui vacillent ici et là. Peyo et moi reprenons notre pas de deux familier. Je goûte, il corrige, j'invente, il rebondit. Léonie et Augustine sont à nos ordres. Anticipant nos demandes, plus agiles que jamais.

– Là ! On tient quelque chose !

Je jette la cuillère dans l'évier. M'empresse de noter la recette. Sitôt un plat validé, les jumelles s'attellent à le répliquer. Plus professionnelles que jamais. Nous marchons sur un fil. Pas le temps d'hésiter. Peyo et moi cuisinons à l'instinct. Convoquant l'inspiration qui nous a emportés ces dernières semaines. Retouchant certains plats. En composant d'autres. Carpaccio de Saint-Jacques revisité à la basque, ciboulette et noisettes de nos forêts. Tartare de bœuf d'Euskal Herria. Pas question de faire de concessions sur la ligne que nous nous sommes fixée. Cuit ou cru, la règle est la même : sublimer le produit, rendre hommage à la terre.

Soudain, Peyo s'immobilise. Blême.

– Les escargots !

Je n'ai pas le temps de comprendre, qu'il a déjà disparu. Le ronronnement de sa moto s'évanouit au loin. Et à nouveau, un coup de tonnerre.

Quoi, les escargots ? Je revois Nine déposer dans nos paumes jointes une coquille colorée. L'élevage de gros-gris du vieux Mage…

– Continuez comme ça, je reviens ! je lance en attrapant ma veste.

Léonie se décompose.

– Mais, cheffe…

– Je vous fais confiance !

Je saute dans ma voiture. On ne voit pas à deux mètres avec les rideaux d'eau qui s'abattent sur le pare-brise. Tout est éteint. Pas une seule maison pour éclairer la nuit. Je pile enfin devant la vieille grange. Tire de la boîte à gants une lampe torche et cours à travers le champ détrempé, manquant de m'étaler sur une pierre. Je finis par rejoindre la parcelle de navettes, à bout de souffle. Mes cheveux ruissellent sur mon visage.

– Fais attention ! Ils sont partout ! crie Peyo en me voyant approcher.

Son tablier blanc brille sous la lune pleine. Sa grande silhouette courbée, un seau à main. Et autour des escargots. Des milliers d'escargots. Qui se font la malle. La clôture électrique a lâché et l'un d'eux a lancé le signal. Un troupeau de gastéropodes se carapate vers les hautes herbes. Des fugitifs baveux qu'il nous faut ramener au bercail au plus vite.

– Et la clôture ?

Une rafale de vent emporte ma question.

– Elle fonctionne à nouveau ! Mage vient de la brancher sur un générateur !

Les bestioles partent dans toutes les directions. J'attrape un baquet. Le cale sous mon bras avant de me précipiter vers les champs. Ramasse les coquilles une à une aussi vite que possible.

– Dépêche ! Ils se barrent ! s'exclame Peyo en essuyant l'eau qui lui coule dans les yeux.

Je ne pense plus qu'à Nine. Rassembler ces coquilles en cavale, c'est lui faire la promesse qu'elle va s'en sortir. Qu'elle reviendra chez le vieux Mage pour parler aux demoiselles. Peu importe le dîner, le Club des cent, le restaurant. La seule chose qui compte en cet instant, c'est elle.

Mon baquet est plein. Les escargots grimpent sur mes mains, mes bras. Impossible de les retenir. Je cours vers l'enclos. En retour, le vieux Mage me tend un seau vide. Je distingue son regard affolé sous la capuche de son imperméable.

– Et les invités ? crie Peyo entre les gouttes.

– Ils attendront !

Nous faisons des dizaines d'allers-retours entre les prés et l'enclos. Recroquevillés sur les escargots qui, encouragés par la pluie, s'éparpillent en tous sens.

Je finis par me laisser tomber sur une pierre. Trempée, le dos cassé. Peyo me rejoint. Des escargots ont réussi à prendre la tangente, mais nous avons ramassé le plus gros.

– Merci…, dit le vieux Mage.

Dans sa voix, une émotion palpable.

– Je n'y serais jamais arrivé sans vous.

Ses mains qui tremblent, son pantalon usé. On lui donnerait cent ans. Mon cœur se serre.

La pluie s'est enfin arrêtée. Le vent a chassé les nuages. Au-dessus de nous, la voûte céleste illuminée. Je reprends mon souffle sans quitter le ciel des yeux.

– Ça en fait des étoiles…

Peyo hoche la tête.

– Et celles-là, personne ne pourra nous les enlever.

Il me tend la main.

– Allez viens, on va leur montrer de quoi on est capables.

42

Le service a duré quatre heures. Quatre heures de va-et-vient entre la cuisine et la salle. À préparer, dresser, servir. À donner tout ce que nous avons d'énergie, de passion et de créativité pour éblouir les papilles de trente gourmets passionnés. Tout ça à la bougie, sans appareils de cuisson ni chauffage.

– Où sont-ils ? tonne une voix depuis la salle à manger.

Les portes battantes s'ouvrent sur le visage réjoui de Didier Renard. Je pose mon balai. Les jumelles leurs éponges.

– Chefs, lance-t-il avec la grandiloquence qui l'a rendu célèbre, je me souviendrai de ce dîner jusqu'à la fin de ma vie !

À ses côtés, Etchegoyen rayonne. À croire que c'est lui qu'on félicite.

– Ce qu'il s'est passé ce soir est proprement extraordinaire. La violence de cette tempête était à la mesure de votre génie.

Un silence. Dans la cuisine, un soulagement palpable.

Il se tourne vers les jumelles et Basilio.

– Ces compliments valent aussi pour vous.

Peyo dépose une pile d'assiettes propres sur le passe et dit :

– Tout ça, c'est grâce à la cheffe Clairemont.

Didier Renard m'observe. Je rougis, mal à l'aise.

– Cheffe Clairemont, promettez-moi de ne jamais douter de votre talent. Je parle au nom de tous ceux qui ont dîné ici ce soir. Vos détracteurs ne détiennent pas la vérité. Et le monde de la gastronomie a besoin de femmes comme vous.

Etchegoyen raccompagne son hôte. Juste avant de passer la porte, il se retourne et me fait un clin d'œil.

Sitôt qu'ils ont disparu, la cuisine explose en cris de joie. Les deux sœurs, euphoriques, ont les larmes aux yeux. J'ai du mal à mettre des mots sur les émotions qui m'assaillent. De la fierté, du bonheur, mais surtout de la gratitude. Une gratitude immense envers eux, mais aussi envers le destin qui m'a conduite jusque-là. Envers ces âmes cabossées et généreuses, unies par leur passion de la cuisine, capables d'enchanter les grands de ce monde. Qui l'aurait cru ?

Soudain, le téléphone sonne. Je décroche. Au bout du fil, Gwen, secouée de sanglots.

43

– Ils ont trouvé un donneur.

L'opération aura lieu dans deux heures. Gwen est terrorisée.

Depuis deux semaines, nous nous relayons au chevet de Nine. Peyo, Rosa, Nana, Augustine, Léonie, les filles, moi, chacun donne de sa présence, de sa tendresse. L'un cuisine tandis que l'autre s'occupe du linge. Apporte des fleurs. Des livres. Des jouets. Tentant comme il le peut d'éclaircir le quotidien de la petite, mais aussi d'alléger l'inquiétude de sa mère.

Peyo et moi arrivons à l'hôpital. Dans le couloir blafard, Nana et Rosa attendent. Deux petites silhouettes fragiles et recueillies. Main dans la main, elles prient en silence. Rosa s'effondre dans les bras de Peyo. Je prends une grande inspiration et entre dans la chambre.

– Liz…

En me voyant, Gwen fond en larmes. Elle est aussi épuisée que paniquée. Je la serre contre moi.

– Ça va aller. Je te promets que ça va aller.

Je répète ça comme une incantation. Gwen fait durer

notre étreinte. Sous mes mains, ses omoplates saillantes. Elle a maigri. Son visage creusé par la fatigue n'accueille plus de sourire, sauf quand la petite se réveille. Dans ces moments-là, elle s'illumine. Lui chante des chansons, raconte des histoires, fait parler Diego, ventriloque de fortune, clown infatigable qui s'éteint sitôt que Nine referme les yeux.

Près du lit, le docteur Méli attend que Gwen reprenne son souffle. Patient, bienveillant, il partage sa peine.

– Quelles sont ses chances ? je murmure.

Il secoue la tête. La science n'est pas infaillible. Seul l'espoir l'est. Alors il faut espérer. Supplier les anges, l'univers, n'importe qui ou quoi pourvu qu'on nous prouve que la justice existe. Que les petites filles au cœur fragile peuvent être sauvées.

Le médecin fait signe à l'infirmière de préparer l'enfant. Il n'y a pas de temps à perdre.

Trois coups discrets à la porte.

– Entre, Basilio.

Gwen esquisse un sourire à travers ses larmes.

Ces dernières semaines, les visites quotidiennes du commis ont redonné quelques couleurs à la jeune Bretonne. Je l'ai surprise quelques fois à guetter l'horloge. À se recoiffer. Le rouquin arrivait avec son air gauche, ses oreilles décollées et une boîte en carton remplie de pâtisseries. Escargots en pâte d'amande, dragons en sucre, tout un bestiaire gourmand et fabuleux qu'il déposait près de Nine. Et puis, profitant du sommeil de la petite, ils partaient marcher ensemble dans le parc qui entoure l'hôpital. De la fenêtre, il m'arrivait de les apercevoir. Au milieu des grands arbres qui veillaient sur eux, sous le ciel bas et lourd des après-midi d'automne, Basilio écoutait Gwen et la consolait. À croire qu'il savait trouver les mots mieux qu'aucun d'entre nous. Le jour où elle lui a pris la main, j'ai détourné la tête, les abandonnant à leur tendresse. Heureuse que la jeune femme accepte de s'appuyer sur l'épaule qu'il lui offre.

– Liz ?

La voix douce de ma toute petite.

– Ma chérie ?

Je caresse ses cheveux. Réajuste le drap sur sa poitrine où se rejoignent des électrodes.

– Le docteur a dit qu'on allait me donner un nouveau cœur.

Je la laisse parler. Soucieuse de ne pas en dire trop.

– Où est-ce qu'ils l'ont trouvé ce cœur ? demande-t-elle.

J'hésite. Faut-il lui avouer que pour qu'elle vive, un autre a dû mourir ?

– Quelqu'un qui n'a plus besoin du sien va te l'offrir.

Dans les grands yeux de Nine, mille questions : ce cœur va-t-il lui être livré avec tout ce qu'il contient de tendresse, de souvenirs, de regrets ? Se réveillera-t-elle avec de l'amour à revendre pour des inconnus ? Et si on lui greffait un cœur brisé ?

Je la rassure. On ne prendra qu'un cœur généreux. Pas un cœur d'artichaut. Ni un cœur en miettes. Un cœur de lion, certainement pas un cœur de pierre. Et puis s'il ne lui convient pas, elle aura toujours une place dans le mien.

– Et Swing ? Il est où ?

Le petit singe l'attend dans la maison aux volets bleus. Lui aussi a le cœur gros. Il ne quitte plus sa chambre et patiente, enroulé dans un pull de l'enfant oublié sur un fauteuil. Quand je rentre, il m'interroge de ses yeux ronds. Est-il possible qu'il ait compris ce qu'il se passait ? Qu'il ait pu deviner ce qui nous attendait ?

Gwen, les yeux rouges, prend la main de sa fille, la porte à ses lèvres. Étouffe un sanglot. Alors dans le calme de cette petite chambre où flottent l'espoir, le chagrin et l'angoisse, je raconte à Nine une histoire d'escargots. D'escargots qui s'en vont dans le soir. Un très beau soir d'automne.

Nine est rivée à mes lèvres. Ses grands yeux d'enfant plongés dans les miens.

– Mais voilà le soleil, le soleil qui leur dit : « Reprenez vos couleurs, les couleurs de la vie. »

Le docteur revient, nous fait signe qu'il est temps. J'acquiesce d'un signe de tête.

– Alors toutes les bêtes, les arbres et les plantes se mettent à chanter. À chanter à tue-tête la vraie chanson vivante, la chanson de l'été.

Une infirmière la soulève, aussi légère qu'une plume, et l'installe sur un brancard.

– Et tout le monde de boire, tout le monde de trinquer. C'est un très joli soir, un joli soir d'été.

Près de la porte, Rosa, Peyo, Basilio et Nana entourent Gwen de toute leur tendresse. « Nous sommes là, disent leurs mains nouées aux siennes. Nous ne t'abandonnerons pas. » Les larmes me montent aux yeux. Je mobilise tout ce qu'il me reste de courage. Tandis que le brancard roule jusqu'à la porte, je serre la main de Nine.

– Et les deux escargots s'en retournent chez eux. Ils s'en vont très émus, ils s'en vont très heureux. Comme ils ont beaucoup bu, ils titubent un petit peu.

Ma voix se brise.

– Mais là-haut dans le ciel, la lune veille sur eux.

44

Je dépose un bouquet de fleurs sauvages sur la tombe. Une toute petite tombe posée au fond du parc sous un saule qui caresse la rivière de ses longues branches. Je balaye de la main quelques feuilles sèches.

J'essuie une larme. Je savais que ce moment arriverait mais l'émotion me déborde. Je prends Rosa dans mes bras. Sa poitrine est secouée de sanglots. C'est un bout d'elle qui s'en est allé. Une page de sa vie qui se tourne.

Soudain, une silhouette se faufile entre nous. Une fillette chaussée de bottes en caoutchouc. D'un geste délicat, elle pose sur la tombe une coquille d'escargot. Et glisse sa petite main dans la mienne. Une perle roule sur sa joue. Je me baisse et la prends dans mes bras. Elle est si légère. Son petit corps chaud contre le mien me remplit de bonheur.

– Il ne faut pas être triste, dit-elle en retenant ses larmes. Swing est heureux là-haut.

Je la serre contre moi. Petite âme si sage. Frôler la mort lui a-t-il donné un supplément de courage pour affronter la vie qui s'offre maintenant à elle ?

Le petit singe s'est éteint le jour où elle est rentrée de

l'hôpital. Comme s'il voulait lui faire ses adieux. Au chagrin de sa disparition se mêlent le soulagement et la gratitude de voir Nine de retour parmi les vivants. Sur son buste, une cicatrice qui court de son ventre à son cou. Nine et Gwen ont traversé la nuit. Et leurs étoiles n'en sont que plus brillantes.

– Et si on allait déjeuner ? propose Rosa.

Ses yeux sont rouges mais comme nous tous, elle est reconnaissante. La mort du petit singe et la renaissance de l'enfant, c'est dans l'ordre des choses. Ce clair-obscur lui est familier. Elle sait apprécier la vie pour ce qu'elle est. Ses joies comme ses drames.

La vieille dame saisit une main de la fillette, Nana glisse l'autre dans la sienne. Elles disparaissent dans un grand éclat de rire.

Balthazar me rejoint, enveloppé dans un long manteau gris qui lui donne un air d'empereur. Au sommet d'un arbre, un oiseau chante. Une mésange ? Je suis heureuse qu'il soit là. Sa présence m'apaise.

– Est-ce que vous allez m'expliquer ?

Au-dessus de nous, un ciel pur. Un rayon de soleil se glisse à travers les branches et caresse nos visages.

Il prend une grande inspiration.

– Oui, je crois qu'il est temps.

La mésange prend son envol dans un froissement d'ailes jaune et bleu. Balthazar la suit des yeux. Puis il me dit :

– Viens, j'ai quelque chose à te montrer.

45

Nous roulons un long moment jusqu'à rejoindre la côte basque. Au loin, la silhouette de Biarritz, son casino posé sur la mer, son château qui perce le ciel. La Pontiac ronfle dans la côte sinueuse qui nous mène vers les hauteurs de la ville. Arrivé devant un portail immense, Balthazar laisse tourner le moteur. Un instant plus tard, les battants s'ouvrent, dévoilant une bâtisse impressionnante. Une villa tournée vers l'océan apparaît dans la brume.

– Qu'est-ce qu'on fait ici ?

L'automobile s'avance lentement sur une allée de graviers envahie par les mauvaises herbes.

Autour de nous, des orangers, des arbres à papillons, des bougainvilliers qui n'attendent que le retour du printemps pour exploser de couleurs. Ce qui devait être un parc entretenu n'est plus qu'un champ d'herbes folles d'où émergent ici et là des sculptures et des fontaines somptueuses où dansent des angelots. Tout est à l'abandon, et pourtant de cet ensemble intouché se dégage une atmosphère enchanteresse.

Nous gravissons l'escalier en marbre. Sur la porte, des

initiales gravées dans le bois qui ne m'évoquent rien. Sans un mot, Balthazar tire de sa poche un anneau en métal où pendent trois clefs immenses, de celles qu'on ne trouve que dans les contes de fées. Il appuie son genou contre le battant, la porte grince en s'ouvrant.

– Après toi, souffle-t-il.

La pièce est vaste. Çà et là des meubles recouverts de draps blancs. Dans l'air dansent quelques grains de poussière. Je lève la tête vers un plafond peint de nuages et d'oiseaux. Une merveille.

Balthazar ouvre les volets un à un, découvrant une terrasse qui offre une vue plongeante sur l'océan. Je le suis jusqu'à un kiosque ouvragé en contrebas d'où nous apercevons les rochers léchés par les vagues. Il s'accoude face à la mer dans un silence recueilli. Le soleil d'hiver disparaîtra bientôt dans l'eau sombre.

– Où sommes-nous ?

– Dans la villa de la marquise.

Je reste interdite. *La marquise ?*

– Une grande dame qui t'aimait plus que tout.

L'émotion dans sa voix m'interpelle. Me reviennent les récits de Rosa. Parmi les Demoiselles, il y avait Véra, marquise de la Vigne. Comment se fait-il que Balthazar l'ait connue ?

Il me tend les clefs.

– Elles sont à toi.

Je secoue la tête, incrédule. Repense à notre rencontre trois mois plus tôt chez *Germaine*. Balthazar, le génie de la lampe. Je me suis habituée à sa présence, à sa bienveillance, mais cet homme reste pour moi un mystère.

– Il va falloir m'expliquer.

Il balaie le parc du regard. Le ciel flamboie de mille couleurs. Un incendie de rose, de jaune, d'orange. L'horizon est en fête. Quand Balthazar Etchegoyen se tourne vers moi, ses yeux brillent.

– Tout a commencé ici, un soir d'été.

Sa fébrilité est palpable. Mon cœur bat un peu plus vite sans que je sache pourquoi.

– À cause d'un zèbre !

Il sourit, happé par ce souvenir.

– Un zèbre ?

Il acquiesce. Essuie de son gant une larme qui perle à la naissance de ses cils.

– Sans lui, ma vie aurait pris un autre tournant.

Et il se met à parler. D'une rousse éblouissante, d'un zèbre qui courait sous la lune, d'un jeune garçon qui rêvait d'aventures et d'une histoire d'amour fabuleuse, aussi passionnée qu'éphémère. D'un jardinier romantique, d'un chauffeur à casquette, d'un singe facétieux et d'une vieille dame qui jusqu'à sa mort aura attendu mon retour. D'un père aimant, patient, qui inlassablement a cherché sa fille. De nos rencontres fugitives dans la montagne, de son chagrin, et de sa joie un soir, dans une ruelle de Montmartre.

Je l'écoute sans un mot. Sonnée. Essaie d'imaginer Romy ici, ses mains sur le piano, chantant sous la pluie comme une vedette américaine. Et Balthazar, vingt ans à peine, ébloui et amoureux.

Il parle sans reprendre son souffle. Déroulant son récit comme une bobine de fil d'or. Un fil qui tisse entre nous un lien indéfectible. Et tandis que le soleil descend doucement vers la mer, se dessinent l'absence et la douleur de celui qui n'a jamais cessé de m'aimer. Moi, le fruit d'une histoire d'amour insensée.

– Tu as son sourire…

Sa voix tremble. Je suis bouleversée. De l'entendre évoquer ma mère, sa jeunesse, son enthousiasme, ses jours sombres et son rire lumineux.

L'obscurité est tombée sur le parc. La lune est haute et ronde. Je frissonne.

– Parle-moi d'elle encore.

Nous passons la nuit à nous raconter. Avec pudeur, émotion et sincérité. Avec tendresse aussi. Tout cela est si soudain. Il va me falloir du temps. Pourtant là, à ses côtés, sous ce ciel basque constellé d'étoiles, je revis. En moi, une tempête s'est calmée.

Soudain, elle m'apparaît. Accoudée au kiosque, dans sa robe bleu nuit couleur mélancolie, son long porte-cigarette au bout des doigts. Elle me sourit et me fait un petit signe. Plus belle que jamais. La marquise la rejoint. Main dans la main avec un majordome plus grand qu'une cathédrale.

Ma mère s'approche de moi. Je sens sa chaleur. Son parfum. Tout cela m'inonde et me déborde. Elle me caresse la joue et se met à chanter. Une mélodie douce qui a bercé mon enfance. Je l'étreins longuement.

Et la laisse partir, enfin.

46

– Trois membres de la brigade sont revenus sur leurs aveux.

Au téléphone, Moineau parle vite, j'ai du mal à suivre.

– Le juge veut rouvrir l'enquête.

Mon avocat est enthousiaste. Nous allons devoir nous battre pour faire entendre notre vérité. Prouver que la cuisine étoilée n'est pas réservée aux hommes. Mais il est confiant et déterminé. Je regrette de ne pouvoir à cet instant le prendre dans mes bras.

Me reviennent les mots de Didier Renard, ce soir-là dans la pénombre du restaurant. Son visage émerveillé, éclairé par les bougies. « Le monde de la gastronomie a besoin de femmes comme vous. »

Le ciel qui s'ouvre. L'espoir d'une justice qui renaît.

Assise face à moi, Nana sourit. Elle porte une chemise qui lui donne de l'allure. Et des boucles d'oreilles à fanfreluches qui me ramènent aux soirées avec ma mère. Les rires, les déguisements, la fête, le bonheur.

« Embrasse Nana de ma part », a insisté Balthazar.

Je repense à leur rencontre à Paris. Comment aurais-je réagi s'il était venu me voir ? L'aurais-je cru ? J'en doute.

« Ce soir-là, m'a-t-il raconté, je n'ai pas osé sonner chez toi. Mais je suis revenu. Chaque fois, Nana était là. J'ai dîné plusieurs fois dans ton restaurant sans jamais oser te parler. Après tout, pour toi je n'étais personne. Que dire ? Et puis, il ne s'agissait pas seulement de moi. Il s'agissait aussi de Rosa, de la marquise. Du Pays basque, de tes racines. Je voulais que tu nous aimes autant que nous t'aimions. Lorsque le drame a éclaté, je suis allé trouver Nana. Je devais faire quelque chose. Mais quoi ? J'avais de l'argent, je pouvais t'aider, je… Nana a secoué la tête. “Pas maintenant. Pas encore”, disaient ses grands yeux. Elle voulait te laisser le choix. C'est aussi sans doute ce qu'aurait voulu Romy. »

La lettre de Rosa date d'il y a deux ans. C'est Nana qui l'a gardée. Attendant le bon moment. Elle l'a déposée sur la console, bien en vue, le jour où elle a jugé que j'étais prête à l'accueillir pour ce qu'elle était. Une main tendue. Une invitation à renouer avec mes origines.

À présent, la nuit tombe sur la maison aux volets bleus. L'heure des adieux. Sur le seuil se tient Rosa. Sa silhouette frêle. Sa peau froissée. Et ses bras qui m'enlacent de peur qu'une fois encore je ne m'envole. Elle tente comme elle peut de retenir ses larmes.

– Tu prends soin de Nana, promis ?

La vieille dame acquiesce et prend Nana par le bras. Ma bonne fée sourit, de son drôle de sourire de travers. Ici, une nouvelle vie l'attend.

Peyo klaxonne.

– En voiture ! On a un restaurant à ouvrir, nous !

Il a rasé sa barbe. On lui donne dix ans de moins. Sous ses mains, le volant de la Pontiac qui brille de mille feux.

– Nous viendrons vous voir bientôt ! lance Gwen.

Puis elle ajoute :

– Je suis si heureuse que nos chemins se soient croisés.

Nine se jette dans mes bras. Je la serre fort. Si fort que mon cœur manque de bondir de ma poitrine. Je m'agenouille pour me mettre à sa hauteur.

– Fais une caresse à Monsieur Gris pour moi, ma chérie. Je vais revenir très vite.

À Biarritz, la villa nous attend. Prête à renaître de ses cendres. À retrouver son faste d'antan, portée par l'enthousiasme de deux chefs cabossés revenus à la vie.

Tout ce petit monde me sourit. En retrait, plus émues que jamais, les jumelles me font un signe de la main. Est-il possible que ces rencontres aient été fortuites ? Il me semble soudain que quelqu'un, quelque part, a œuvré pour que nos chemins se croisent. « Il n'y a pas de hasard, dit-on, seulement des rendez-vous. »

Le moteur rugit. Je m'apprête à monter dans la voiture quand Nana me retient. Et là, sous la voûte étoilée où scintille le souvenir de celle que nous avons tant aimée, elle murmure :

– Je serai toujours là.

À ma fille,
juste un mot avant de partir…

En décembre 2019, ma grand-mère Jeannine nous a quittés. Une partie de moi est morte avec elle. Sur mon cœur, la nuit est tombée.

Les jours défilaient, les ombres ne me lâchaient pas. Pas un jour sans que je sente sa présence. Je me surprenais à lui parler, je l'apercevais parfois, j'entendais son rire. Elle était là. Et pourtant, le chagrin ne me quittait pas.

Pour reprendre mon souffle, je suis partie au Pays basque. À Bidart exactement. Chez *Les Frères Ibarboure*. Un restaurant étoilé où l'on cuisine avec le cœur depuis deux générations. Là-bas, j'ai fait la rencontre de Xabi et de sa brigade. De Patrice, son frère, chef pâtissier. Et puis de Soline, sans qui ce roman n'existerait pas. J'ai passé une semaine à leurs côtés, assise sur un grand tabouret près des fourneaux. À frémir, goûter, m'émouvoir, questionner, noter, imaginer. À m'émerveiller. Bouleversée par leur dévouement, leur enthousiasme, par leurs doutes aussi parfois. Il me semblait voir Liz, juste là. En elle, une mélancolie qui faisait écho à la mienne.

Et puis j'ai appris que tu étais là. Une surprise, un

cadeau du ciel. Un signe ? Mamie et toi vous êtes-vous croisées là-haut ? Je veux le croire. En moi, le soleil s'est levé.

Aujourd'hui tu as trois mois. Il est cinq heures du matin. Recroquevillée dans mes bras, bercée par le cliquetis rassurant du clavier, tu dors. Ta respiration calme, tes poings minuscules serrés autour de mon doigt, tes cheveux doux, ton parfum de lait, ta tête lourde sur ma poitrine. Autour de nous, le silence. Je mets le point final à ce roman. Il m'aura fallu un an pour l'écrire. Comme un journal de bord de ta venue.

Entre ces lignes, tu liras la tendresse infinie pour ce petit bout de monde qui grandissait en moi. Tu devineras mes inquiétudes de mère quand, les nuits d'insomnie, je conjurais le sort en tirant le fil de mes angoisses. Tu entendras peut-être le chant du deuil qui se fait pas à pas. Tu verras aussi le regard de ton père lorsqu'il t'a prise dans ses bras. Toi si petite, et cet amour si grand déjà.

Que cette tendresse infinie te rassure les jours de pluie, les jours de nuit. Qu'elle t'emporte les jours de soleil, de bonheur et d'insouciance. Ce monde qui t'accueille est bancal et incertain, mais d'une telle beauté aussi parfois. Je me réjouis de tout ce qu'il a à t'offrir et souffle sur ton berceau des milliers d'éclats de rire.

Je t'aime, ma chérie. Je serai toujours là.

Remerciements

Merci à Soline, Xabi, Patrice, leur famille et leur brigade pour leur accueil si chaleureux. Amis lecteurs, si vous passez au Pays basque, allez découvrir la table éblouissante des *Frères Ibarboure*. Merci à Sophie A.D. qui un soir, dans le ciel de New York, a permis cette rencontre. Merci à Thomas, et au mot délicat griffonné sur la première page du roman de Marie NDiaye.

Merci au chef Christophe Haton et à sa brigade en formation qui m'a ouvert les portes de *Ferrandi*. Merci à Bryan Lemercier et à Matthieu Darbon.

Merci à Laëtitia Visse dont le témoignage courageux et émouvant m'a beaucoup inspirée.

Merci à Coralie et à sa maman pour leurs mots tendres. Merci aux escargots de M. Devaux et à sa fille.

Merci au Dr Julie Sudant pour avoir patiemment répondu à mes questions. Toute erreur de diagnostic ne serait que de mon fait.

Merci à Jacques Prévert, Charles Trenet, Romain Gary, Boris Vian et Boby Lapointe.

Merci à l'équipe de choc qui m'accompagne, me rassure et m'encourage à chaque nouveau manuscrit. Claire Pilette, rayon de soleil quotidien, pour son amitié précieuse. Micka, pour ses conseils. Manon Bucciarelli, pour cette couverture fabuleuse. Maëlle, pour sa confiance. Hélène, pour sa relecture attentive. Karine, pour mes plus beaux fous rires. J'ai cette chance inouïe d'être entourée de gens talentueux, généreux et bienveillants. Merci aux étoiles qui les ont mis sur ma route.

Merci au beau garçon d'accepter que mon clavier se glisse dans toutes nos valises de vacances. Merci pour la douceur, la magie, la tendresse. Merci à mes deux grands soleils pour leur patience. Pour les câlins du soir et les éclats de rire qui nous promettent que tout va s'arranger. Merci à la toute petite qui nous a choisis et qui a fait de 2020 une année dont on voudra se souvenir.

Merci aux libraires, aux journalistes, aux blogueurs qui accueillent mes romans avec un enthousiasme toujours renouvelé. Votre ferveur à la lecture des *Demoiselles* m'a transportée.

Merci enfin aux lecteurs. Livre après livre, vous êtes là. Toujours plus nombreux. Grâce à vous, c'est un rêve d'enfant qui s'écrit. Merci pour vos mots et vos messages qui m'ont accompagnée tout au long de cette année mouvementée.

Je vous souhaite de ne jamais perdre de vue ce que les étoiles doivent à la nuit. À l'heure où j'écris ces mots, nous avançons dans l'ombre. Gardons espoir. L'insouciance reviendra. Elle revient toujours.

Une bise aux optimistes, aux inquiets, aux joyeux, aux gourmands, aux gourmets, et aux chefs, étoilés ou non, qui régalent nos papilles. Que leur talent et leur courage en cette année si difficile soient aujourd'hui salués.

Anne-Gaëlle

Retrouvez l'auteure sur les réseaux sociaux

DU MÊME AUTEUR

LE BONHEUR N'A PAS DE RIDES, City Éditions, 2017.

MÊME LES MÉCHANTS RÊVENT D'AMOUR, Albin Michel, 2019.

LES DEMOISELLES, Albin Michel, 2020.

Composition : IGS-CP
Impression : CPI Bussière en avril 2021
Éditions Albin Michel
22, rue Huyghens, 75014 Paris
www.albin-michel.fr
ISBN : 978-2-226-46200-8
N° d'édition : 24509/01 – N° d'impression : 2055782
Dépôt légal : mai 2021
Imprimé en France